科学与忠诚

★ 钱学森的人生答卷

吕成冬 著

人民邮电出版社

北京

图书在版编目（CIP）数据

科学与忠诚 ：钱学森的人生答卷 / 吕成冬著. --
北京 ：人民邮电出版社，2021.11
ISBN 978-7-115-57094-9

Ⅰ. ①科… Ⅱ. ①吕… Ⅲ. ①传记文学－中国－当代
Ⅳ. ①I25

中国版本图书馆CIP数据核字(2021)第170825号

内容提要

本书以博考原始材料为基础，以传记文学的表现手法，聚焦讲述钱学森为国家命运和民族前途而奋斗的故事。在故事里，有他在中国科学、技术、工程以及教育等领域做出的杰出贡献；在故事里，有他勇于自我锤炼和敢于自我突破的心路历程；在故事里，有他在上下求索过程中坚守知行合一的治学方法；在故事里，有他不断绘制个人思想坐标和构建个人思想体系而结出的理论果实。这些故事深深地内嵌于中国共产党百年创业的伟大征程之中，因为故事主人公身后屹立的，是秉持"江山就是人民，人民就是江山"执政理念的中国共产党。本书叙事简洁，描写生动形象，每位读者或许都能从钱学森的故事里受到启发、获得感悟，激励自己前行。

◆ 著　　　　吕成冬
　　责任编辑　王　威　韦　毅
　　责任印制　王　郁　周昇亮
◆ 人民邮电出版社出版发行　　北京市丰台区成寿寺路 11 号
　　邮编　100164　　电子邮件　315@ptpress.com.cn
　　网址　https://www.ptpress.com.cn
　　北京七彩京通数码快印有限公司印刷
◆ 开本：720×960　1/16
　　印张：17　　　　　　　　　2021 年 11 月第 1 版
　　字数：300 千字　　　　　　2025 年 8 月北京第 18 次印刷

定价：89.00 元

读者服务热线：(010)81055552　印装质量热线：(010)81055316
反盗版热线：(010)81055315

编辑工作委员会

前言

　　科学是他的精神底色，忠诚是他的信仰实践。科学与忠诚在他的人生旅途中相遇、交融，合奏出一首富有传奇色彩的生命交响曲。这首交响曲的主旋律有着磅礴的气势和雄厚的力量，演奏出了他所喜爱的匈牙利作曲家巴托克所谱乐曲中的那股刚强和坚毅。他，就是钱学森。

　　无论是在中国共产党的奋斗历程中，还是在中华人民共和国的历史丰碑上，抑或在中国当代科技的创业道路上，钱学森都是一位值得缅怀、纪念和追忆的人物。他的那句"使我的同胞能过上有尊严的幸福生活"，不啻是他为国家命运和民族前途而发出的时代强音，也成为他的初心与使命。一诺千金，钱学森用尽一生去奋斗、去拼搏，坚守了他内心深处的自白："一个共产党员不论在什么工作岗位上都要为党的事业奋斗，为社会主义共产主义而奋斗。"而这又宛如他的生命交响曲，声动梁尘。

　　2021年是中国共产党成立100周年，又是钱学森诞辰110周年，撰写与出版本书也就有了特殊的意义。本书主要呈现了钱学森从1955年归国到2009年去世之间长达50余年的奋斗历程，从人生信仰、科技贡献、治学方法、理论探索以及个人思想历程等多个维度，解读了钱学森如何将个人事业融入国家命运和民族前途之中。具体来讲，本书的特点主要体现在以下几个方面。

首先，这是一本以翔实史料为基础，经过甄别、考证和研究之后创作的非虚构作品。本书使用的材料主要来自三个方面：一是新发现的文献材料，二是重读旧史料而发现的新问题，三是解读历史照片和图像而获取的新信息。这些材料为本书的创作提供了可信的第一手材料，同时也为"论从史出"奠定了基础，让本书由此坚持了"一份材料说一分话"的评价原则。通过对史料的严谨考证与综合运用，钱学森在诸多领域的贡献有了可靠和充分的史实支撑。

其次，这是一本以个人思想历程为故事线，突出钱学森不断通过学术创新绘制个人思想坐标和构建个人思想体系的传记。本书不仅全面总结了钱学森在科学、技术、工程以及教育等领域的贡献，同时还着重提炼出他个人的思想历程，以及如何通过扎实的治学绘制出三个个人思想坐标。这就使得钱学森不再是单一的科学家身份，而是以"钱学森之思"的提出为标志，拥有了超越科学家的新身份和新形象。促使这个过程发生的内在力量，就源于钱学森持续不断的创新精神，源于他"事理看破胆气壮"的胸怀。钱学森坚信，"光明的将来是我们的"，于是，他就有了不泥于古和不僵化于教条的理论勇气，以一种强烈的历史使命感，不断地接受新事物和新挑战。希望读者能够从本书中切实地感受到创新的重要作用及其产生的力量。

再次，这是一本以钱学森为典型人物，阐述科学家精神内涵与外延的精神读物。世界科技史表明，每次世界大局发生变化的背后都有科技因素的参与，甚至可以说它是"定局"的关键因素。当今世界正处在百年未有之大变局，国际、国内环境都在发生深刻而复杂的变化，中国的发展有赖于广大科技工作者大力弘扬科学家精神，肩负时代使命，"把自己的科学追求融入建设社会主义现代化国家的伟大事业中去"。而从典型人物的角度来看，钱学森的人生理想和价值追求反映了科学家精神的具体内涵与丰富外延。钱学森的人生理想和价值追求，透过历史，穿越时光，仍与时代召唤相契，与民族复兴相连，焕发出惊人的能量。钱学森常用"恰逢其时"总结他归国后的人生，这是因为"其时"正值党和国家领导人下定决心全面发展科学技术的创业初期，数以万计的科技工作者投入这一历史潮流中。本书真实地展示了以钱学森为代表的中国科技工作者群体根植于心底的家国情怀，即"科学无国界，科学家有祖国"。

最后，这是一本以中国共产党历史为时代背景，描写一个中国共产党党员为党的事业而奋斗拼搏的生动读物。"一个没有英雄的民族是不幸的，一个有英雄却不知敬重爱惜的民族是不可救药的，有了伟大的人物，而不知拥护，爱戴，崇仰的国家，是没有希望的奴隶之邦。"这是1936年郁达夫在纪念鲁迅大会上的一段话，至今读来仍铿锵有力。不言而喻，中国共产党的发展历程就是一部英雄史诗；在这部史诗的创作过程中，钱学森以他的乐观、进取和开拓精神留下了浓重的笔墨。本书以党史为背景，通过叙述钱学森"一朝入党、终身为党为人民"的故事，歌颂了那些在平凡岗位上为党的事业而拼搏的奋斗者。以史为鉴，因其可以知兴替；但历史的车轮又从来不会停止，永远向前行进。在全党、全国兴起的党史学习教育的热潮中，希望本书能够作为一本党史读物，提供生动鲜活的故事。

时代是一位公平的出题者，每个人面前都有一份试卷；如何答卷，每个人有不同的选择，由此便构成了不同的人生。钱学森用"科学与忠诚"做了回答，成就了他的丰功伟绩和深邃思想。经过人生的三次激动之后，他早已看淡既有成就。对他而言，唯有人民的满意"才是最高奖赏"，他相信："我们作为国家的公民，只要能以我们的手和脑为人民服务，是最高尚的职业，而人民终究会感谢的。"我想，为庆祝中国共产党成立100周年、纪念钱学森诞辰110周年，通过出版本书，呈现钱学森在时代中书写的人生答卷，这是一种有意义的方式。

时代是出卷人，人民是阅卷人，在新时代的背景下，在"两个一百年"奋斗目标的历史交汇点上，我们该做怎样的答卷人？希望本书体现的钱学森精神所散发出的光芒，不断照耀后来人的路，指引我们前行。正如钱学森所言："研究过去是为了研究现在，而研究现在是为了创建未来！"

目录

学也是第一生产力"的号召，目的在于强调和重视社
会科学在我国社会主义现代化建设中的价值和意义，
因其将自然科学和社会科学置于同等地位来看待。

第四章　忠诚于共产党员的信念

获得诸多荣誉的钱学森把中国共产党党员当作
自己的第一身份。他坚信一名党员的神圣使命在于：
"一定要拿出一切来为大家的幸福生活而奋斗，而最
幸福的生活是通过社会主义又达到共产主义社会。"
这正是钱学森追求的终极目标。

第二部分　中国科技事业奋斗者

第五章　十二年科学规划参与者

十二年科学规划是新中国历史上一次大规模的
国家科技发展战略，不仅解决了众多科技"卡脖子"
问题，而且还极大地促进了国民经济、社会生产和
国防建设的发展。钱学森称其为"划时代的大事"，
并身为其中的一位重要的亲历者和参与者。

第六章 "中国导弹之父"辨析

钱学森始终拒绝"中国导弹之父"这一称呼,因其深知,中国航天事业的发展绝非一人之功,而是凝聚着数万中国航天人的心血,更离不开党和国家领导人的决策、支持。

第七章 星际航行:从科幻到现实

钱学森早年在交通大学读书时就对星际航行产生过浓厚兴趣和无限遐想。他赴美留学专攻航空工程和空气动力学,便是将"梦想照进现实"的实践。我国第一颗人造地球卫星的成功研制,实现了钱学森科幻思想中的"星际航行码头"。

第八章 "640工程"的来龙去脉

随着现代科技在军事领域的广泛使用,"有矛必有盾"日益成为现代军事思想的共识。作为中国研制反导体系的"640工程",便是"有矛便有盾"的一次实践。在钱学森看来,这个工程具有"一箭多雕"的重要价值。

第三部分　转折年代思考未来路

第九章　为国家培养接续奋斗者

钱学森在受到国家领导人接见时被嘱托要培养一些青年科技人员。这使钱学森的治学观发生了重要转变，他决定"多下些本钱"培养青年科技人才。在此过程中，他提出了科研与教学相结合、"冰山理论"等观点，这对当今的科研工作者依然有很强的启迪作用。

第十章　当科学的春天到来时

1978年，在全国科学大会上，钱学森从规划科学思想的角度对《1978—1985年全国科学技术发展规划纲要（草案）》提出了建议。这些建议是他对我国科技如何实现从"跟跑"到"领跑"的思考，也反映了他的世界眼光和科学预见能力，这为他后来的学术转向及绘制第二个思想坐标奠定了重要的基础。

第十一章　系统工程思想从萌芽到形成体系

钱学森回国后总结了早年留学时期参与的科研规划、组织、实施以及管理等方面的经验，并结合我国社会主义制度的特色将这些经验进行了"中国化"。他与许国志、王寿云合作发表的《组织管理的

技术——系统工程》一文，成为其个人思想历程上的
一部代表作。

第十二章　个人思想历程上的"综合扬弃"

《组织管理的技术——系统工程》针对当时国内
组织管理水平较低的问题而提出的方法，不仅具有
普遍的指导意义，而且在很多领域被采用。它是钱
学森个人思想历程上一次极其重要的"综合扬弃"，
不仅使他绘制出第二个思想坐标，同时也使他以此
为新的起点回归学术研究，从而为他后来绘制第三
个思想坐标奠定了基础。

第四部分　回归学术研究的实践

第十三章　持之以恒的读书法

钱学森这位终身学习的实践者，始终秉持着"活
到老，做到老，学到老，改造到老"的精神。他通过
"三到"读书法和经典阅读法，为晚年构建个人思想
体系源源不断地提供思想养分。钱学森晚年在他的方
寸书房里孕育了无限思想，通过读书和思考绘制了第
三个思想坐标。

第十四章   往来书信中的互动

钱学森的往来书信已经成为书信史上的一座丰碑。在某种意义上，往来书信的双向互动作为"过程的集合体"而存在，并在他个人思想历程的发展和个人思想体系的形成过程中发挥了重要作用。

第十五章   在中央党校的讲学

钱学森晚年唯一的系统讲学，是于 1977 年至 1989 年在中央党校多达 18 次的讲学活动，这是他向往的"鹅湖之会"。他通过讲学，既将世界科技发展的前沿信息传递给党校学员，同时也促使自己系统地思考学问，真正做到了科研与教学的统一。

第十六章   个人数据库的建立

巨量的剪报就像"毛细血管"，不断为钱学森的思想体系输送养分。钱学森剪报治学法在哲学上的价值，颇为符合"实践—认识—再实践—再认识"的认识论路线。

第五部分　新思想成就新的身份

第十七章　回答了"为谁著述"

钱学森晚年以"七不"原则回归学术研究，留下了百余篇论文、评论、报告以及谈话录等。他发表的思想和观点不仅回答了"为谁著述"的学术取向问题，还体现了"为人民治学"的价值观，达到了"出世"与"入世"的统一。

第十八章　与马克思的"对话"

1987年，钱学森在马克思墓前进行了一次跨越时空的"对话"。这是钱学森几十年学习和运用马克思主义的见证，同时又从历史视角展示了他在时代变局中不断上下求索的使命意识，以及他如何用学术研究回答"英雄谁在"的历史之问。

第十九章　何谓"离经不叛道"

钱学森的"离经不叛道"，本质上是一种守正创新，不断地在个人思想历程上实现一次又一次的飞跃，从而形成了具有丰富科学内容的思想体系。钱学森以马克思主义为治学总方针，坚持基本原则不动摇，即所谓"不叛道"；同时又不断坚持创新发展，提出很多前人没有提过的观点或思想，即所谓"离经"。

第二十章　新思想成就新的身份

钱学森以创立四种革命理论为中心，从学术角度探索了"什么时候实现共产主义社会"的理论问题，为科学社会主义的发展做出了积极的理论贡献。"钱学森之思"事实上是他绘制出的个人思想历程上的第三个思想坐标；而他以此为核心构建的钱学森思想体系也成就了他的新身份。

尾声　"一万年太久，只争朝夕"

附录　本书主要参考来源

后记

一个新时代正在到来

将历史的时钟拨回到 1952 年 5 月 2 日。

是日，美国加州理工学院（CIT）戈达德讲座教授钱学森写信给远在法国巴黎的导师冯·卡门，告知"丹尼尔和佛罗伦萨古根海姆喷气推进奖学金"的评审结果①。此前由冯·卡门推荐的一位申请者科斯塔，由于缺乏确切材料而未能入选最终名单。钱学森遂致信说明原委，随后在信中探讨了一个学术问题，即现代机电式计算机的工程化运用。

1944 年，哈佛大学应用数学家霍华德·艾肯研制出了世界上第一台实现顺序控制的自动数字计算机——马克 1 号，随后几年又研制出了马克 2 号、马克 3 号。当时，钱学森正在麻省理工学院航空工程系执教，有机会到隔壁的哈佛大学实地探访和调研。当时计算机的体积甚是庞大，但身为应用数学家和空气动力学家的钱学森却从中捕捉到了计算机昭示的时代价值，从而开始探索其在科学、技术和工程上的运用。他这次致信冯·卡门时，已对此做过深入的实践研究和理论分析，因此才会在信中果断地预言：

> 我现在更加确信，快速计算机的发展将导致工程领域的一次彻底性革命，并将工业效率提高到一个更高的水平。

由此信的内容可知，钱学森的预言主要是基于对两个学术问题的研究：一是火箭客船自动导航问题，二是工程系统性能自动优化问题。这两个问题是钱学森师从导师冯·卡门攻读博士学位之际，在研究空气动力学的基础上

---

① 丹尼尔和佛罗伦萨古根海姆喷气推进奖学金设立于 1948 年，是丹尼尔和佛罗伦萨古根海姆基金会专门为加州理工学院及普林斯顿大学的丹尼尔和佛罗伦萨古根海姆喷气推进中心设立的奖学金，旨在为两个中心招收和培养硕士、博士研究生提供专项经费资助，以期培养杰出的火箭、喷气技术方面的研究者或领导者。

独自开拓的新领域。通过数年积累，他已有相应的学术成果发表，如《探空火箭最优推力规划》（合著）、《远程火箭飞行器的自动导航》（合著）、《火箭发动机中燃烧的伺服 – 稳定》等。

　　第一个问题主要基于导弹干扰理论，探讨火箭客船如何实现自动导航。1946 年，钱学森被麻省理工学院聘任为航空工程系副教授，并于翌年升任教授，随后为研究生开设了"火箭工程学"课程，重点讲授火箭动力的应用问题，由此提出了"火箭客船"的概念。但由于大气干扰等因素会使火箭客船出现航向偏差，钱学森便基于控制理论提出了使航向偏差获得"自动补偿"的方案。他以航海引航问题作类比，认为火箭自动补偿不能依靠"人类导航器"。他在信中写道："我考虑一种由一系列跟踪站组成的导航系统，用于向计算机提供瞬时位置和速度，计算机将这些信息与预先确定的存储数据一起生成以控制装置。"十余年后，他将我国导航卫星命名为"灯塔一号"，不知那时是否想起过这封信？

　　第二个问题以工程系统性能的自动优化为落脚点，探讨了计算机在工程中的应用。钱学森留美时作为一名工程科学家，拥有丰富的实验和工程经验，尤为突出的是他通过整合数据从现象中归纳出结论的能力。他在信中以"给定转速和燃油率条件之下内燃机如何获得最大制动平均有效压力"为例，说明可以通过计算机寻找最优点；由此又引申出通过使用多台计算机提高计算速度，以实现复杂系统的自动优化问题。了解这一点，就可以理解钱学森后来为何强烈主张将计算机技术列入十二年科学规划，并建议大力发展计算数学，因为在他看来："在将来，我们不能想象一个不懂得用电子计算机的技术科学工作者。"[①] 但更重要的是，钱学森在信中提出计算机真正的价值在

---

① 钱学森：《论技术科学》，《科学通报》1957 年第 4 期。

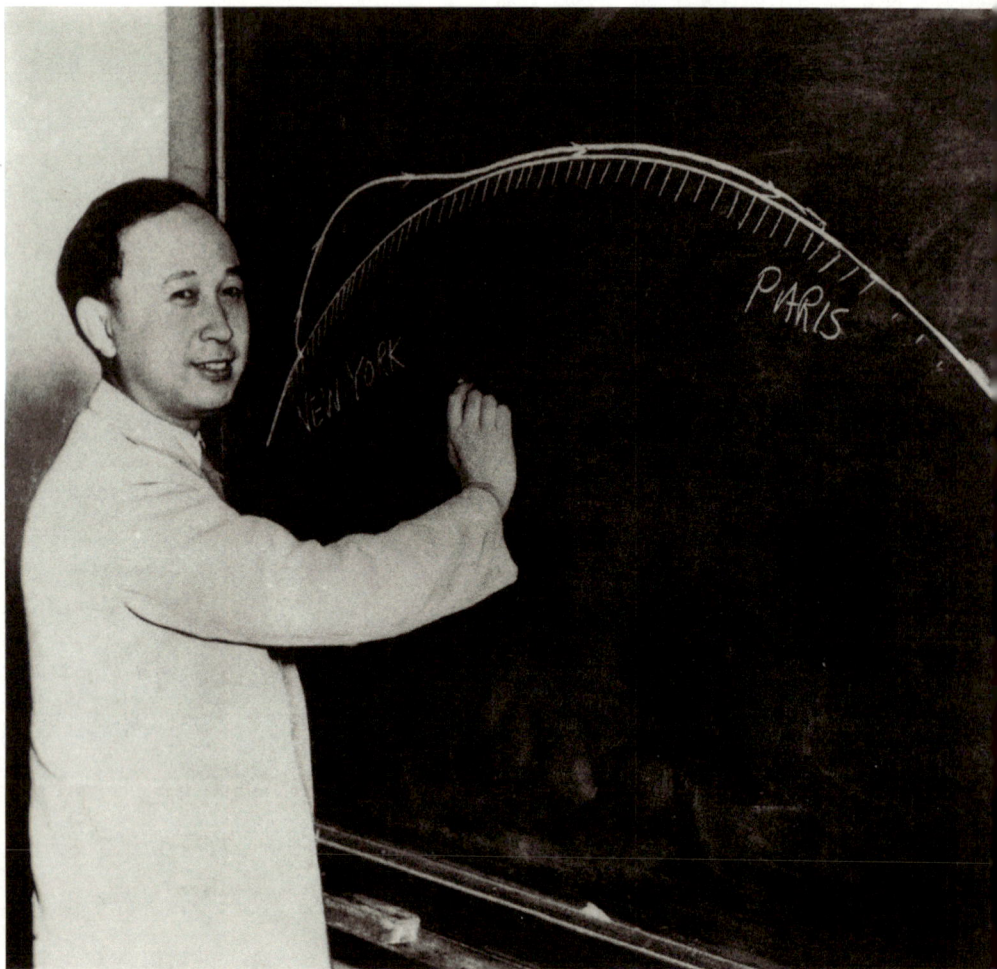

▲ 钱学森1949年回到加州理工学院任教，担任丹尼尔和佛罗伦萨古根海姆喷气推进中心主任以及戈达德讲座教授。图为钱学森讲授"火箭客船"课程时的留影，照片中黑板上"纽约—巴黎飞行轨迹"的理论基础就是著名的"钱学森弹道"

于控制，而非计算。在信中，他说道：

> 快速计算机的真正价值不是计算和给出数值结果。因为这是一个被动作用，而其更重要的作用在于控制和指导工程系统的运行。

见微知著，此时的钱学森已经能够从哲学层面看待科学问题了。事实上，这封信中还蕴含着钱学森经典代表著作《工程控制论》的思想精髓，即"反馈－调节"理论。需要说明的是，《工程控制论》源于钱学森1947年提出的技术科学思想，或者说，《工程控制论》是钱学森技术科学思想成熟之后的一个学术"产儿"。他在信中还讨论了另一个学术"产儿"：物理力学，即借助原子、分子和凝聚态物质等微观理论研究力学的宏观问题。

众所周知，钱学森写这封信时正经历人生的至暗时刻。1952年2月8日，美国司法部以莫须有的罪名决定驱逐钱学森出境，但他此后实则处于被监视居住的状态，直至1953年3月才获得保释资格，且须每月前往洛杉矶移民归化局报告行踪。但钱学森选择逆境突围，以工程控制论和物理力学为新的研究方向，基于技术科学思想路径持续攻城拔寨，于1954年出版了他的第一本学术专著《工程控制论》(英文版)。与此同时，他在为加州理工学院研究生开设"物理力学"课程的过程中，又同步完成了教材《物理力学讲义》(英文版)的编写工作[①]。

---

① 钱学森致信导师冯·卡门之前已对物理力学做过研究，且在《美国火箭学会杂志》1953年第23卷第1至2月合刊上发表了《物理力学，一个工程科学的新领域》一文。1962年，《物理力学讲义》的中文版由科学出版社在中国正式出版，此后这本书又被译成俄文。

◀ 图为钱学森、蒋英夫妇和儿子钱永刚、女儿钱永真在美国加利福尼亚州的合影。当时钱学森仍在加州理工学院担任教职，他每月必须按照规定前往洛杉矶移民归化局报告行踪，实际上处于被监视居住状态

岁月从不负有心人。钱学森在即将回国前，和家人一同拜别导师冯·卡门，并赠送给他《工程控制论》和《物理力学讲义》。冯·卡门翻了翻"这两本东西"后说："你现在在学术上已经超过了我。"导师的这句评价让钱学森"有生以来第一次这么激动"①。1953 年，钱学森获得彭德雷航空航天著述奖，美国科学促进会亦于 1954 年拟将他吸收为会员。但他此时"无一日、一时、一刻不思归国参加伟大的建设高潮"，"惟以在可能范围内努力思考学问，以备他日归国之用"，所以婉拒一切荣誉。他获得的彭德雷航空航天著述奖的原件至今仍保留在加州理工学院。

正是凭借一本专著和一本教材，钱学森绘制了他个人思想历程上的第一个思想坐标，并为后来两个思想坐标的绘制奠定了基础。然此信的价值绝非仅限于谱写了工程控制论和物理力学的"前奏"，钱学森晚年创立的四种革命理论亦可从中找到思想源头。而这个理论正是回答"钱学森之思"的依据。

---

① 钱学森：《在授奖仪式上的讲话》，《人民日报》1991 年 10 月 19 日第 1、3 版。

从个人思想历程来看，此信探讨的问题已经超越科技层面，体现了深刻的哲学关怀和时代意义，即计算机的"革命"将预示一个新时代的到来。这个预言显示出钱学森强大的科学预见能力，恰如他在 1995 年所做的预言一样："信息网络将开创一个新时代。"①

如今，我们早已步入钱学森所预见的新时代，且仍将在这个新时代里持续前行。

---

① 涂元季、李明、顾吉环编：《钱学森书信（9）》，国防工业出版社，2007 年，第 373 页。

新中国成立前夕，中共中央就已经着手之后的科技发展规划，其中包括动员在海外的中国科学家回国建设新中国。周恩来于1949年初夏指示，把动员在美国的中国知识分子特别是高科技专家回来建设新中国作为中心任务。新中国成立之后，中央人民政府政务院文化教育委员会成立办理留学生回国事务委员会，作为负责海外留学生归国事宜的专门机构。在此历史背景下，在国家的帮助下，钱学森历经数年努力，终于在1955年冲破各种阻挠回到祖国。钱学森为国家科技事业做出了杰出贡献后，获得了多项国家荣誉，然而他心中最看重的仍是第一身份：中国共产党党员。

国家荣誉与第一身份

第一部分

第一章 中国科学院虚位以待

　　钱学森在新中国成立后决定回国，但因其从事科研的性质而被美国阻挠长达 5 年之久。其间，他欲归不得，且官司缠身、自由受限。当"钱学森案件"发生后，中国政府当即在道义上对美国予以强烈谴责，并试图通过外交途径设法援救。鲜为人知的是，中国科学院那时已将钱学森纳入编制，以向他的父亲钱均夫提供生活补助费作为实际援助。实际上，中国科学院在筹建初期就虚位以"招徕"钱学森，但这个"人才引进"计划直到他回国后才得以实现。

被纳入中国科学院编制

　　档案与文献表明，中国科学院在"钱学森案件"发生后不久就将钱学森纳入编制，并以向他的父亲钱均夫提供生活补助费的方式提供实际帮助。钱学森于 1935 年赴美留学，1947 年回国探亲并与蒋英结婚，之后又返回美国生活。他的母亲章兰娟因病于 1934 年年底去世后，父亲钱均夫就一直在杭州居住，直到"七七事变"日本发动全面侵华战争后，才前往上海避难。钱学森自 1938 年 12 月起，几乎每月都会给父亲汇款。他当时还在加州理工学院读博，所汇款项是从奖学金中节省出来的，待工作后有了固定收入，汇款额度就逐渐增多。

▶ 钱学森的父亲钱均夫 1938—1956 年居住在上海愚园路 1032 弄岐山村 111 号，此照片为其在愚园路的留影

然而，汇款在"钱学森案件"后戛然而止。"钱学森案件"发生后，钱均夫的学生黄萍荪到钱均夫家中拜谒老师。钱均夫对黄萍荪说："学森回不来了！被移民局囚禁在一个岛上，因畏其以精湛而超世的火箭技术携回中国，失去彼垄断独步之利。"① 钱学森给父亲的最后一笔款项是 1951 年委托学生罗时钧归国后途经上海时带的 300 美元现金。恰在那时，中国科学院决定将钱学森纳入编制，并按照标准向他的父亲发放生活补助费。

此事源于 1950 年 9 月物理学家赵忠尧回国途中被驻日美军扣留，导致其在国内的家属陷入经济困境，吴有训和钱三强便联名致函中国科学院院长郭沫若建议提供援助。具体办法是由中国科学院近代物理研究所聘任

---

① 黄萍荪：《我所知道的钱学森及其父亲》，《浙江日报》1987 年 10 月 31 日第 3 版。

赵忠尧为研究员，并按照研究员薪给标准的 70% 给其在南京的家属发放生活补助费，直到赵忠尧回国后到研究所工作为止。这个办法经郭沫若批准后，自 1950 年 10 月起由中国科学院华东办事处南京分处实施。由于通货膨胀，中国科学院便以实物小米作为薪给标准。依据中国科学院临时聘任委员会 1950 年制定的标准，研究员每月薪给为 1000 至 1300 斤小米①。中国科学院采取研究员薪给标准的 70% 这个方案亦较为合理，因为赵忠尧并未实际到岗。

援引此例，中国科学院决定照此聘任钱学森为研究员，按照研究员薪给标准的 70% 向其父亲钱均夫发放生活补助费。中国科学院随后根据"就近原则"，将钱学森纳入上海冶金陶瓷研究所的编制，并由该所具体负责钱均夫生活补助费的发放。钱均夫挚友孙智敏的女儿孙永说，每次都由她前往研究所领取生活补助费后再转交钱均夫②。那么，这笔补助费究竟有多少呢？

▲ 钱均夫在上海居住期间按月记载经济收入与生活支出。图为他在 1951 年 1 月账簿中记载的各项收入与支出，其中显示当月中国科学院上海冶金陶瓷研究所的生活补助费为人民币 1 474 100 元（旧币）

---

① 葛能全编：《钱三强年谱长编》，科学出版社，2013 年，第 154 页。
② 吴锡九：《回归》，上海辞书出版社，2012 年，第 67 页。

在上海交通大学钱学森图书馆的馆藏中，有一件由钱学森哲嗣钱永刚教授捐赠的珍贵文物《钱均夫账簿》。钱均夫在账簿中详细记载了中国科学院上海冶金陶瓷研究所每月发放的生活补助费金额。不知何故，钱均夫于1951年11月之后未再记账，但可以确定上海冶金陶瓷研究所仍每月定期发放生活补助费。

这段时间，钱学森不仅无法给父亲汇款，人身自由亦受限制。钱学森说："自然除了审问之外，美国联邦调查局的特务是守着我的，看看有什么友人来我家里，我又去访什么人，我有什么信。因为这些事，我也就不常出去，过着孤独的生活。"[1] 不过，身在太平洋彼岸的钱学森不仅心连祖国，更有亲友的精神支持。例如，表弟李元庆就经常委托舅舅钱均夫寄去表达思念心情的信件，即便信件常常石沉大海；父亲钱均夫也不曾放弃任何机会，经常致信钱学森夫妇"以鼓动、增高他们对祖国的感怀"[2]。

最为关键的是，钱学森本人亦未曾放弃任何机会，他在新中国成立后"得知有科技协会之组织"，于是"约集侨美学生组织科技协会分会，欲藉此以团结留美同学，响应祖国号召"[3]。但众所周知，钱学森被禁止归国5年之后才被准许离开美国，他于1955年7月29日致信父亲，说"有哪天能走就走"，钱均夫收到信后喜极而泣。

众所周知，美国阻止钱学森回到中国，旨在使钱学森掌握的科技知识过期失效。钱学森却反其道而行之，用5年时间完成了两项重量级学术成果，即《工程控制论》和《物理力学讲义》。正是这两项学术成果，使钱学森个

---

① 钱学森：《我在美国的遭遇》，《人民日报》1956年1月2日第4版。
② 《钱均夫致李元庆函（1953年4月20日）》，原件存上海交通大学钱学森图书馆。
③ 《钱均夫致李元庆函（1954年11月13日）》，原件存上海交通大学钱学森图书馆。

人的思想历程经历了一次从实践论到认识论的飞跃。不知钱学森当时是否知道中国科学院给他的编制，以及每月发放给他父亲的生活补助费。但在某种意义上，中国科学院已经是这两项学术成果的第一完成单位了。

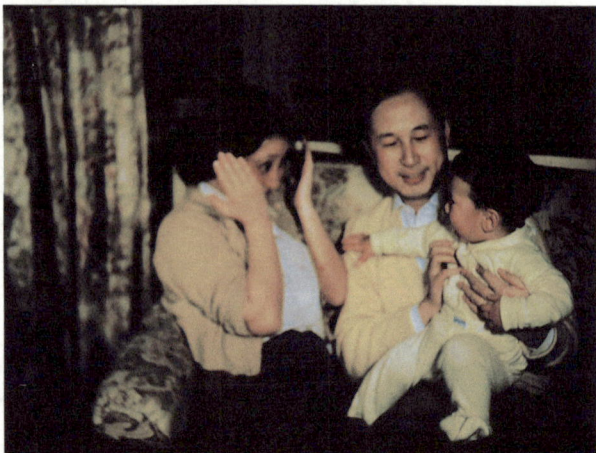

▲ 钱学森在美国的最后 5 年被禁止参加任何涉密项目，虽然处于"往来则受监视"的生活状态，但反而脱离了繁忙的科研工作，得以回归家庭，有更多时间陪伴妻子和子女。图为钱学森和家人的日常生活照，家成为他们最舒适和放松的地方

特殊的人才引进计划

1955 年 10 月 28 日，中国科学院副院长竺可桢在日记的首行写下六个字：
"钱学森到北京。"那时，竺可桢刚刚协助钱学森转交了"求援信"。

竺可桢与钱均夫、钱学森父子是旧识，他又与钱学森的导师冯·卡门为
故交。竺可桢年长钱学森 20 余岁，曾在 1947 年访美之际与他过从甚密，在
当年暑期还邀请他到浙江大学演讲。钱学森被美国阻挠回国之际，竺可桢一
直担心其安危。1954 年 11 月 5 日，他从由美国归来的毛汉礼那里得知："钱
学森在 CIT 仍教课，但不能看文件，至于往来则受监视。"[①]

后来，钱学森终于在中国政府的协助之下顺利回国，其中最重要的一环
就是他写给陈叔通的求援信。不得不提的是，此封求援信在国内的转寄者正
是竺可桢。一般认为，当时陈叔通收到信后便直接交给了周恩来总理，但实
情并非如此。陈叔通收到信后首先交给了竺可桢，希望由中国科学院出面处
理。竺可桢在 1955 年 7 月 11 日的日记里写道："陈叔通交与钱经甫（家治）
接学森（本年六月十五日）的信，知道学森想回国，要叔老为之设法。钱被
扣已 3 年（作者注：实际已 5 年）。"翌日，竺可桢便致函中国科学院党组书
记张稼夫说：

> 昨天陈叔老（作者注：即陈叔通）交来被美帝扣留在加州的我国留
> 学生、加州理工学院航空工程教授钱学森和他父亲均甫（作者注：即钱
> 均夫）先生的信各一封。叔老的意思希望我院能设法经过外交方式使钱
> 学森能回国。从钱个人信里可以看出他是急切地想回国而且极不愿再留

---

① 樊洪业主编：《竺可桢全集（第 13 卷）》，上海科技教育出版社，2007 年，第 555 页。

在美帝的。但从附来美国报纸的新闻（53年三月）就可以看出美帝把钱看作航空工程的权威，而且以他为飞箭的专家，而这飞箭是美国想用来运载原子武器的，从此可以看出美帝之所以扣留钱，并不是因为他携带1800本书，而是怕钱回国后为祖国服务。院里应该如何拯救钱君使他能脱虎口，请你设法。①

张稼夫于7月17日向国务院副总理陈毅报告，7月21日陈毅批示外交部副部长章汉夫"请外交部想办法"。随后，外交部向中美大使级会谈中方第一任首席代表王炳南发去电报，指示其可在中美大使级会谈上以钱学森的例子向美国施压。9月6日，竺可桢终于从焦瑞身夫妇（作者注：焦瑞身回国前为美国谷物公司高级研究员）和匡达人那里得知"钱学森已准备回国，于九月十五可以上轮"②。10月28日钱学森抵达北京，竺可桢因参加庆祝苏联植物学家米丘林诞辰100周年纪念大会而未能前往迎接。但可想而知，当竺可桢在日记中写下"钱学森到北京"时，终觉安心了。

11月1日，中国科学院院长郭沫若在北京饭店为钱学森举行欢迎晚宴，参加者还有陈叔通、竺可桢、吴有训、周培源、叶企孙、华罗庚、茅以升等。竺可桢细心地发现："钱已七八年不见，比前苍老甚多，虽只43岁，恐因在美国被软禁五年所致。"③这句话反映出钱学森被困5年的疲惫感，但他的这种疲惫感很快便烟消云散，因为科学报国的初心终于可以在祖国实现，且等待他的是一个足以施展其才华的岗位——中国科学院力学研究所所长。

---

① 《竺可桢致张稼夫函（1955年7月12日）》，原件存中华人民共和国外交部档案馆。
② 樊洪业主编：《竺可桢全集（第14卷）》，上海科技教育出版社，2008年，第167页。
③ 樊洪业主编：《竺可桢全集（第14卷）》，上海科技教育出版社，2008年，第207页。

实际上，钱学森留美之际曾多次计划归国服务，他在 1947 年暑期回国时就曾有意留下。但他在上海、杭州和北京等地逗留期间所见皆是萧条景象，尤其是国民党发动内战让整个国家陷于"不堪入眼情况"，他只得先"仍回美洲"，但待"解放后，决心归来，又被美帝阻拒"①。钱学森"决心归来"，虽被美国阻挠，但早在新中国成立前夕，就有中间渠道以"北方工业主管人"的名义邀请他归国后"在东北或华北领导航空工业的建立"。鲜为人知的是，中国科学院在筹划过程中曾制订过一份人才引进计划，对海外学子虚位以待，其中就包括钱学森。最早在 1949 年 9 月钱三强和丁瓒受陆定一的委托共同起草《建立人民科学院草案》时，就提出成立数学及应用数学研究所筹备处，并列出拟聘的研究者。草案写道：

> 我国应用数学专家甚多，在世界上应用数学界，外国学者认为我们青年应用数学工作者的成就仅仅次于犹太工作者，现在在国内国外的我国的工作者非常受人重视，数量亦相当多，在各大学中都没有适当的系使他们充分发展。同时他们的工作与未来的高度工业化的发展有密切的关系，譬如超音速（编辑注：现称超声速）的飞机的研究等。因为这种种原因，建议成立应用数学研究所筹备处，除集中人才外尚需计划购买近代的计算机及必要的图书。可以工作的人员：周培源、王竹溪、钱伟长、钱学森（在美）、陆士嘉、张维、林家翘（在美）、郭永怀（在美）等。②

① 《钱均夫致李元庆函（1953 年 4 月 20 日）》，原件存上海交通大学钱学森图书馆。
② 葛能全编：《钱三强年谱长编》，科学出版社，2013 年，第 146 页。

当 1950 年中国科学院进入筹建阶段时，钱三强和丁瓒的意见得到认可，中国科学院决定设立数学及应用数学研究所筹备处，计划"招徕"钱学森等人。但这个人才引进计划未能实现，且中国科学院之后因实际需要，转为以筹建力学研究所为新目标。当 1955 年钱学森乘坐的"克利夫兰总统号"邮轮航行在太平洋上时，中国科学院于 9 月 27 日召开会议，决定请他担任力学研究所所长。是年 10 月 6 日，中国科学院召开第四十三次院务常委会，正式决定"以行将回国的钱学森为所长"[①]。

此外，钱学森在担任中国科学院力学研究所所长之际，还被正式聘为中国科学院 16 位特等研究员之一，且"特等薪水特别加多至 450 元一月"，其中，职务工资 350 元，学部常务委员津贴 100 元。但他后来于 1963 年 9 月 7 日向中国科学院力学研究所党委书记杨刚毅提出"学部常务委员的一百元减去"，并要求"每月三百五十元的工资也应按一九六〇年组织规定，按比例降低；以前未扣部分，现在补扣"。他还在信中给出了充分理由："这样做了之后，我一家工资（加上我爱人的约二百元）仍将在五百元左右，这也实际上是我们现在生活的水平，所以多了完全不必要，而于心很不安。"钱学森"于心很不安"，是因为当时国家经济出现困难，他希望以一己之力与国家共渡难关。

"光明的将来是我们的"

1955 年 10 月 6 日，中国科学院召开第四十三次院务常委会，任命朱兆

---

① 樊洪业主编：《竺可桢全集（第 14 卷）》，上海科技教育出版社，2008 年，第 192 页。

祥担任力学研究所办公室主任，随后安排他前往深圳迎接即将归来的钱学森。10 月 8 日，朱兆祥手持陶孟和与吴有训两位副院长的介绍信，在深圳罗湖口岸迎接钱学森一家。

10 月 10 日，钱学森在朱兆祥的陪同下前往上海，并停留了半个月左右，以陪伴父亲和访亲会友。其间，他两次受邀回母校交通大学访问，并在 10 月 25 日与交通大学 30 余人举行了座谈会，交流他正在从事的科研工作。在座谈中，交通大学工业企业电气化教研室给钱学森写了一张便笺，告知教研室正在开设一门"自动调整理论"课程，但没有参考教材，他们提出，早听说钱学森在国外写了一本《工程控制论》，他们很想读些自己国家的科学家写的书，"希望慨赠我们学校图书馆一册，倘没有原文本，可否写成中文，交印出版，推动国内科学上的这一环节"。钱学森回国时确实打包带回了数本《工程控制论》，但不知当时是否捐赠给了母校，不过几年后，此书的中文版就正式出版了。

座谈会后的第二天，钱学森便启程北上，并于 10 月 28 日抵达北京。翌日，钱学森携妻子蒋英和子女到天安门参观。钱学森对北京并不陌生，他曾在此度过 15 年的青少年时光。但此时非彼时，旧貌早已换新颜。

钱学森回国后不久便受邀于 1955 年 11 月 9 日在中央人民广播电台做"回国观感"演讲，为了做好这次演讲，他还专门写了 4 页的演讲稿。从留存的演讲稿可见，钱学森的字迹并不那么工整，且有多处修改和别字。那时他已有 20 余年未曾系统地使用中文写作，但演讲内容情真意切，表达了一名中国科学家建设新中国的强烈愿望。钱学森在演讲中以回国一个月的见闻为开篇，先后讲了三个方面的内容。

◄ 钱学森于 1955 年 10 月 25 日回母校交通大学做学术报告，图为他与参会人员座谈

　　首先，钱学森以自身被"拘留"与"驱逐"的经历为例，揭露了美国如何用十分险恶的手段来阻止留学生回国以及惯用的套路，即通过故意拖延办理准许中国留学生回国的手续，以"不能及时出境，可以申请作为难民永久居住美国"为诱饵，从而达到阻止中国留学生归国的目的。所以，钱学森回国后就收到不少留学生家属询问学生滞留境况的来信。此外，当时来自中国的信件成为重点检查对象，经常石沉大海。钱学森在演讲时建议："我想这只有一个办法——他们在祖国的友人、亲戚，应该多多写信给他们，介绍情况，也可以夹入人民日报的社论等，使他们渐渐了解祖国社会主义建设的实情。"

▲ 钱学森回国初期居住于中国科学院中关村宿舍。左图为钱学森搬进中关村宿舍时的留影，茶几上放的是《人民文学》杂志——文艺理论研究是钱学森晚年"重理旧业"回归学术研究的一个重要领域。右图为他晚年研究文艺理论的手稿

其次，钱学森通过对比中美两国科技工作者的人生观，指出美国科技工作者在避免战争以及避免经济恐慌和失业之间的矛盾心态。他说："我的同事中就很有几位无心于研究及教学——因为研究的结果被用在战争的武器上，教出来的学生也是去备战的工业中心工作，因此就灰了心，以少作正经事为原则。有的回家种花，有的回家天天修理和油漆房子，有的努力于公益和慈善事业，作为他们精神上的寄托！"事实上，钱学森留美之际正逢西方资本主义经济发展的黄金时代，第二次世界大战对美国的经济发展起到了巨大的催化作用，而那时的他早已敏锐地看到了资本主义国家的另一面。

最后，钱学森以在美国现实生活中的"生产衣服—卖衣服—买衣服"为

例，指出因资本主义的利润目标而导致的物资浪费、阻碍生产技术进步等现象，同时通过对比社会主义"考究节约物资""欢迎生产技术的改进"等，揭示了资本主义生产与分配、生产与消费之间的矛盾。基于此，钱学森在总结时指出，"他有了内在的，不能避免的矛盾，他必然走向没落的道路"，并预言："光明的将来是我们的！"

钱学森预言的立论依据与马克思主义理论颇为一致，即生产力与生产关系的矛盾、经济基础与上层建筑的矛盾，同时还蕴含着对科学社会主义进行探索研究的朦胧意识。而这正是钱学森晚年回归学术后的重要研究方向，这个朦胧意识恰似钱学森个人的思想历程上的一座灯塔，坚定地指引着他航行的方向，助其不断绘制一个又一个思想坐标。

第二章 以经典著作绘制思想坐标

作为钱学森的学术代表作，《工程控制论》（英文版）在美国一经问世就成为世界科技和工程领域的畅销书，出版翌年又增印发行。钱学森回国后，以该书获得 1956 年"中国科学院科学奖金"一等奖。该奖项评选之初，他并不在初评范围内，但评委认为他"未在被奖之列是缺点"，最终他破格入选。这本经典著作获得我国首次国家级科学技术奖一等奖可谓众望所归，钱学森也通过此书绘制出了他个人思想历程上的第一个思想坐标。

我国首次国家级科学技术奖获得者

科技奖励是指给予取得重要成就的科技工作者一定的物质或精神鼓励，并激励后来者持续进行科学探索和研究，例如每年都会引起全球关注的诺贝尔化学奖、物理学奖、生理学或医学奖一直被视为最重要的科技奖励。我国自 2000 年颁发"国家最高科学技术奖"以来，每年评选不超过 2 名科技成就卓著的科学家，并由国家主席亲自颁奖。这种由国家颁发的最高科学技术奖，在新中国历史上可以追溯到 1956 年的"中国科学院科学奖金"。该奖虽被冠以"中国科学院"的名头，但实为面向全国科研系统，旨在"鼓励科学研究工作者的积极性与创造性，促进我国科学事业的发展以服务于国家建设"①。

1955年9月23日，中国科学院院务常务会议正式通过《中国科学院科学奖金委员会暂行组织规程》，其中确定科学奖金评审工作由郭沫若担任主任委员的中国科学院科学奖金委员会具体负责。中国科学院科学奖金委员会的主要任务是对中国科学院各学部推荐的著作、报告以及论文等科学成果进行审核，并提请中国科学院院务委员会讨论后授奖。中国科学院科学奖金委员会随即陆续开展评审工作，但原定1956年上半年完成评选的计划，因大部分委员参加制定十二年科学规划而延迟至当年下半年。后经过长达半年的评审，最终从419项成果中评选出34项成果并授予一、二、三等奖，其中钱学森以《工程控制论》（英文版）获得一等奖。

然而，钱学森最早并不在被评选的范围内，他获得一等奖的过程颇具戏剧性。当最初确定的评选名单出炉之后，中国科学院副院长吴有训非常惊讶，因为名单中未列有钱学森的著作；随后经询问竺可桢才知晓，评奖范围原则上为国内创造的成果，而《工程控制论》（英文版）在美国出版，因此没有入选。吴有训遂向中国科学院党组提出主张："中国自然科学成果评奖，一定要包括回国服务的中国科学家在国外创造和发表的成果，否则对吸收尚在国外的科学家归国服务不利。在目前对国外发表的中国科学家成果一时尚无法弄清的情况下，应先把已知的钱学森的成果列入。"②

经中国科学院党组讨论，吴有训的建议被采纳，于是由中国科学院科学奖金委员会对评奖条件做出补充："新中国成立以来在国外发表的科学著作，

---

① 《中国科学院科学奖金暂行条例》，《中华人民共和国国务院公报》1955年第14期。
② 聂冷：《吴有训传》，中国青年出版社，1998年，第389~390页。

可以推荐，若是在资本主义国家进行研究的，则以本人已经归国为限。"① 钱学森由此得以满足评选条件，不过，在 1956 年 11 月 26 日通过的一等奖名单仍未将钱学森的著作列入，也未出现其他归国科学家的科学成果。11 月 30 日，国务院副总理聂荣臻特召集临时的院务会议，与会者普遍认为钱学森的著作未入选是个问题，决定第二天开会重新考虑。

1956 年 12 月 1 日，中国科学院科学奖金委员会召开会议，决定将中国科学家在国外的研究成果列入评选范围。中国科学院院长郭沫若参加会议并提出"给奖要重新考虑回国人"，且参与会议的学部主任等人均认为新回国的科学家的工作应给予考虑。正是在此次会议上，钱学森的《工程控制论》（英文版）被提名给予一等奖。因此当 12 月 14 日中国科学院科学奖金委员会再次讨论确定名单时，钱学森的著作被列入获奖名单，并经大会同意，加选为一等奖②。钱学森最终获得首次国家级科学技术奖一等奖，中国科学院科学奖金委员会在授奖理由中总结道：

> 工程控制论是近年来新兴的一个科学方向，是自动化技术的理论基础，它讨论工程上各个系统的自动控制和自动调节的理论。从事工程控制论研究的有两种人。一种人是工程师，一种人是数学家。工程师一般偏重解决实际问题，不重视理论的研究。数学家虽有高度的数学技巧与概括能力，但往往因缺乏实际经验，不能使理论结合实际。钱学森在本书中把两方面的工作综合起来，对自动控制和自动调节理论做了全面探讨。

① 《当代中国》丛书编辑部：《当代中国的科学技术事业》，当代中国出版社，1991 年，第 185 页。
② 樊洪业主编：《竺可桢全集（第 14 卷）》，上海科技教育出版社，2008 年，第 467 页。

恰如钱学森自评，"工程控制论并不是脱离实际的东西，它与生产过程自动化，与电子计算机，与许多国防问题都有着密切的关系"[①]。工程控制论"对生产自动化，导弹、飞机的控制都有价值"，因此，1956 年 2 月 15 日出版的英国科学期刊《自然》的书评中称钱学森的这本书为一本卓越的著作。

1957 年 5 月 30 日，中国科学院学部委员会第二次全体会议的闭幕式上举行了"中国科学院科学奖金"颁奖仪式。这是新中国历史上首次国家级科学技术奖评选，具有重要的开创意义，它也是后来"国家自然科学奖"的前身。

◀ ▲ 1957 年 5 月 30 日，中国科学院学部委员会第二次全体会议的闭幕式上举行了"中国科学院科学奖金"颁奖仪式。左图为钱学森上台领奖后回到座位时被一架摄像机抓拍到的模糊镜头的截图，上左图为一等奖奖状，上右图为一等奖奖章（编号为 001）

① 钱学森：《激动地接受科学奖金》，《人民日报》1957 年 1 月 25 日第 7 版。

第一个思想坐标：经典著作诞生

经典在诞生之时便成为经典。

钱学森自述，研究工程控制并非他的学术初心，当然亦非感情用事。在某种意义上，钱学森研究和出版《工程控制论》（英文版）是"历史偶然"和"历史必然"的结合。钱学森于 1950 年至 1955 年滞留美国，皆因其掌握的科学技术的军事性质，所以直到 1955 年 6 月 10 日时任美国总统的艾森豪威尔提出钱学森"所学到的国防科技也许没有那么大不了"的基调之后，钱学森才得以顺利回国。但钱学森滞美之际并未沉沦，而是在沉潜中主动寻找学术出路。他说：

> 当时确实感到愤恨，想到我一直研究的学术，一直努力钻研，并希望把它带回给祖国服务的学问，反而变成了我回到祖国的障碍。在这种心情的支配下，我决心要"另起炉灶"，搞一门新的学问，以便能顺利回到祖国。我选择了工程控制论作为新的研究对象。[①]

此即"历史偶然"，而所谓"历史必然"是指工程控制论体现了钱学森个人思想历程发展的内在轨迹。需要指出的是，钱学森留美前期主要研究空气动力学、弹性力学以及喷气和火箭推进机等内容，并非控制论。但他在学术实践的过程中，已经敏锐地意识到计算机将会对科学、技术和工程等领域的研究产生极其重要的推动作用，遂逐渐将学术目光聚焦于对工程控制论的探索。与此同时，钱学森选择工程控制论作为新的研究方向还有更为广阔的学术背景。

[①] 钱学森：《激动地接受科学奖金》，《人民日报》1957 年 1 月 25 日第 7 版。

▲ 图为钱学森在加州理工学院丹尼尔和佛罗伦萨古根海姆喷气推进中心办公室的照片。仔细观察，会发现他身后书架上有一本 R.H. 科尔于 1948 年在普林斯顿大学出版社出版的《水下爆炸》（*Underwater Explosions*）。作为空气动力学家的钱学森具有的广阔学术视野，由此可见一斑

　　20 世纪科学史上著名的"三论"之一为控制论，由维纳于 1948 年在《控制论：或关于在动物和机器中控制和通讯的科学》一书中提出，并迅速成为科学前沿。当时，维纳为麻省理工学院数学系教授，钱学森为航空工程系教授，他仔细阅读过维纳的这本著作，二人彼此亦有交流。工程控制论是将控制论运用于工程控制领域，即如钱学森所言，"工程控制论的目的是研究控制论这门科学中能够直接用在工程上设计被控制系统或被操作系统的那些部分"。不仅如此，钱学森选择工程控制论还体现了他强烈的科学报国精神。他说：

　　我研究这些东西的动机有两个：第一，我要用自己的行动来证明帝国主义者对中国人的看法是错误的。他们总爱说中国人搞工程技术不行。所以，什么是世界上最新的科学技术，我就研究什么，而且要研究得比他们更好。第二，我认为中国总有一天要翻身。翻身后要实行工业化，必须用最新的科学技术来加快工业化速度，因为时代不同啦！①

　　因此，钱学森以"边研边教边写"的节奏投入《工程控制论》（英文版）的写作之中。他晚年回忆说："当时我就是不管三七二十一，先在研究生班开课，自己是一面学一面讲，一面写讲义。讲了两次，心中有点数了，就着手写书。"② 在研究过程中，钱学森还经常与学术同行保持必要的交流，例如他在写作第十五章时，特地打电话与著名华裔科学家李耀滋探讨如何使用数学分析最优化控制问题③。

　　简而言之，《工程控制论》（英文版）成为经典的秘诀就在于用数学把控制工程加以发挥，从而使其具有理论和实践的双重价值。追溯其源，钱学森1947年提出技术科学思想的核心观点是科学理论与工程实践的结合，而结合点就是工程实践经验的"理论化"，即通过数学计算解决工程问题。正如钱学森在《工程控制论》（英文版）序言（译为中文）中所说的：

---

① 高易金：《钱学森的一家》，《新观察》1957年第6期。
② 涂元季、李明、顾吉环编：《钱学森书信（1）》，国防工业出版社，2007年，第274页。
③ 李耀滋：《有启发而自由——从中国私塾到美国发明家、企业家、院士的北京人》，中国青年出版社，2003年，第151页。

技术科学的目的是把工程实际中所用的许多设计原则加以整理与总结，使之成为理论，因而也就把工程实际的各个不同领域的共同性显示出来，而且也有力地说明一些基本概念的重大作用。简单地说，理论分析是技术科学的主要内容，而且，它常常用到比较高深的数学工具。

也就是说，工程控制论在学术属性上属于技术科学范畴。最终，钱学森经过数年努力，于1954年完成了《工程控制论》（英文版）的书稿并交由美国知名出版商麦格劳希尔公司出版。《工程控制论》（英文版）的出版引起了世界科技界的广泛关注，英国培格曼出版公司、英国《皇家航空学会期刊》及《日本机械学会志》等纷纷刊登书讯。正因如此，定价6.5美元的《工程控制论》（英文版）取得了积极的市场反响。钱学森留存的两张版税结算单显示，《工程控制论》（英文版）出版当年销售1508册（美国630册，其他国家878册），1955年上半年销售1572册（美国1077册，其他国家495册）。即便在当下，一部纯学术性著作有如此销量亦属难得。

从个人的思想历程来看，《工程控制论》（英文版）虽为钱学森"另起炉灶"的成果，但无疑具有重要的个人思想史意义。一方面，钱学森进一步发展了技术科学思想，并将其与控制论相结合而完成了重大的学术原创；另一方面，钱学森将其积累的丰富科研实践经由"实践—认识"的路线提升到理论层面，实现了认识论上的飞跃。即如前所言，钱学森以学术专著《工程控制论》（英文版）与另一个技术科学思想原创成果——《物理力学讲义》教材，绘制了个人思想历程上的第一个思想坐标。

▲ 图为钱学森《工程控制论》（英文版）的两张版税结算单，时间分别为 1954 年 12 月 31 日和 1955 年 6 月 30 日

新陈代谢：从中文版到修订版

耐人寻味的是，《工程控制论》（英文版）出版不久，1956 年 4 月，苏联国外文献出版社就出版了此书的俄文版。这是因为《工程控制论》（英文版）出版之际恰逢冷战时期，美国和苏联都在举全国之力发展导弹、人造卫星、核弹等，苏联此举意在第一时间掌握美国科学界的最新科技成果。此后，《工程控制论》（英文版）又于 1957 年被翻译成德文出版，1960 年被翻译成捷克文出版，我国于 1958 年 8 月由科学出版社出版了中文版，这个版本是由戴汝为与何善埵共同翻译的。

1955 年，钱学森归国后到上海回母校交通大学座谈时，老师们就曾建

议他将《工程控制论》（英文版）翻译成中文。这本书获奖后被全文"翻印"过一次。钱学森意识到国内科学和工程界对科学新知的强烈渴望，于是决定先在中国科学院讲授"工程控制论"课程，以使国内科技界尽快了解学术前沿。讲课安排在每周日。每次来听课的有200余人，不仅包括中国科学院的一些研究所、北京大学和清华大学等机构的青年研究人员，还有每周六从外地连夜赶火车到北京的青年学子，他们为的就是利用一周唯一休息的一天来中科院听著名科学家钱学森讲"工程控制论"①。

钱学森每次讲课时都会请两位助教——戴汝为和何善堉随堂听课，要求他们做好笔记后交给他审阅；待钱学森审阅和提出修改意见后，由二人修订并打印。戴汝为后来说："钱学森刚回国时，虽然公务繁忙，但对讲课十分重视。在这一过程中，我俩把整理好的讲义，送交先生过目经他修改，才用油印机印刷成讲义发给大家。"②钱学森在讲课过程中发现，《工程控制论》（英文版）已经无法满足"祖国的自动化专业在党的领导下正飞速发展"的现实需求，于是决定重写一遍。此外，俄文版的出版也触动了他。

一方面，1956年4月《工程控制论》的俄文版出版时，由译者搜集并整理出苏联科学家有关工程控制论的学术成果作为附录，由此钱学森意识到此前的研究过程中忽略了苏联的研究成果。另一方面，钱学森在此书俄文版出版之后不久就受到苏联科学院的邀请，于1956年6月20日至7月21日前往苏联访问。其间他前往苏联中央流体空气动力学研究院、苏联科学院力学研究所、莫斯科大学力学实验室等17个科研机构参观和座谈，对当时苏联在工程控制论领域的研究情况有了直接的感受。

---

① 戴汝为：《我和〈工程控制论〉》，《光明日报》2011年12月5日第13版。
② 钱学森、戴汝为：《论信息空间的大成智慧》，上海交通大学出版社，2007年，第1页。

▲ 钱学森回国后身兼数职，同时担任中国科学院力学研究所所长和国防部第五研究院院长，而且在中国科学院、清华大学等机构承担教学任务，为新中国科技事业的发展培养了大量科技人才。图为1956年钱学森在中国科学院力学研究所的照片，身后书架上的图书和期刊均为他从美国带回的。此照片为新华社摄影记者牛畏予拍摄

上述两方面的因素促使钱学森决定重新定位思考，于是有了重写《工程控制论》的动因。此后由于种种原因，钱学森无法投入时间完成这一工作，于是退而求其次做出决定，请戴汝为同何善堉两位同志根据他在中国科学院力学研究所讲工程控制论的笔记，在翻译英文版的基础上加以补充。此外，他还请这两位助教将俄文版的附录翻译成中文，以注的方式加到中文版中。经戴汝为与何善堉二人花费两年多时间整理、编译和校对，《工程控制论》的中文版于1958年8月由科学出版社出版。

《工程控制论》的中文版已非纯粹的翻译著作，它比原先的英文版具有更为广阔的学术视野，出版后就成为中国科技和工程领域内经典的教材级科学著作，可谓一次学术回流，对新中国科技事业的发展起到了一定的促进作用。后来，有学者研究新中国成立以来的主题出版时，将《工程控制论》中文版的出版定性为"建设社会主义国家的主题出版"。

然而钱学森却未曾放弃重写《工程控制论》的打算，他于1963年起经过两年多的时间写出修订稿，但一直没有出版。所幸经钱学森秘书王寿云的妥善保管，大部分修订稿得以保存。1977年，钱学森决定以此修订稿为基础重启修订工作，组织了包括宋健、于景元、林金、郭孝宽、唐志强和王寿云等人在内的学术团队集体攻关。

该学术团队在修订工作启动前就达成共识：英文版出版至中文版修订的25年间，由于科技发展迅猛，工程控制论的研究范围和深度都有了巨大变化，原著中的基本原理仍有一般原则意义，但修订版要对其有所超越。所以，修订版与原版相比不仅在内容上增加了5章，而且研究对象已经超越工程控制论本身。例如，经钱学森建议新增的"信息论"，在某种意义上"或许不宜直接列入工程控制论的范畴，但是近年来信息处理和过程控制的关系已密切到难解难分的程度，以至于有融合的趋势"；又如，新增的"逻辑控制与有限自动机"部分讨论了人工智能问题。因此，修订版其实是一本全新的学术著作，正如合著者宋健在前言中所说的：

> 经过这样一番增订，书的内容已超出一般工程体系的范围了。这也是控制论近年来发展的趋势：发端于工程体系，继而用于生物现象，后又用于经济的发展过程。现在更进而用于社会运动过程。将来再增订这本书恐怕不行了，要么写通论的控制论，要么写专论的工程控制论、生物控制论或经济控制论及社会控制论。这是工程控制论这门学科目前的发展趋势。这也符合一切事物都有一个发生、成长和衰亡的辩证过程这样一个客观规律。

最终，经过数年时间，学术团队终于完成了修订工作，并在体量上将图书扩充为上下两册，由此导致出版工作量增加。出版社与学术团队决定分两步走，即先于 1980 年 10 月出版上册（第一至十二章），再于 1981 年 10 月出版下册（第十三至二十一章），且上、下册均出版精装和平装两个版本。在上册和下册付梓前，宋健都会将清样稿送交钱学森做最后的"翻阅"。修订版发行之后几次脱销，由此钱学森获得了一笔不菲的稿费。他曾经表示自己分文不取，学术团队成员最后经过协商决定：

> 两位署名作者每人略少于三分之一（1600），其余 1866 由技术编辑、制图和少量贡献过文字的同志分享。最后还剩下 200-300，留作机动，主要是再买一些书，给作者们，以应各方面的索取。[①]

[①]《宋健致钱学森函（1981 年 1 月 25 日）》，原件存上海交通大学钱学森图书馆。

此后,《工程控制论》(修订版)获得了 1993 年第一届国家图书奖,但钱学森婉拒受奖并致函宋健表示:"我早就讲过,此修订版我确实未作任何工作,完全是您辛勤劳动的成果。因此奖是奖给您的,一切由您保留。这是客观事实。"① 但另一个更重要的"客观事实"是,钱学森由此培养出几位优秀的青年学者。正如钱学森在新序中所言:

> 《工程控制论》这一新版的作者们,正是在这一时期锻炼成长起来的中国青年控制理论科学家们。他们,尤其是宋健同志,带头组织并亲自写作定稿,完成了工作量的绝大部分,是新版的创造者。有他们这一代人,使我更感到实现四个现代化有了保障。

若系统地考察学术团队几位成员的学术成就,便会发现此次修订工作对他们产生的深远影响。钱学森通过修订《工程控制论》完成了一次学术传承,此亦可视为其为国造才教育观的一次布局。值得注意的是,钱学森在为修订版所写新序《现代化、技术革命与控制论》中体现的学术关怀已经越过工程层面,延伸到社会主义中国的现代化建设问题上来,与其同期发表的《组织的管理技术——系统工程》旨趣相同。而此篇序还贯穿着马克思主义基本原理,蕴含着对生产力和生产关系、物质与意识以及人类社会发展规律等问题的探讨。修订版的出版不仅让钱学森实现了重写《工程控制论》的夙愿,而且让他实现了个人思想历程由科学层面进入哲学层面的转变。

《工程控制论》的修订恰如一次学术生命的新陈代谢,充分体现出钱学森的创新精神,由此激发了他持续的研究和写作热情,成就了一部由中国科

---

① 涂元季、李明、顾吉环编:《钱学森书信(8)》,国防工业出版社,2007 年,第 56 页。

学家为世界贡献的经典科学著作。鲜为人知的是,《工程控制论》修订工作结束以及获得国家图书奖之后不久,钱学森又开始"考虑此书今后去向"的问题,即如何与时俱进、不断开拓新的研究方向。由此借鉴,当下我国科技工作者实现推动科技进步的历史使命实有赖于创新精神的发扬。

第三章 从学部委员到两院院士

院士制度肇端于世界近代科技革命之际，历经数百年的发展，被世界范围内的各类学术共同体视为极高的学术荣誉。新中国成立后，中国院士制度经历了从"学部委员"到"两院院士"的发展阶段，逐渐形成具有中国特色的院士制度。钱学森是中国院士制度的见证者和参与者，但他晚年却多次提出要辞去"两院院士"称号，还多次建议中国社会科学院应当建立院士制度，原因何在？

提名"中研院"院士候选人

1666 年，法国科学院成立，以法国国王路易十四的名义选聘了一批优秀科学家作为院士，这是人们普遍认为的世界上的首批院士。但亦有将 1660 年英国皇家学会的成立作为院士制度的发端的。此后，西方各国纷纷设立国家科学院并聘任院士，院士也被视为至高的学术荣誉。中国最早的国家科学院是 1928 年设立的"中央研究院"（即"中研院"），但直到 1948 年才选出首批院士。档案揭示，钱学森曾被提名此批院士候选人，但因故未能最终入选。

1945 年抗战胜利前夕，"中研院"就有创建院士制度的计划。1946 年 10 月 20 日至 24 日，"中研院"第二届评议会第三次年会在南京举行，议题之一就是创建院士制度。翌年 5 月 9 日召开选举筹备委员会第一次会议，正式启动院士的选举工作。

从当时的院士选举规程来看，院士分为数理、生物和人文三组，推选候选人有两种方式：一为"各大学、各独立学院、各著有成绩之专门学会或研究机构提名院士候选人"；二为"本院院士五人或评议员五人提名院士候选人"[①]。依据 1947 年 3 月 13 日国民政府修正公布的《国立中央研究院组织法》第五条所规定的资格，院士候选人的提名标准为："一、对于所专习之学术，有特殊著作发明或贡献者。二、对于所专习学术之机关，领导或主持在五年以上，成绩卓著者。"[②]

但关于候选人的标准在实际操作过程中却无法统一，尤其是对于尚在国外的候选人的提名问题。例如，时任清华大学校长的梅贻琦就提出："现在国外研究者，有系在国内已成名，短期出国者，当无问题；有系早年出国，学有造诣，而从未回国或可能竟不回国者，则是否宜推选？琦意：此类人物可俟其回国后再考虑（以后每年仍有机会）。至于久久不肯回国者，虽或学术地位已甚高，只当以专家视之，在精神上、在人生观上，不足膺院士之选，即选之亦于本院、于国内学术无所补益耳！"[③]

有趣的是，当时清华大学提名的数理组院士候选人名单中就有尚在美国麻省理工学院执教的钱学森，推荐者正是梅贻琦。钱学森 1935 年以清华大

① 《国立中央研究院院士选举规程》，《国立北京大学周刊》1947 年 6 月 15 日（第 7 期）。
② 《国立中央研究院组织法》，《国民政府公报》1947 年 3 月 13 日第 1 版。
③ 郭金海：《院士制度在中国的创立与重建》，上海交通大学出版社，2014 年，第 155 页。

学留美公费生资格赴美留学，清华大学后来还曾多次拟聘钱学森回国任职；虽他因故未能就职，但清华大学一直视其为杰出校友，而钱学森亦常以清华学子自称。就在获得院士候选人提名之前不久，钱学森刚刚晋升为麻省理工学院航空工程系教授，名满中美两国科学界和工程界。

1947年10月15日至17日，"中研院"举行第二届评议会第四次年会，对院士候选人的资格进行审查。在10月16日上午举行的分组审查中，钱学森仍被列入数理组工程学科候选人名单，同组还有王宠佑、汪胡桢、周仁、施嘉炀、侯德榜、茅以升、凌鸿勋、程孝刚、蔡方荫、萨本栋、罗忠忱等，共计12人。但当天下午举行的会议上，钱学森并不在数理组工程学科候选人名单中。因此，当11月15日"中研院"正式公布院士候选人时，钱学森落选。尚无足够材料佐证，但钱学森落选极有可能与其婉拒母校交通大学校长一职有关。

▲ 钱学森1947年暑期回国探亲时曾在北京逗留数日，并在清华大学演讲，同时还与清华友人同游北京城。图为钱学森游览之际拍摄的故宫和颐和园，他在晚年回归学术后，通过研究中国传统建筑、园林景观等提出了"山水城市"思想和建筑科学思想

钱学森曾于1947年暑期归国探亲，先后在浙江大学、交通大学、清华大学等高校做"工程和工程科学"主题的演讲。其间，时任中华民国教育部长的朱家骅拟请钱学森出任交通大学校长，希冀由此校毕业的钱学森回母校

任职以平复交通大学更换校长的风波。但钱学森却在 8 月 31 日以"加急电"答复朱家骅称：

> 森之兴趣纯在研究，无意于行政工作，承命就交大事，虽感奖勉盛意，决难应命。

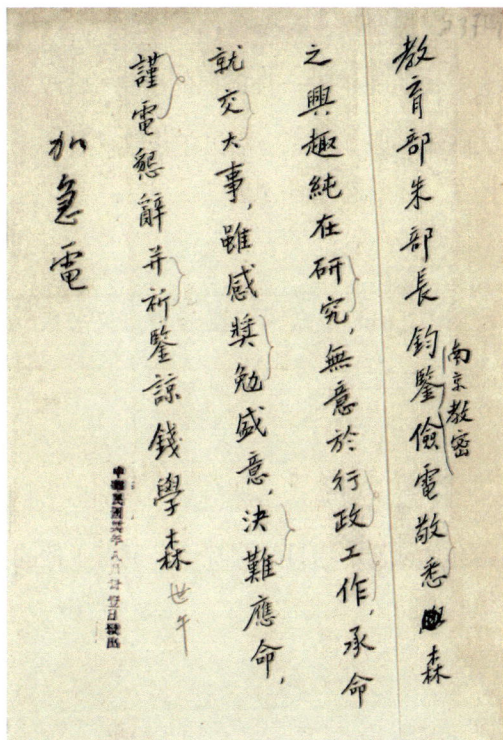

▶ 1947 年 8 月，时任中华民国教育部长的朱家骅拟聘钱学森为交通大学校长，以平息交通大学更换校长的风波；钱学森于 8 月 31 日致电朱家骅，表示自己"兴趣纯在研究，无意于行政工作"。图为钱学森当时的手稿，原件存清华大学档案馆

事实上，钱学森拒绝出任母校校长一职的主要原因，皆因归国之际的见闻，他对国民党政府产生了失望的情绪。他曾对父亲说："归国效劳，是其素志；但这种政府，断不能存在于人世间。"[①] 需要提及的是，那时朱家骅不

[①] 《钱均夫致李元庆函（1955 年 8 月 12 日）》，原件存上海交通大学钱学森图书馆。

仅是教育部长，同时还是"中研院"院长和"中研院"第二届评议会议长，微妙关系可见一斑。

兴许，钱学森并不知道自己曾被提名院士候选人。那时的他兴趣纯在研究，他返回美国后，翌年便发表了极有影响力的论文《工程和工程科学》，阐述了他的技术科学思想。钱学森在论文中提出，"工程科学最重要的本质"是"将基础科学中的真理转化为人类福利的实际方法的技能"。由此可见，钱学森的学术视野不再局限于某个学科范围，而是具有强烈的时代关怀，也就是他晚年时一直提倡的"悠悠历史感"。所以，他在文末还特别引用了美国著名原子学家、诺贝尔化学奖得主哈罗德·克莱顿·尤里的名言作为结束语：

> 我们希望从人们生活中消灭苦役、不安和贫困，带给他们喜悦、悠闲和美丽。

不过，钱学森虽然落选"中研院"院士候选人，却在 1949 年 5 月 12 日当选美国艺术与科学院院士，拥有了他的第一个院士称号。

被增聘为中国科学院学部委员

新中国成立后不久，便在原"中研院"和北平研究院的基础上成立了中国科学院。而院士制度则在新旧时代转换的历史进程中，于 1955 年被学部委员制度取代。

1955 年 6 月 1 日至 10 日，中国科学院学部成立大会在北京举行。中国科学院学部的主要任务是"根据国家建设的需要和科学发展的规律，制定科学工作发展的长远计划和目前计划；组织全国的科学力量，充分运用和发挥各单位的特长，将分散的力量集中起来，用以解决国家建设的重要任务"。中国科学院学部设置四个子部，分别为：数学物理学化学部（主任吴有训，副主任庄长恭、华罗庚、恽子强）、生物学地学部（主任竺可桢，副主任黄汲清、童第周、许杰、陈凤桐、尹赞勋）、技术科学部（主任严济慈，副主任茅以升、赵飞克）、哲学社会科学部（主任郭沫若，副主任潘梓年）。

钱学森回国后在报纸上看到 1955 年 6 月 3 日周恩来总理签署任命并公布的 233 位学部委员名单，还特地剪下来制作成剪报收藏。不知钱学森为何会特地制作和收藏此份剪报，或许是因名单中有不少熟人，例如叶企孙、竺可桢、周培源、钱伟长、张光斗、顾功叙、殷宏章等。第一批学部委员名单公布之后不久，中国科学院就决定启动第二轮学部委员的增聘工作。

1956 年 1 月 22 日，中国科学院党组决定将增聘学部委员纳入当年的工作，后因大部分学部委员参加十二年科学规划而延期，直到 10 月 25 日才由中国科学院拟定增聘的学术条件，即学术水平较高，在科学工作上有重要成就，在本门学科的科学家中有较高声望者。此外，增聘对政治条件亦有标准，但"只要政治上不是现行反革命分子和判刑管制分子，其学术水平确实够条件者，均可列为考虑名单以内"。自此，各学部开始迅速启动增聘工作。

1956 年 11 月，数学物理学化学部提出的一份 17 人的推荐名单中，钱学森被列入力学领域的名单。与此同时，技术科学部也于 1956 年 12 月 5 日至 9 日召开会议，讨论增聘学部委员事宜，将钱学森列在机械组。随后各学部又经数月讨论，到 1957 年 4 月 22 日召开中国科学院第七次院务常委会决定增添学部委员时，钱学森入选数学物理学化学部委员。但有意思的是，各学部在 5 月 22 日第二次学部大会预备会议最后一天确定正式人选时，钱学森被同时列入数学物理学化学部和技术科学部的名单[①]。

为什么两个学部都想吸纳钱学森？

▲ 图为钱学森参加 1957 年中国科学院学部委员会第二次全体会议闭幕式。正是在这一闭幕式上，他被增聘为学部委员

事实上，这仍与钱学森提出的技术科学思想有关。技术科学可谓"上承"科学理论，而又"下启"工程实践，具有很强的交叉和融合性质，且通过技术科学打通了科学与工程之间的隔阂。钱学森说："在实际工程和科学研究之间存在一个宽阔的空隙，对待这一空隙必须架起桥梁。"反映钱学森

---

① 樊洪业主编：《竺可桢全集（第 14 卷）》，上海科技教育出版社，2008 年，第 580 页。

技术科学思想的代表作《工程控制论》（英文版）正是具有科学和工程的双重性质。

1957 年 5 月 29 日，中国科学院举行第十二次院务常务会议，通过各学部议决的新增学部委员名单，随后在 5 月 30 日举行的中国科学院学部委员会第二次全体会议闭幕式上正式通过了新增学部委员名单，钱学森最终被聘为数学物理学化学部学部委员。

此次学部委员增聘是一次学术活动，入选的学部委员都有体现其学术水准的代表作。其中，《工程控制论》（英文版）正是钱学森这一时期的代表作。

当选两院院士的前后

中国科学院于 1980 年再次增补学部委员。与此同时，钱三强草拟出《关于设置科学院院士制度的建议》，得到包括钱学森在内的 23 位科学家的支持。随后，学部委员的称谓又于 1983 年被定性为我国在科学技术方面的学术荣誉称号。这些工作为后来中国科学院院士制度的建立做了铺垫，而中国工程院也参照此例建立了院士制度。

1984 年 12 月 17 日，中央书记处开会讨论并决定建立院士制度，且规定院士只表明学术地位，不同行政职务挂钩。此后，中国科学院主席团执行主席严济慈、吴仲华、卢嘉锡、武衡和钱学森对中央书记处的决定进行了讨论，并于 1985 年 1 月 17 日联名致信中央领导，表示拥护建立院士制度以及将中国科学院学部委员（院外的约占三分之二）全部转为院士[1]。

---

[1] 郭金海：《院士制度在中国的创立与重建》，上海交通大学出版社，2014 年，第 409 页。

钱学森一直记挂此事，直到 1988 年 3 月 31 日还致信全国人民代表大会教科文卫委员会科技组贾大平和孔平，询问是否能设立全国性的院士制度①。不过，在这之前，钱学森曾多次主动提出辞去学部委员称号。1988 年 4 月 26 日，他致信中国科学院院长周光召，提出"请求免去我的中国科学院学部委员"。

1992 年 9 月 21 日钱学森致信周光召，再次提出："近得 1992 年第 6 次学部委员大会通过并经国务院同意的《中国科学院学部委员章程（试行）》。看到其中第 24 条说学部委员可以申请辞去学部委员称号。您是知道的，我前几年即有此意。近日来，更因年老体弱，已不能参加集体做学术及其他活动，故已不能完成中国科学院学部委员的任务。据《章程》规定及个人情况，特请辞去我的学部委员称号。"② 但周光召随后复信表示，学部委员由选举产生，因而"无权批办"；中国科学院学部大会执行主席严济慈后来也告诉钱学森："我们主席团讨论了，不同意您辞职。"

1994 年 1 月，中央政治局会议经过讨论，决定将"中国科学院学部委员"改称"中国科学院院士"。随后，中国科学院根据中央决定，向全体学部委员发出通知称："中国科学院学部委员改称为中国科学院院士。"同年 6 月 3 日至 8 日，中国科学院第七次院士大会在北京举行，同时还举行了中国工程院成立暨首届院士大会。这标志着中华人民共和国院士制度的最终建立。

鲜为人知的是，钱学森支持中国科学院建立院士制度之际，却反对建立中国工程院。那么，钱学森为何当时不同意建立中国工程院呢？

① 李明、顾吉环、涂元季编：《钱学森书信补编（3）》，国防工业出版社，2012 年，第 43 页。
② 涂元季、李明、顾吉环编：《钱学森书信（6）》，国防工业出版社，2007 年，第 452 页。

中国科学院院士是国家设立的科学技术
方面的最高学术称号，为终身荣誉。
The Member of the Chinese Academy of Sciences is
the nation's highest academic title in science and
technology, being a lifelong honor.

钱 学 森
一九五七年选聘为中国科学院学部委员（院士）
Qian Xuesen was elected a Member of CAS in 1957

中国科学院
Chinese Academy of Sciences

No. CAS-1957-003

▶ 图为中国科学院颁发给钱学森的
"一九五七年选聘为中国科学院学部委员
（院士）"奖牌。此奖牌是 1994 年中国科
学院建立院士制度之后补发的，上面铭
刻着"中国科学院院士是国家设立的科学
技术方面的最高学术称号，为终身荣誉"

　　事实上，这与钱学森的技术科学思想有着密切的关系。在他看来，当时
中国发展科学技术的首要任务在于服务国家需求，为国计民生和社会生产解
决实际问题；而科学和工程一旦分离，将不利于两者融合，且原先处于两者
结合点上的科技创新也将失去各种条件。所以，在 20 世纪 60 年代中期产生
是否"拆了"中国科学院的争论之际，钱学森明确表示科学院要归工业口，
不能归文教口，甚至还主张将科学院变为"尖端科学技术工业部"，因为这
样便既有理论，又有实践，也有小批生产，还解决了半工半研问题①。如果我
们仔细琢磨 1994 年 5 月 17 日钱学森写给朱光亚的一封信，便能从中感受
到他希望能把科学与工程紧密结合的殷切之愿：

① 《钱学森同志对力学所方向任务的看法》，原件存中国科学院档案馆。

> 您将出任中国工程院的第一任院长。对此我向您表示衷心的祝贺！您是既对科学工作有丰富的学识和经验，又对工程工作有丰富的知识和经验，而且同时又是中国科学院院士。所以一定能完成任务的！①

值得思考的是，钱学森晚年却多次表示支持中国社会科学院建立院士制度。就在两院院士制度即将建立之际，他在写给戴汝为的信中满怀期待地说："现在我们都是中国科学院的院士了。不久还有中国工程院的院士，就缺中国社会科学院的院士了。"②他在写给著名学者李忠杰的信中，直接指出中国社会科学院也应如中国科学院那样，即"中国社会科学院也可以是院士制了"③。

原因何在？

钱学森支持中国社会科学院建立院士制度，体现了其思想的发展历程。他晚年逐渐将学术兴趣转向社会科学领域，而且从生产力的角度将社会科学提升到与自然科学、工程技术同等重要的地位。正因如此，他创造性地提出作为第一生产力的科学技术还应当包括社会科学技术，由此提倡中国社会科学院应当建立院士制度。如此便不难理解，钱学森晚年为何会在建立现代科学技术体系之际，将社会科学独立出来与自然科学并列。因为在钱学森看来，社会科学不仅具有认识客观世界的能力，同时还是改造客观世界的有力工具。

---

① 李明、顾吉环、涂元季编：《钱学森书信补编（4）》，国防工业出版社，2012年，第320页。
② 涂元季、李明、顾吉环编：《钱学森书信（8）》，国防工业出版社，2007年，第57页。
③ 涂元季、李明、顾吉环编：《钱学森书信（8）》，国防工业出版社，2007年，第80页。

第四章 忠诚于共产党员的信念

　　钱学森回国后，于 1958 年 9 月 24 日向中国科学院力学研究所党组织提交了入党申请书，并于翌年年初经组织批准成为中国共产党预备党员，1959 年 11 月 12 日正式转正。钱学森入党前已经接受过共产主义思想启蒙，一朝入党，终生为党为人民。钱学森入党后，始终以党的价值观衡量是非曲直，又以党的伟业作为崇高追求，由此成就了光辉的个人伟绩。在钱学森心中，占据首要位置的永远是第一身份：中国共产党党员。

"人生观上升了"

　　至 2009 年去世为止，钱学森有近 50 年的党龄，占据他生命历程的一半。他在加入中国共产党以前，已经接受过共产主义思想启蒙近 30 年。"绳锯木断，水滴石穿"，事物的发展都要经历一个过程，思想启蒙亦如此。钱学森的思想启蒙过程就经历了不断的转变，并在他就读交通大学之际完成了"人生观上升了"的飞跃。

　　钱学森出生在一个爱国知识分子家庭，尤其是倡导教育救国思想的父亲钱均夫深刻地影响了他的人生选择。钱均夫曾在求是书院（现浙江大学前身）求学，1902 年以浙江官费生资格赴日留学，并于 1908 年学成归国。钱均夫留学期间积极参加留学生组织的各种爱国主义活动，还在 1907 年与同学组织"同学振起社"，传播爱国主义精神。钱均夫回国后一直在教育领域服务，毕生致力于教育救国志向的实践，这潜移默化地影响着钱学森爱国精神和家国情怀的形成。

钱学森在青少年时代随任职教育部的父亲在北京生活，在就读北京师范大学附属中学时就开始接受共产主义思想启蒙。据钱学森自述，1926 年读初三时，同学们在一天午餐后闲聊，有一位同学得意地说他知道"列宁是俄国的革命伟人"，包括钱学森在内的许多同学听后都很茫然，因为他们都没有听说过"列宁"这个名字，当然也不知道马克思、恩格斯。但这次闲谈却给钱学森留下了深刻印象，激起了他对"革命伟人的崇敬"。

但客观而言，真正激发钱学森渴望了解共产主义究竟为何的，则是就读交通大学时期因伤寒而休学一年间的见闻。1930 年春夏之际，全国各地爆发了一场流行性伤寒。当年暑期即将结束，钱学森准备从杭州回校时患上伤寒，在家里休养了一个月仍未见好，便向学校提出休学一年的申请。恰在休学之际，钱学森因爱好美术而在书肆购买了一本讲述艺术史的书，此书是一位匈牙利社会科学家以唯物史观写的。由此，钱学森这位工科生对这一理论产生了莫大的兴趣，他接着阅读了普列汉诺夫的《艺术论》、布哈林的《历史的唯物论》等书，"感到这真有道理"。紧接着，他又对比阅读了《西方哲学史》和胡适的《中国哲学史大纲（上册）》，忽有如被点拨之顿悟。他说：

> 看来看去终于感得只有唯物史观和辩证唯物主义才真有道理，唯心论等等没有道理，经济学也是马克思的有道理，而资产阶级经济学那一套利息论等等，不能自圆其说，不能令人接受。所以在书本子上，我当时是信服科学的社会主义的，对国民党的那一套不信了。觉得要中国能得救，要世界能够大同，只有靠共产党。

几十年后，钱学森对此仍记忆犹新，他说："休学一年对我也有好处，乘机看了些科学社会主义的书，对国民党政府的所作所为知道了点底细，人生观上升了。"他还进一步解释说："既然我是学科学的，那么，对于社会和宇宙的看法，就得有一个正确的科学态度。我们科学工作者如果掌握了它，就等于掌握了研究宇宙、人类社会和研究科学的钥匙，就等于我们在人生道路上有了正确的方向。"这次休学期间的阅读对钱学森人生观、价值观和世界观的塑造是全面而深刻的，因此，他休学结束回校后便开始参加"社会科学研究会""读书合作社"等党的外围组织，同时建立起"学好技术本领以待中国革命成功后来建设"的坚定信念。

钱学森赴美求学时，还曾积极加入加州理工学院马列主义学习小组。他通过学习小组组织的读书活动，不仅学习了包括恩格斯《反杜林论》等在内的马克思主义著述，还在学习小组中多次听当时美国共产党总书记白劳德的现场演讲。但学习小组比较分散，不像一支想从事革命的队伍，且"白色压力大，常常开不成会，就无形解散"，钱学森便与其脱离了关系。但这段经历还是对钱学森产生了深刻影响，他开始对美国政治生态有所关心和思考，"对资本主义国家的实际有深刻印象"。

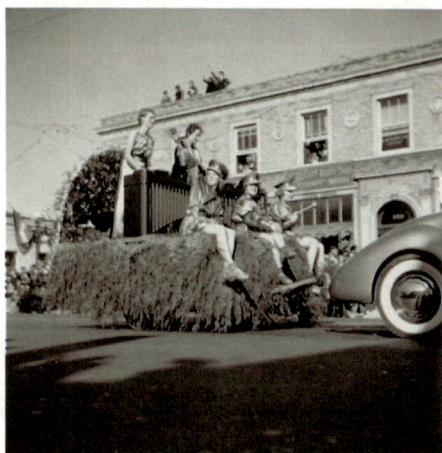

▲ 钱学森留美求学和工作之际，绝非"两耳不闻窗外事，一心只读圣贤书"，而是入乡随俗，融入了当地的文化圈。前两张图为钱学森观看美国原住民印第安人表演时拍摄的照片。后两张图为钱学森在加州理工学院读博时，观看帕萨迪纳市元旦玫瑰花车大游行时拍摄的照片。通过钱学森的镜头，仿佛可以看到美国历史的演变过程

　　总而言之，上述经历奠定了钱学森后来成为坚定的马克思主义者的思想基础。值得一提的是，钱学森思想启蒙的过程正是共产主义传入中国并经早期共产党人传播而不断发扬的时代。例如，当时北京师范大学附属中学的不少老师都是中共地下党员，经常在国文、地理和历史等课堂上宣传爱

国、民主、进步的思想①。可以说，钱学森的思想启蒙与时代同步，是一个时代的缩影。

永远的第一身份

钱学森回国后不久，便被任命为中国科学院力学研究所所长和国防部第五研究院院长，身兼双职。国防部第五研究院属于军事机构，由党外人士钱学森担任"一把手"，充分体现了党的任人唯才的胸怀。由于身兼两个重要科研机构的"一把手"，钱学森回国初期一心筹划科研事业。他的多数同事为中共党员，他对党员很尊敬，但不亲近。那时他认为："你们是党员，我是群众，你们和我之间不仅分得清清楚楚，而且在思想感情上也的确是有一定的距离。"②此种思想感情是钱学森归国后的真实状况，而直接促使钱学森做出入党行动的是1957年的访苏之行。

钱学森回国后分别于1956年和1957年两次前往苏联访问，对社会主义制度经历了从感性到理性的认识过程。1956年，钱学森应苏联科学院邀请进行了为期一个月的访学，由于此行主要为学术性质的访问，他未能对苏联社会主义制度做近距离观察，所以"不了解社会主义国家科学研究的集体主义"，也"没有能真的发掘苏联力学工作的关键点"。1957年，钱学森随聂荣臻组织的访问团再次前往苏联，恰逢苏联成功发射第一颗人造地球卫星，苏联科学技术的成就给钱学森留下了深刻印象。他说：

---

① 涂元季、李明、顾吉环编：《钱学森书信（10）》，国防工业出版社，2007年，第70页。
② 钱学森：《党是前进的指路明灯》，《中国青年报》1959年1月6日第3版。

在莫斯科期间，我们之中除我之外都是党员，而且久经锻炼的党员，他们的日常生活是完全符合毛主席所说的，集中与民主、统一意志和个人心情舒畅矛盾统一的境界。这使我认识到党是集体，是一个可爱的集体，我开始对党有了感情，回国后向晋曾毅同志（作者注：时任中国科学院力学研究所副所长）表达了争取入党的愿望。

▲ 图为钱学森1957年访问苏联时与王诤（左）的留影。正是此次访苏之行的见闻，直接促使他回国后向党组织表达了入党意愿

此次访苏之行，使钱学森意识到争取做一个共产党员对更好地为祖国的社会主义建设服务的意义，他决定申请加入党组织。因此，他回国后找到中

国科学院党组书记兼副院长张劲夫，表达了入党的愿望。张劲夫回忆："一天晚上钱学森同志一个人找到我家里，谈了他在美国 20 年，所有工作都是在做准备，准备将来为祖国做点事情，所以一美元的保险也不买。回国后，为使人民过上有尊严的幸福生活，将竭尽全力建设自己的国家；并郑重提出了入党的要求。"[1]

1958 年 9 月 24 日，钱学森向中国科学院力学研究所党总支正式提交了入党申请书并附自传一份。1959 年 1 月 5 日，中国科学院力学研究所党总支正式通知钱学森："今接院党委通知，您已被接收为中国共产党预备党员，预备期一年，自一九五八年十月十六日至一九五九年十月十六日止。组织生活编在办公室支部（我们已经通知支部了）。"

入党消息经媒体报道之后，钱学森收到了来自全国各地的贺信。交通大学老校长黎照寰在上海华东医院住院之际，于 1958 年 12 月 28 日特地写了一首五律和一首五言诗致函表示祝贺：

> 喜闻进党，即咏五律一首。时逢新岁，又咏五言一首如下，统希哂正。
>
> 院里新春望，门前喜报鸣。
> 卅载虹桥梦，古稀雪岭形。
> 真生无限好，美景已初成。
> 英俊朝霞映，遥看跃进程。

---

[1] 张劲夫：《让科学精神永放光芒——读〈钱学森手稿〉有感》，《人民日报》2001 年 9 月 24 日第 6 版。

人寰千里近，天下一家亲；

共产大同世，日新又日新。

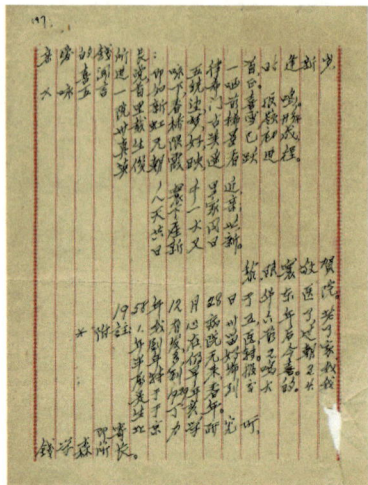

▲ 图为交通大学老校长黎照寰为祝贺钱学森入党，于1958年12月28日在上海华东医院住院时写的一首五律和一首五言诗
▶ 图为中国科学院力学研究所党总支于1959年1月5日发给钱学森的正式通知，告知接收其为中国共产党预备党员，预备期为一年

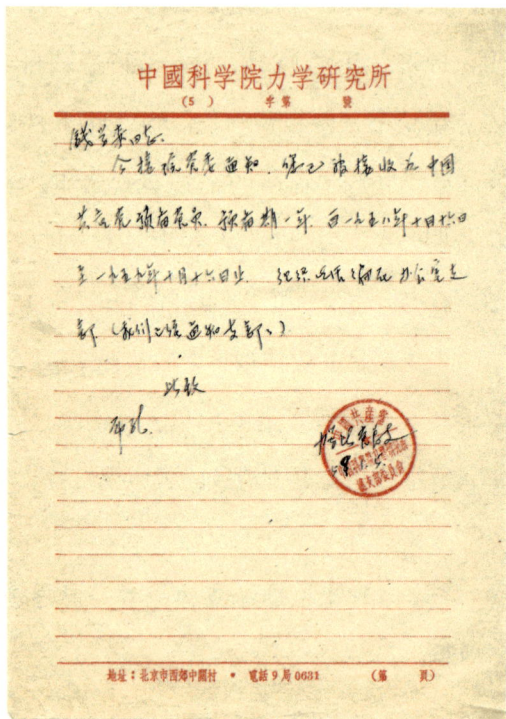

　　预备期结束之后，钱学森正式成为一名共产党员。钱学森后来回忆："这个时候，我心情是非常激动的，我钱学森是一个中国共产党的党员了！我简直激动得睡不着觉。这是我第二次心情激动。"至此，钱学森完成了从思想启蒙到行动实践的全过程，同时实现了"共产党员"的第一身份。

鲜红党旗的意义

"按期交纳党费"是《中国共产党章程》赋予每位党员的基本义务。钱学森在提交入党申请书时曾提出将名下一所杭州市方谷园住房捐赠给杭州市政府。入党后，钱学森一直按时交纳党费，他晚年直接委托秘书用工资交纳，以履行党员的基本义务。不仅如此，他还曾交纳过一笔特殊的党费。

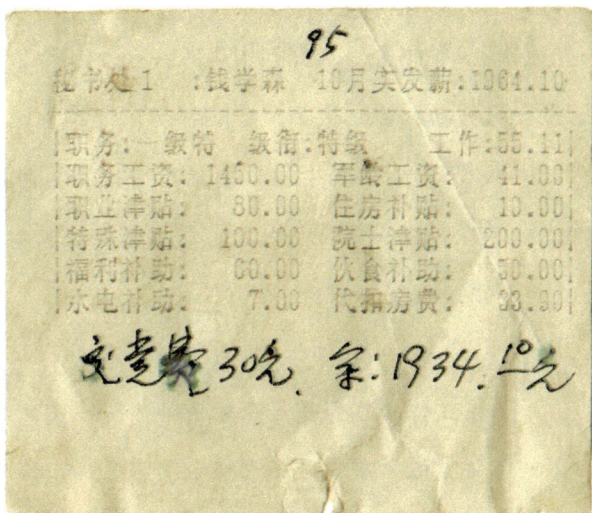

▶ 图为钱学森1995年10月的工资单，上面的手迹为钱学森秘书涂元季记录的党费交纳金额。原件存上海交通大学钱学森图书馆

钱学森回国翌年，其父钱均夫从上海随迁北京，被聘为中央文史研究馆馆员。1969年8月23日，钱均夫因病逝世；9月16日，钱学森按照父亲遗愿，将积存薪金和银行利息3360元交给中央文史研究馆，但中央文史研究馆以此事需要请示上级批示为由将支票退回。9月20日，钱学森准备再次致信中央文史研究馆，提出以"一个普通中国共产党员，向党组织交纳的党费"为名，希望上级留下这笔钱。据考，钱学森写好信后并未发出，因为工作人员告诉他党费应交党员本人所在单位党支部，所以这笔特殊党费就交给了第七

机械工业部党组织。

此外，钱学森入党一事还曾引起科学家是否一定要入党的争论。有人曾向他提问："不入党不是也一样能成为科学家，不是也一样能为祖国建设服务吗？何必一定要入党呢？"钱学森以自己的亲身经历给出了回答："一个对自己有着更高的要求的人、愿为党的事业作出更大更好的贡献的人，他就会很自然地产生一种靠拢党、努力使自己成为一个共产党员的崇高愿望。"

对钱学森而言，入党的根本意义在于知行合一。钱学森1955年离美时曾接受过《洛杉矶时报》记者的采访，他表示："当我回到祖国时，我将竭力和中国人民一道建设自己的国家，使我的同胞能过上有尊严的幸福生活。"而当钱学森拥有"中国共产党党员"这第一身份后，其回国的初心才找到真正的实现路径。正如钱学森入党后所言：

> 如果工作的目的是为了党的事业、人民的利益，那就会产生一种强烈的靠近党的欲望，进而也就会向自己提出作一个共产党员的要求。因为只有共产党才能指给我们前进的正确方向。而加入了共产党的组织，就能够更好地接受党的领导，更直接地取得党组织的帮助。[1]

钱学森入党后始终以党的价值观衡量是非曲直，充分表现出一个共产党员的党性修养。他不仅从思想感情上消除了党员与非党员之间的界限，而且把自己真正地糅在党的集体里，他说，"一种更强烈的主人翁的思想感情在促使自己前进"。这样我们就不难理解钱学森晚年为何会思考"什么时候实

---

[1] 钱学森：《党是前进的指路明灯》，《中国青年报》1959年1月6日第3版。

现共产主义社会"的终极问题了，因为他坚信一个党员的神圣使命就在于"一定要拿出一切来为大家的幸福生活而奋斗，而最幸福的生活是通过社会主义又达到共产主义社会"。由此可见"共产党员"这个第一身份在钱学森心中的地位，所以他才会提出"第一位应是政治"的观点：

> 如院士病故，讣告对死者介绍，第一位应是政治，如"中国共产党党员"，第二位就应是"中国科学院院士"或"中国工程院院士"。[①]

如钱学森之所愿，其逝世后的讣告开篇便是"中国共产党的优秀党员，忠诚的共产主义战士"，然后才是"享誉海内外的杰出科学家和我国航天事业的奠基人，中国科学院、中国工程院资深院士"。与之相应，覆盖在钱学森遗体上的是一面鲜红的党旗。

---

① 涂元季、李明、顾吉环编：《钱学森书信（9）》，国防工业出版社，2007年，第264页。

钱学森从 1955 年回国后入职中国科学院，到 20 世纪 80 年代初期从国防科委一线退出，为中国科技事业奋斗了近 30 年。钱学森回国后便深度参与十二年科学规划的编制，并以此为基础领导、推动中国喷气和火箭技术的研制，之后的人造地球卫星和反导体系等重大工程也都与其有着密切关系。钱学森为中国科技事业奋斗的近 30 年，正是国际政治、经济和军事风云变幻的时期，他在科技领域取得了巨大的成就，恰逢我国抓住历史机遇的窗口期，从而为我国科技"从无到有""由弱变强"做出了重要的贡献。

第二部分

中国科技事业奋斗者

第五章 十二年科学规划参与者

作为国家层面的一件"划时代的大事",十二年科学规划有效地促进了新中国科技事业的发展,为国民经济、社会生产和国防建设提供了强有力的科技支撑。恰逢其时,钱学森回国后深度参与十二年科学规划的编制工作,他不仅主持编写了"喷气和火箭技术的建立"这一重要任务,同时还以"大战略家"的角色参与了其他项任务的讨论并建言。

亲历"划时代的大事"

凡事预则立,不预则废。无论是国家政府机构,还是教学科研单位,抑或工厂生产企业,都会制定相应的发展规划。然而,并不是每个发展规划都能执行到位、达到预期效果。俗话说,计划赶不上变化,每个发展规划从编制到执行都面临诸多复杂因素,处理其中的矛盾绝非易事。被钱学森称为"划时代的大事"的十二年科学规划,无疑从历史的维度提供了重要的现实启示。

十二年科学规划是指"1956—1967年科学技术发展远景规划",该规划的编制与国家计划委员会1954年制定的国民经济十五年计划(1953—1967

年）相关联，同时又直接服务于第二个和第三个五年计划。十二年科学规划在 1955 年 12 月 24 日以范长江为组长的"科学规划十人小组"成立之时，便已拉开序幕；随后，中央政治局又于 1956 年 2 月 24 日批准成立国务院科学规划委员会，作为编制规划工作的领导机构。恰逢其时，钱学森回国不久就被选为国务院科学规划委员会的 35 名委员之一，深度参与了十二年科学规划的编制。

那么，钱学森在其中担任何种"角色"呢？

当时，"科学规划十人小组"中有一个非常设机构"综合组"，其作用在于审查全国各个系统提交的项目书以确定入围名单。几十年后，一位参与者忆及此事时，表示该综合组的组长为钱学森[1]。另一位当事人亦回忆，当时钱学森是中国科学院力学研究所所长，还担任十二年科学规划综合组组长[2]。但他们可能都记错了，因为据竺可桢日记所记的，综合组"领导者"实乃杨石先，而非钱学森。竺可桢在 1956 年 3 月 9 日的日记里写道：

范长江主任召集三学部主任讨论十人综合小组综合组（杨石先领导者）是否要继续，大家认为必要，现有钱伟长、钱学森、赵九章、童第周、白希清、李薰、邓叔群、杨石先等十二人，拟加华罗庚、贝时璋等二人继续工作，作为十人参谋。[3]

十二年科学规划最终决策出 57 项重要任务，综合组起到了关键统筹

① 何祚麻：《钱学森教授与发展科学技术的十二年规划》，《院史资料与研究》1992 年第 3 期。
② 张劲夫：《让科学精神永放光芒——读〈钱学森手稿〉有感》，《人民日报》2001 年 9 月 24 日第 1 版。
③ 樊洪业主编：《竺可桢全集（第 14 卷）》，上海科技教育出版社，2008 年，第 302 页。

作用。钱学森虽非"领导者"，但"他用自己的智慧给规划出了不少好主意"。事实上，耗时近半年编制的十二年科学规划是一部经典的集体作品，凝聚着600多位科学家的心血与梦想。且中央当时提出"十二年内接近国际水平"的总要求，由于不少参与编制规划的科学家同钱学森一样都是国际一流学者，所以规划的整体水平几乎与当时世界先进科学技术的水准齐平。

科学规划委员会在十二年科学规划编制工作结束后，于同年年底向国务院各部委、中国科学院以及各省（区、市）人民委员会广泛征询意见，并附寄《1956—1967年科学技术发展远景规划纲要（修正草案）》以及3个附件，即《任务说明书和中心问题说明书》《基础科学学科规划说明书》《任务和中心问题名称一览》。由草案正文和附件可知，整个规划由"13个方面+57项重要任务+616个中心问题+12个重点任务"构成，参加编制的竺可桢曾形象地将其比喻成"经过许多次煮煎"的"良药"[1]。

正因如此，钱学森晚年回忆20世纪50年代我国科技界有两件"划时代的大事"，其中一件是制定十二年科学规划，另一件则是决定自力更生研制核弹和导弹。这两件大事均与钱学森有密切关系，而之所以评价其具有划时代的意义还在于党和国家的组织，正如钱学森强调的，"这样的重大科学技术决策不可能来自科学技术工作者，他们处的位置限制了他们考虑问题的视野。这样的决策只能来自党中央和国务院"[2]。

十二年科学规划是一个自上而下和自下而上相结合的成果，并在实施过程中解决了诸多"卡脖子"的问题，甚至还在某些尖端科技领域做出了开

---

① 樊洪业主编：《竺可桢全集（第14卷）》，上海科技教育出版社，2008年，第292页。
② 涂元季、李明、顾吉环编：《钱学森书信（9）》，国防工业出版社，2007年，第47页。

创性工作。从实际效果来看，这个规划影响力的时间范畴远超十二年，至今仍发挥着不可估量的作用。后来，钱学森晚年论及我国水资源危机及防治对策时提出要及早谋划，且在延伸探讨社会主义建设的问题时立意深远地说："中国共产党人要看到国家的未来，考虑五十年后、一百年后，以至一千年后的中国与世界。"

主持了哪项重要任务

《1956—1967 年科学技术发展远景规划纲要（修正草案）》作为一本由600 多位科学家共同完成的"文集"，虽未署名，但可以考证其中的第 37 项重要任务——"喷气和火箭技术的建立"，是在钱学森主持下由王弼、沈元和任新民共同完成编写的。该项任务更是集中体现了钱学森的技术科学思想。

"喷气和火箭技术的建立"的草案内容比较简略，主要从新技术角度指出"喷气飞机和火箭是现代飞行器械技术中的最高成就"及其国防与民用意义，但突出强调："由于火箭是利用复杂的自动控制系统来控制飞行的路线的，因此，在国防上可以达到超越远距离瞄准的要求，它同时也是近代空防的利器。"[1] 此外，草案中还提出"掌握它、运用它和继续发展它必须要付出很大努力"，同时又提出了可靠务实的总体目标：

---

[1] 《1956—1967 年科学技术发展远景规划纲要（修正草案）》，第 29 页，原件存上海档案馆。

首先掌握喷气飞机和火箭的设计和制造方法，同时研究其有关的理论，并建立必需的研究设备，从事高速气体动力学、机身结构、各种喷气动力、控制方法以及飞行技术的研究，使在最短期间能独立设计民用的喷气飞机和国防所需的喷气飞机和火箭。①

　　作为对此项任务的进一步解释，他们在提交的《任务说明书和中心问题说明书》中给出了更加具体的说明，并在开篇阐明："喷气和火箭技术是现代国防事业的两个主要方面：一方面是喷气式的飞机，一方面是导弹。没有这两种技术，就没有现代的航空，就没有现代的国防。建立了喷气和导弹的技术，民用航空方面的科学技术问题也就不难解决。"随后，他们又从预期结果、解决途径、大体进度、组织措施等多个方面进行了说明。例如，关于解决途径，他们写道："必须尽快先建立包括研究、设计和试制的综合性的导弹研究机构，并逐步建立飞机方面的各个研究机构。"②

　　钱学森等人在草案和说明书中提出了一个"链条式"计划，即同步推进理论研究、研发设计和生产制造，由此在规划时间节点能够"独立进行设计和制造国防上需要的、达到当时先进性能指标的导弹"。实际上，这个草案和说明书正是钱学森在那之前不久撰写的《建立我国国防航空工业意见书》的精华版。这几份文件从组织层面和技术层面构成了一个完整的方案，成为中国航天科技事业发展史上的经典之作。

---

① 《1956—1967 年科学技术发展远景规划纲要（修正草案）》，第 30 页，原件存上海档案馆。
② 王寿云等：《钱学森》，摘自《中国现代科学家传记（第一集）》，科学出版社，1991 年，第776 页。

因何被称为"大战略家"

作为历史的参与者，中国科学院院士何祚庥曾回忆、评价钱学森在十二年科学规划编制中的定位和作用是"大战略家来主持"。那么，何谓"大战略家"呢？

作为综合组的成员之一，钱学森除了主持第 37 项"喷气和火箭技术的建立"之外，还深度参与了其他项目的讨论并建言献策，其中就包括力学、量子力学、电子计算机、无线电电子学、自动化技术、原子能、半导体、可燃矿物资源的综合利用、热能的有效应用、统一动力系统的建立、全国通信系统、交通工具的新发展、精密仪器制造等。兹举两例，便可一窥"大战略家"的风采。

一个例子是建议发展计算数学的种种理论问题。当时，国内科技界尚未充分认识到计算机的价值，也并不看好计算机的发展，尤其对"计算机能代替大脑思维"更是持怀疑态度。但钱学森以计算机模拟水轮机设计、求解流体力学方程以及下象棋等为例，通过阐述计算机的记忆功能、逻辑功能以及学习功能，指出计算机可以代替人的思维，并预言："人的度算远不如电子计算机快捷，人脑工作久了会疲倦。所以，电脑在一定条件下将能胜过人脑。"不难看出，这个思想与其 1952 年 5 月 2 日写给导师冯·卡门的信一脉相承。

另一个例子是建议发展农业应从机械化走向自动化。钱学森将我国农业的精耕细作形容为"如同绣花一样"，虽然新中国成立后就开始发展机械化的生产方式，但未来的发展方向"必须在农业机械的设计上引入控制机"，从而走向自动化。此建议一经提出，就为负责规划工作的杜润生所赞许，因为它"真正符合了毛泽东同志在中国如何发展农业机械化的想法"，且又"具体指出了技术上如何实现的途径"。钱学森提出农业生产自动化的建议，皆因此前研究工程控制论时已经预料到自动化将成为工业和农业领域发展的新方向，会极大地解放和发展生产力。

由此两例，便可见钱学森的战略眼光及其强大的科学预见能力，他能够精准把握世界未来科学技术的发展走向。当然，钱学森的建议并非空中楼阁，而是以现实条件为基础的。所以，张劲夫就曾讲到，钱学森的建议"既志存高远又切实可行"。又如何祚庥对这位"大战略家"的总结，即"体现出马克思主义指导下的远见卓识和自然科学里的深入求实的精神的合流"，同时又"突出了时代精神"[1]。

当钱学森看到何祚庥对他的赞誉和评价时，礼貌地致信表示"所论实过誉了"。他晚年时常想起郭沫若为他题写的那首著名的"补壁"诗作："大火无心云外流，登楼几见月当头。太平洋上风涛险，西子湖中景色幽。突破藩篱归故国，参加规划献宏猷。从兹十二年间事，跨箭相期星际游。"这首诗作形象地展示了钱学森从归国者到奋斗者的历程。钱学森晚年经常对友人说："我很怀念那个时代。"

---

[1] 何祚庥：《钱学森教授与发展科学技术的十二年规划》，《院史资料与研究》1992年第3期。

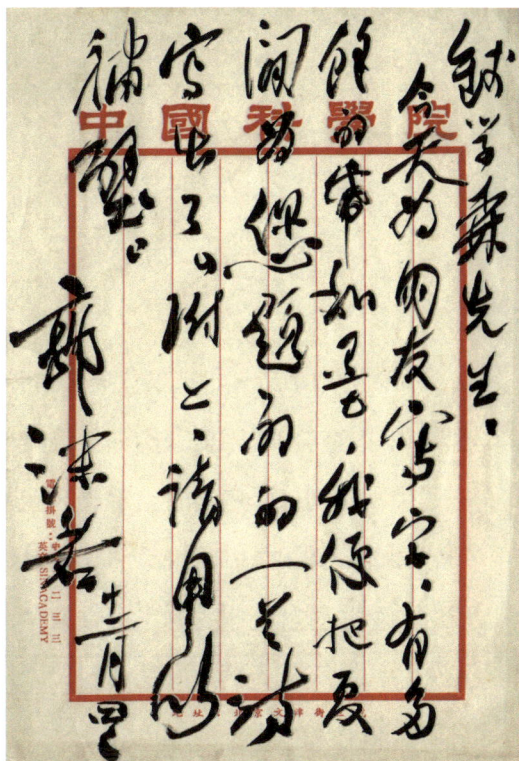

▲ 左图为钱学森和家人于 1959 年在中国科学院中关村宿舍的留影，墙上挂的是郭沫若于 1956 年 12 月 4 日所赠的 "补壁" 诗作（右图为郭沫若信件手稿）。此诗由郭沫若于 1956 年夏创作，以此感谢钱学森在十二年科学规划中的贡献

第六章 "中国导弹之父" 辨析

　　作为为中国航天科技事业奠基的文献,《建立我国国防航空工业意见书》也是钱学森向周恩来提交的一份答卷。这份答卷从处理矛盾关系入手,回答了中国研制导弹应当着力解决的问题,而其中的核心因素当属建立起由"科学家—工程师—制造者"构成的人才体系。然而,公众以"中国导弹之父"的称号赞誉钱学森的杰出贡献时,却遭到其本人的极力反对,因为他深知中国航天从无到有、从小到大、从大到强的奋斗历程,凝聚着数以万计中国航天人的贡献。

钱学森是怎么"答卷"的

　　史实表明,我国研制导弹的决策早在钱学森回国前就已经形成,我国在1953年前后还曾试图开展研制工作,但不知因何未能成功。钱学森常说自己回国参与导弹技术事业的研究工作属于恰逢其时,是有深刻的历史背景的。从大的历史环境看,我国通过社会主义改造和抗美援朝创造出了有利的国内条件和国际环境。我们无法假设历史,但若钱学森未在那时归国,极有可能错失开展研究并成功研制导弹的最佳窗口期。而在这个窗口期里的关键一环，就是钱学森向中央提交的《建立我国国防航空工业意见书》（以下简称"意见书"）。

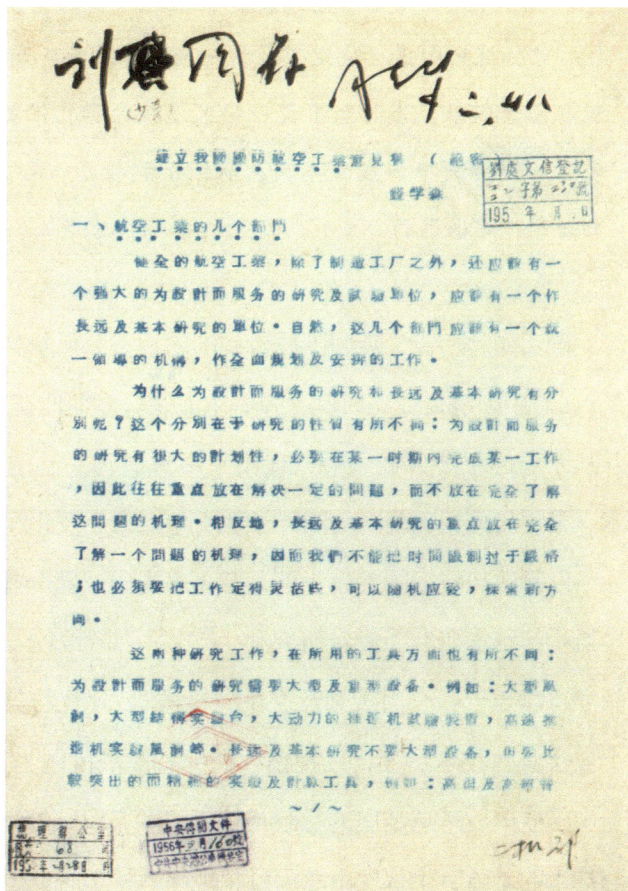

▶ 图为钱学森撰写并向中央提交的《建立我国国防航空工业意见书》首页，这份意见书由周恩来于1956年2月28日批示给刘少奇阅存。原件存中央档案馆。当时的"航空"概念包括现在航空和航天两个领域的技术，直至1967年由钱学森明确提出"航天"一词之后，"航空"和"航天"才具有各自的特定含义。例如，北京航空航天大学和南京航空航天大学的前身分别为北京航空学院和南京航空学院

据钱学森回忆，这份意见书是周恩来总理交给他的一个任务。这份意见书也恰是一份回答中国如何研制导弹的答卷，从实际效果来看，可谓满分。那么，钱学森究竟是如何作答的呢？

这份有2700余字的意见书分为四个部分：航空工业的几个部分、航空工业的组织、国内现状和发展计划。客观而言，诚然钱学森曾在中国人民解

放军军事工程学院以"外国人能干的，中国人为什么不能干"一语，斩钉截铁地答复了陈赓"中国人搞导弹行不行"的问题，但他后来回忆道：

> 谁知这一句话，决定了我这一生从事火箭、导弹和航天事业的生涯。现在回想起来，当时我冒说一句可以搞导弹，但是真正干起来，困难真多呀。因为新中国成立不久，从经济到技术，各方面的条件与现在比，相差是很远很远的。[①]

确实如此，钱学森回国后看到国内很多科研机构"连螺丝钉帽都自己生产"，对中国能否成功研制导弹心中无底。然而他在意见书中抓住主要矛盾，并从矛盾的主要方面入手，提出了中央最为关心的几个问题，即行政与技术、军用与民用、国内与国外、现实与未来等彼此间的协调关系。

以行政与技术的关系为例，意见书提出"健全的航空工业"应划分为领导机构、科学研究、设计研究和生产工厂四个部分，即"1+3模式"。其中，领导机构属于"全面规划及安排的机构"，建议将其设在国防部，而后面三个属于具体技术层面，以提出、研究和解决问题为目标。"1+3模式"蕴含着中国航天后来总结出的行政与技术"两条线"的辩证思想，既解决了行政与技术的矛盾，也体现出尊重科学规律与科学服务国家需求的高度统一。

再如，以军用与民用的关系为例。研制导弹首先要满足国防和军事的需求，但导弹研制作为一项系统工程，还需要应用力学、爆炸力学、材料学、化学、电子学、控制论等基础科学理论的支撑。意见书提出："现在在科学院内，力学研究所的研究工作或多或少都与航空工业有关，其他研究所中的

---

① 钱学森：《一切成就归于党，归于集体》，《光明日报》1989年8月6日第2版。

高温材料研究，电子学研究，计算机研究等也都与航空工业有密切关系。在将来很可能再设新研究所来推进某一方面的研究，如气动力学研究所，自动控制研究所等。"后来，钱学森在中国科学院力学研究所的一次会议上表示："我们承担理论性研究课题，五院搞实的。"[1] 事实也正是如此，中国科学院为国防部第五研究院研制导弹解决了大量理论问题。钱学森曾形象地将两者的关系比喻为一场"接力赛"：

> 由于保密，力学所许多工作同志并不太知道他做的工作意义有多大，但我很清楚，这些研究报告，即使是不成功的结果，对我们整体的工作都是一笔财富，这就是社会主义的优越性，这就是"接力赛"。[2]

另外，钱学森同时担任中国科学院力学研究所所长和国防部第五研究院院长，双管齐下，在科研上攻坚克难的同时，从领导层面有效地协调了两个单位的工作。这份意见书蕴含的军用和民用的矛盾关系，逐渐发展为钱学森晚年的军民融合思想体系。而在分析国内与国外的关系时，钱学森务实地强调，"如果只能靠自己，这非二三十年办不到"，因而"要在短时间做到，非争取苏联及其他兄弟国家的大力帮助不可"。同时，意见书又清晰地传达出一个信号，即依靠外援并非长久之计，中国必须拥有研制导弹的全部能力，掌握本领。因为若"造不如买，买不如租"的思想大行其道，其结果就是被死死地"卡脖子"。

意见书还将十二年科学规划的终止时间 1967 年作为目标节点，为何如

---

[1] 《钱学森同志对力学所方向任务的看法》，原件存中国科学院档案馆。
[2] 中国力学学会编著：《中国力学学会史》，上海交通大学出版社，2008 年，第 18 页。

此？此意旨在处理现实与未来的关系，即将导弹研制工作完全融入国家整体科技规划，以获得国家的支持和投入。正因如此，导弹研制工作自启动之日起，就得到包括中央、军工、高校、科研机构以及工厂等各方面的鼎力支持和积极配合，成为一项国家级工程。正如钱学森后来总结中国航天能够成功的点题之言：

> 五十年代搞国防尖端技术，靠的是周恩来同志、聂荣臻同志亲自挂帅，才能调动全国力量，大力协同，在国力有限的情况下，一举成功。[1]

需要指出的是，这份意见书性质上仍属钱学森技术科学思想的范畴。钱学森后来自谦地说："现在想起来真是惭愧，那时我对中国的情况一点也不了解，意见书中错误一定不少。"但正是钱学森在意见书中以其在美国科研工作的经验为基础，结合中国的客观现实，扬长避短，使中央确信我国能够成功研制导弹，犹如在迷雾中拨云见日一般，指明了我国研制导弹的方向。

科技帅才：在轻与重之间

意见书基于朴素的矛盾论思想，从破题到解题，以提出如何协调矛盾关系为思路，旨在铺垫一个核心基调，即突出人才的关键作用。意见书在开篇"航空工业的几个部分"中就指出："健全的航空工业，除了制造工厂之外，

---

[1] 李明、顾吉环、涂元季编：《钱学森书信补编（2）》，国防工业出版社，2012年，第44页。

还应该有一个强大的为设计而服务的研究及试验单位，应该有一个作长远及基本研究的单位"。随后，意见书又进一步阐述：

> 这两种研究中的工作人员，也有些不同：为设计而服务的研究，需要对生产过程有彻底了解，对研究能大力推进，按时完成，不怕时间上的压力的工作者。长远及基本研究，需要对基本科学如数学、物理、力学等能完全掌握，能对一个问题深入探讨的工作者。自然，有的科学家，两方面的能力都有，两方面的要求都能适合，这些人就是重要的，关键人物，我们要依靠他们来迅速地建立起国防航空工业。

显而易见，"关键人物"正是整个意见书的主题词。如果没有关键人物，即便简单的矛盾关系可能都无法协调，所以，意见书最后又从两个方面提出了具体的人才计划。一方面，提出将一批高级人员调入导弹研制系统，如沈元、陆士嘉、庄逢甘、罗时钧、林同骥、潘良儒、王俊奎、钱伟长、王仁、杜清华、胡海昌、钱令希、郑哲敏、李敏华、范绪箕、吴仲华、陈士祜、梁守槃、罗沛霖、林津、任新民等。另一方面，提出逐步扩大中国科学院有关航空研究的工作，在 1967 年达到 600 人的规模，同时将设计院技术人员扩充到 5700 人，而工厂技术人员也要扩充到 2400 人。

实际上，当中国于 1966 年成功完成两弹结合试验时，导弹技术研发和制造人才的数量已经远远超出意见书建议的规模。也因如此，这些人才成为中国航天的第一代创业者。其实，意见书首尾呼应，强调人才的至关重要性，旨在建立起"科学家—工程师—制造者"的金字塔式人才体系。决定事业成败的关键在于人才，尤其是钱学森心目中的"科技帅才"。1993 年 5 月

17日，钱学森致信朱光亚反馈《中共中央、国务院关于进一步加强科技工作的决定（征求意见稿）》的意见时，特别提出："能否加入要培养并选拔能领导科技攻坚的科技帅才这个意思？帅才的确是我们的急需。"

那么，什么是科技帅才？科技帅才又应当具备怎样的素养？钱学森曾精练地定义："科技帅才不但要是一方面的专家，而且要能看到现代科学技术发展的全貌，并且能够联系到经济、政治和社会来考虑问题。"晚年，他又非常具体地阐述了科技帅才的含义：

> 科技帅才不仅要有深厚的数理基础和丰富的工程技术，而且要懂得社会科学，特别是哲学。因此，要培养科技帅才，就要把自然科学技术与社会科学结合起来，特别要懂马克思主义哲学，那才能洞察世界，一览众山小。

正因如此，钱学森指出不仅要培养他们成为专业的"科学技术专家"，而且还"要懂得辩证唯物主义，会用两点论分析问题，了解世界复杂的情况"，因为"这样的人设计出的方案才不会出乱子，才会出奇制胜"。由此可见，钱学森心中的科技帅才要能够做到兼顾全局和细节，即如其借用周恩来"轻重观"所做的类比。他说：

> 用周恩来同志的话，我想帅才就要"举重若轻"，而落实工作又要"举轻若重"。[1]

---

① 涂元季、李明、顾吉环编：《钱学森书信（7）》，国防工业出版社，2007年，第360页。

▲ 图为 1962 年 2 月 2 日国防部第五研究院科学技术委员会成立时的合影，参与合影的委员们正是中国航天科技事业第一代创业者的杰出代表，同时也是钱学森心目中的"科技帅才"

　　所谓举重若轻，就是在处理全局问题或制定方针政策时，能够居高望远、统揽全局、抓住关键。所谓举轻若重，就是在处理局部问题或制定规划时，能留意一切因素、重视细节。如何把握这之间的轻重，则体现出科技帅才的风度和气魄，以及处理问题的超群能力。在钱学森看来，必须会用马克思列宁主义、毛泽东思想的观点和方法，方能运筹帷幄、决胜千里。当然，科技帅才并不好当，尤其是中国航天创业初期被"卡脖子"，钱学森感言："选择干什么，不干什么，怎么干，对这些问题专家出的主意要是差一点，国家的损失就大了。"

　　历史是一面镜子。由中国航天创业初期的困境突围和钱学森提出的科技帅才观，可以进一步理解党的十九大报告提及创新发展时特别指出的"培养造就一大批具有国际水平的战略科技人才、科技领军人才、青年科技人才和高水平创新团队"。历史和现实深刻地揭示出一个规律，即未来要解决中国面临的科技"卡脖子"问题，培养造就人才是极为重要的一环。

谁是"中国导弹之父"

2003 年 10 月 15 日，"神舟五号"载人飞船成功地将航天员杨利伟送入太空，并于 10 月 16 日安全降落在主着陆场。是日下午，钱学森激动地阅读了《人民日报》号外《我国首次载人航天飞行圆满成功》。2004 年 2 月 5 日元宵节之际，杨利伟来到钱学森家中看望这位"航天老人"，并在钱学森阅读过的号外上签下名字。在"神舟五号"载人飞船成功发射后不久，钱学森的好友罗沛霖撰写了一首《七律·飞天》赠送钱学森：

> 千年古国梦飞天，十载攻关今喜圆。
>
> 筚路蓝缕君矻矻，功成业就自谦谦。
>
> 神龙腾起太空去，广漠迎来壮士还。
>
> 回忆从前聂帅嘱，白头相庆共欣然。

钱学森收到这首七律后，在旁边用颤抖的手批示秘书涂元季："谢告罗沛霖同志，我谢谢了。很不敢当！"虽言"很不敢当"，但钱学森长期以来就被公认为"中国导弹之父"，不过他在多个场合明确表示反对这个称谓，且认为这"不是好话"。鲜为人知的是，"中国导弹之父"这一称谓是个舶来品，源于法国《震旦报》1970 年刊登的一篇报道。

中国于 1970 年 4 月 24 日成功发射"东方红一号"人造地球卫星，震撼世界。国外媒体对"东方红一号"有着浓厚的兴趣，纷纷打探消息。时任美国国家航天局局长的佩因曾对外公开表示之前已经预料到中国人造卫星的发射，但美国实则并未掌握有效信息，反倒是日本拍到了"东方红一号"并判定其"明亮等于一颗四等星"。

▲ 图为钱学森在北戴河疗养时的留影，发自内心的笑容透露出钱学森的自信与气度

缘于此故，法国《震旦报》、英国《卫报》和《每日邮报》、南斯拉夫《战斗报》和《政治报》等国外媒体开始发布各种猜测性报道，随后将焦点集中到了钱学森身上。这些媒体早在 20 年前就曾关注过"钱学森案"。时任美国众议院科学、空间与技术委员会主席米勒甚至还拿此事反思说："这次发射是我们自己的过失。美国在麦卡锡时代赶走了中国的一个高级物理学家，他现在带头使中国在核物理方面取得进展。"他指的这个"高级物理学家"就是钱学森。

▲ 钱学森在航天岁月里经常在保密状态下前往星散于全国各地的基地视察，图为他1962年前往酒泉基地视察时于3月28日途经嘉峪关时的留影（左起依次为陈信、钱学森、王诤、王秉璋、曹光琳）

在此期间，署名"罗兰·富尔"的作者在《震旦报》发表文章，将钱学森称为"中国导弹之父"，而且推断发射卫星的导弹射程可以达到8000公里[1]。《战斗报》和《政治报》等报纸在报道时还刊登了钱学森的照片，使钱学森作为"中国导弹之父"的形象率先在国外建立起来。国外媒体将目光聚焦于导弹并不难理解，因为他们更关注发射人造地球卫星所使用的运载工具的射程，这正是钱学森的研究领域。十年后，1980年5月18日，中国洲际导弹成功发射，而在那之前两日，《华侨日报》在报道《火箭·钱学森》中就坦言："谈到这个问题，人们的目光自然而然地移到国际著名的力学专家钱学森身上。"事实也正是如此，钱学森的确全程参与了"东方红一号"人

---

[1] 樊洪业主编：《竺可桢全集（第20卷）》，上海科技教育出版社，2011年，第93页。

造地球卫星的研制,且发挥了重要的作用。中国成功发射第一颗人造地球卫星后,于当年五一国际劳动节在天安门广场举行了庆祝大会,参加大会的竺可桢曾在日记里有不见钱学森的记录,他猜测"大概为了追踪卫星或忙于别种工作"。实际情况是:当晚毛泽东特地在天安门城楼上接见了钱学森,还留下一张珍贵的接见照片。但竺可桢未能参与此次小范围的接见活动,可见保密工作之严格。

的确,由于安全需要,"两弹一星"工程的参与者们长期处于保密状态,甚至隐姓埋名几十年。然而这段不为人知的岁月,在钱学森看来却是"甜蜜的"[①]。直到改革开放之后,"两弹一星"工程才逐渐揭开神秘的面纱,而钱学森作为"中国导弹之父"的公众形象也逐渐建立起来。但他深知中国航天事业绝非一人之功,而是全国之力。因此,钱学森特别反对这个称谓,他解释说:

> 原子弹、氢弹、导弹卫星的研究、设计、制造和试验(简称"研制")实际是几千科学技术专家通力协同合作的成果,不是哪一个科学家独自的创造。……因此用"××之父"是不科学的,A.Einstein(作者注:爱因斯坦)上书 Rosevelt(作者注:罗斯福)开始了世界上原子弹的研制,但无人称 Einstein 为"原子弹之父"。美国领导原子弹研制的是 R.Oppenheimer(作者注:奥本海默),也无人称 Oppenheimer 为"原子弹之父"。倒是与 Oppenheimer 闹个人意见的 E.Teller(作者注:泰勒),被正直的美国人以嘲笑的口气,称为"氢弹之父"。因此,"××之父"一词不是好话。[②]

[①] 顾吉环、李明、涂元季编:《钱学森文集(卷五)》,国防工业出版社,2012年,第242页。

[②] 涂元季、李明、顾吉环编:《钱学森书信(5)》,国防工业出版社,2007年,第206~207页。

　　基于此，钱学森认为用该称谓作修饰语反而是在"帮倒忙"，因为这很容易忽视数以万计航天人的贡献。若一定要回答究竟谁是"中国导弹之父"，钱学森曾经给出的答案是，"那只有党和国家的决策领导人"。但这仅是从决策层面而言，背后还有许多为中国航天事业奋斗的科技工作者。所以，钱学森的另一句总结更加准确："直接参与的人就有上千，间接参与的大概上万，几十万。所以应该说，全世界看到的是中国人的成就，中国人在中国共产党领导下取得的成就！"倒是外国媒体在"东方红一号"人造地球卫星成功发射后，总结中国航天成功的秘诀在于"严格纪律"，而且认为"这一种情况是可怕的"[1]。言外之意，尽在其中。

---

① 樊洪业主编：《竺可桢全集（第 20 卷）》，上海科技教育出版社，2011 年，第 93 页。

第七章 星际航行：从科幻到现实

星际航行是钱学森早期科技思想中的重要内容，最早萌发于求学交通大学之际的科学幻想。钱学森留美时期又通过科学理论研究了星际航行的可行性，甚至还提出了原子能火箭的概念。当钱学森领导中国研究喷气和火箭技术之际，其星际航行之梦逐渐从科幻变为现实——"东方红一号"人造地球卫星颇像钱学森科幻概念中的星际航行码头，为往返宇宙间的航行建造了一座基地。

著名科幻电影的致敬

2015 年，由马特·达蒙主演的科幻电影《火星救援》上映，这部电影讲述了美国的宇航员因火星风暴被困火星之后采取自救并成功返回地球的故事。其中有一段男主角的独白，其大意是：加州理工学院的 5 个学生在试图制造火箭燃料时差点烧毁了宿舍，但他们并未被学校开除，只是被赶到了学校附近的农场继续试验。电影中这五人小组所成立的"火箭俱乐部"其实就是如今誉满全球的美国喷气推进实验室（JPL）的前身之一。独白中提及的 5 个学生中就有钱学森。钱学森曾回忆："加利福尼亚理工学院（作者注：加州理工学院）的火箭研究小组刚成立时，小组成员都是一些年轻人。那时候这些人对于火箭的看法都是很理想的。"[①] 当马特·达蒙向这五人致敬时，肯定不曾想到青年钱学森就曾仰望过火星，还曾自问："我们会能有那么一天，和火星通信吗？"

正是这一问开启了钱学森对星际航行的科学幻想。他求学交通大学时，以机械和航空工程知识为基础进行探索，并通过发表文章《火箭》展示了他早年关于星际航行的科幻思想。文章以欧洲无线电台"接到一种不知何方发来的奇异无线电信号"为开篇，引申出对火星是否存在生物的探讨后，又进一步提出如何利用火箭去火星，然后从火箭怎么会上升、用什么火药、到星球去、火箭飞机和研究者的工作 5 个方面进行说明。

文章首先在"火箭怎么会上升"部分以踢足球等例子，引出物理学中的牛顿第三定律作为全文的铺垫。之后在"用什么火药"部分通过数学推算和物理证明，提出使用原子氢作为火箭动力进行星际航行，同时又理性地指出限于当前（作者注：指当时）技术条件无法进行批量生产，而从科技、经济、存储条件以及冲量大小等方面综合考虑，"将来交通工具的大火箭必是用液体氧和汽油来推动的"。当然，文章目的并不在于此，而是从解决动力问题入手，提出"到星球去"的科幻设想。

钱学森由此在后面的几部分内容中，以科学技术的最新前沿理论知识为依托，勾画出一幅星际航行蓝图。众所周知，要实现星际航行，首先需要具备脱离地球引力的动力。钱学森借用前人"脱壳的火箭"概念，提出火箭如何获得动力，如文中描述："就是在第一个最小的火箭中，燃料以外还载有各种操纵仪器和旅客。在这个火箭外面，再套上第二个火箭，这个火箭比第

---

① 顾吉环、李明、涂元季编：《钱学森文集（卷一）》，国防工业出版社，2012 年，第 136 页。

一个大，只带燃料。在这个火箭外面，再套上第三个火箭。这个比第二个又大些，也是只带燃料。"以此类推，根据星际航行的距离不断增加外壳的数量，实现宇宙间星体的远距离自由航行。

钱学森手绘了一幅火箭想象图作为文章的配图，其结构很像分级火箭的雏形。文章还对最内层具有飞船功能的火箭进行了剖面介绍，包括驾驶室、客室、燃烧室、燃料储存室、膨胀管、控制器等部分。从严谨的科学立场出发，文章指出以当时的科技水平还不具备制作此种火箭的条件，"因为经验毫无，也必失败"，但又乐观地表示，"我们必须从小的地方慢慢做起来"。

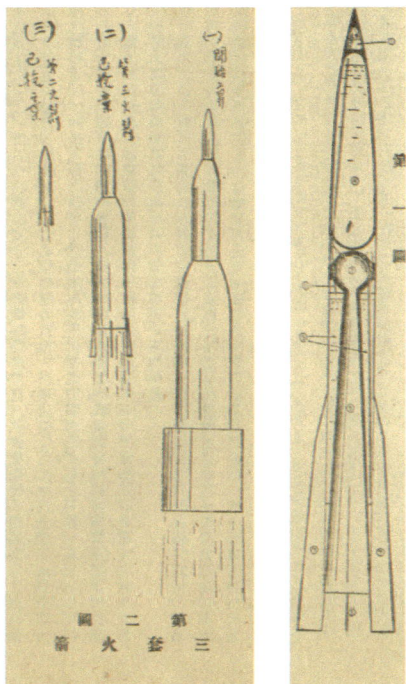

◀▼ 钱学森手绘的"三套火箭"及最内层"飞船"的剖面图（左）和"火箭飞机"图（下）。"火箭飞机"也是钱学森后来提出"火箭客船"概念的思想源头

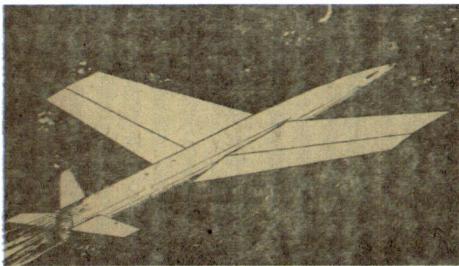

那么，应该从哪些小的地方做起来呢？

文章建议可以结合火箭和飞机两种技术设计火箭飞机，即由此退一步，先通过研制火箭飞机，不断地积累科研经验，以便更好地向前探索。由于火箭飞机能在几小时内往返世界各地，钱学森幽默地称其为"现实的缩地法"。在文章的最后，他热情洋溢地呼吁：

> 朋友，全世界都热心于火箭了，工程家和科学家都动员了，他们努力的，忍耐的，一步一步的走向征服宇宙的路。朋友，他们每一步都是坚实的！

钱学森的文章具有科普和科幻的双重性质，前面两个部分属于科普内容，后面三个部分则具有科幻性质，然而从中却可见青年钱学森的科学探索欲，如其所言："我们可以从非常渺小的事物，研究改进到伟大的成就！"这是因为一次失败就会有一次经验，任何成与败都会为后人留下借鉴。

近半个世纪之后，浙江图书馆古籍部工作人员董建国在整理馆藏时，无意间翻阅到《浙江青年》1935年第1卷第9期上刊登的钱学森的文章《火箭》。1982年9月8日，董建国委托沈钧儒的女儿沈谱致信钱学森，表示"这篇文章是很重要的科技史料"，若有需要，可以代为复印寄送。

什么是"星际航行码头"

1935年8月，钱学森以清华大学留美公费生的身份赴美留学，先在麻省

▲ 钱学森从加州理工学院博士毕业后留校任职（图为当时的留影），从而走上科研之路。留美之际，钱学森始终保持着旺盛的科学热情和强烈的科学好奇心，不断开拓新的研究方向

理工学院攻读硕士学位，后入加州理工学院攻读博士学位。在师从冯·卡门读博之际，他以研究空气动力学为基础，逐步拓展学术领域，并于 1947 年提出技术科学思想，此后又开拓了工程控制论和物理力学两个原创性的研究方向。与此同时，他从未放弃对星际航行的探索，一直沿着此前科技幻想的思路，从多个角度探究星际航行的交通工具实现的可能性。在美国期间，他以独著或合著的方式发表了《原子能》《探空火箭最优推力规划》《远程火箭飞行器的自动导航》《从卫星轨道上起飞》等多篇学术论文。

正因如此，当 1955 年回国时，钱学森已经形成了比较系统的星际航行思想体系，集中体现于他在《工人日报》1956 年 11 月 4 日第 4 版上发表的文章《星际航行与科普工作》中。文章以通俗简明的语言解释了星际航行就是指利用火箭和高速飞行技术，使人类能够在脱离地球后航行于星际空间，以宇宙为活动园地，像哥伦布一样去发现星际空间的"新大陆"。基于此背景以及技术条件，钱学森又实事求是地提出星际航行的分步走战略，第一步就是建造"一个围绕地球转的，在空气层外的星际航行码头"。

所谓"星际航行码头"，其实就是人造卫星。那么，这样的星际航行码头又该如何建造呢？文章指出："一次一次用火箭从地面把建筑材料和其他物资运到这个人造卫星上去，慢慢地把星际航行的船在人造卫星上组合起来。"不难看出，这个就是空间站的概念。随后，钱学森还计算出建立一个距地 3000 公里的星际航行码头，采用多级火箭运输 1 吨物资所需要的火箭重量。但由于消耗极大，他还颇富想象力地提出"火箭回收"的设想，指出："运输火箭，不论第一级的大火箭也好，第二级的小火箭也好，只要加上翅膀，是能够飞回地面的，所以运输火箭是可以用许许多多次的。"

后来，钱学森在中国科学院举办的星际航行座谈会上，再次谈及"设法回收第一级火箭的空体，修补后再用第二次"的想法①。因此，若二级火箭和火箭回收的设想均可实现，如此往返几百次便可建立一个距地 3000 公里的庞大的星际航行码头。而这个码头以 6.43 公里 / 秒的速度绕地运转，星际船在这个码头上只要再加上 2.67 公里 / 秒的速度就可脱离地球引力，且只要 30 小时就可抵达月球；若以 7.5 公里 / 秒的速度出发，则仅需 8.6 小时即可抵达，如此就可以组建"月球远征舰队"，实现地球与月球的常态化通航。

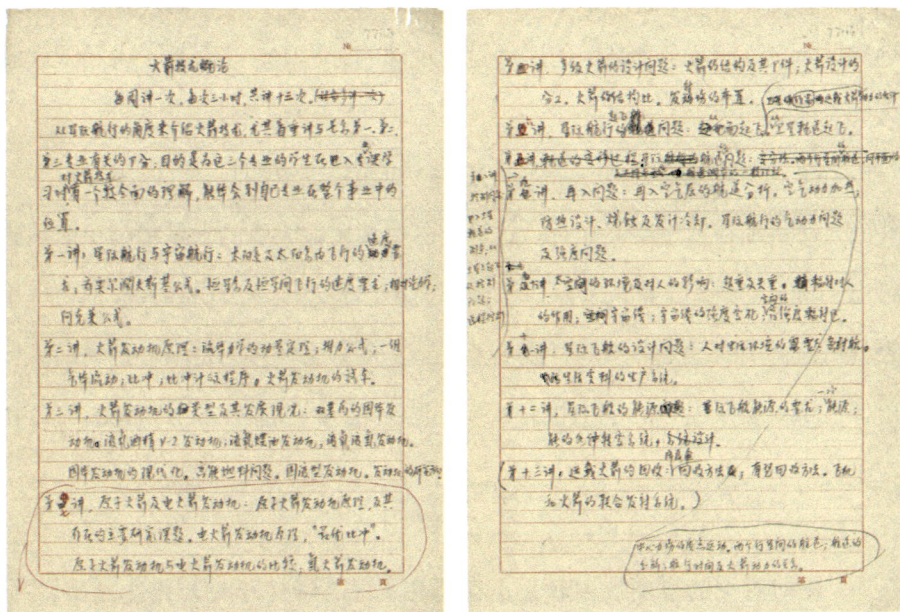

▲ 图为钱学森"火箭技术概论"课程教学安排手稿。该手稿后经钱学森扩充和整理，于 1963 年由科学出版社正式出版，即学术著作《星际航行概论》

　　由此出发，文章继续提出以这个码头为中转站前往其他行星，并分别计

①　钱学森：《今天苏联及美国星际航行中的火箭动力及其展望》，摘自《星际航行科技资料汇编（第一集）》，科学出版社，1965 年，第 6 页。

算出前往水星、金星、火星、木星、土星、天王星、海王星、冥王星（作者注：2006年，国际天文学联合会将冥王星降格为矮行星，冥王星不再处于太阳系行星行列）所需要的速度和时间。其中，前往火星的旅程为237天。为了实现火星旅行常态化，文章又提出在火星上空建立一个星际航行码头，形成"地球—地球星际航行码头—火星星际航行码头—火星"的火星旅行线路图。当然，要实现如此浩大的计划，同样需要建立一支星际舰队。

未曾想到几十年后，《火星救援》电影中，男主角会在火星上向钱学森致敬！电影中还有一个片段，即男主角在沿着"火星—火星星际航行码头—地球星际航行码头—地球"的路线返回地球的过程中，还获得了中国国家航天局的帮助。

当有人提问能否到另一个恒星去时，钱学森谨慎地回答，以现有科技条件尚无法实现在恒星空间航行。这也充分体现出钱学森的求是精神，他明确给出了科学与科幻之间的界限，从而通过指出重点所在，引导大家把力气用在真正值得用的地方。然而科技史上的诸多成果又何尝不是来自科学幻想！就像钱学森言及的"幻想中也有实事的萌芽"，而科学技术工作者的使命就在于：

> 把幻想里的实事逐渐扩大，使萌芽生长，而终于把幻想变成事实。这也是理论结合实际的道理了。

正因如此，钱学森早期有关星际航行的科学幻想经由科学实践和理论探索，逐渐凝集于他回国后主讲的课程"火箭技术概论"之中，最终形成了体系化的理论知识，呈现于他1963年出版的学术著作《星际航行概论》之中。

"中国航天日"的由来

1957年10月4日，苏联发射了世界上第一颗人造地球卫星"斯普特尼克一号"，而此时钱学森正以中国政府工业代表团导弹组组长的身份访问苏联。"斯普特尼克一号"的成功发射给钱学森留下了极为深刻的印象，他说，"我们在莫斯科期间，苏联发射了人造地球卫星，完全明白地说明苏联科学技术的优越，我开始体会到社会主义阵营的伟大"。1958年1月31日，美国紧随其后发射了"探险者1号"人造地球卫星。冷战中的两大巨头在航天领域的巨大成果给我国带来很大震撼。1958年5月17日，毛泽东主席在中共八大二次会议上宣布："我们也要搞人造卫星！"

此番宣言成为中国研制人造地球卫星的基本方针。随后，中国科学院成立了由钱学森担任组长的"581小组"，作为研制人造地球卫星的协调机构。钱学森把大量的时间和精力投入人造地球卫星的预研工作中，并将预研课题纳入中国科学院力学研究所的研究范围。1958年6月3日，中国科学院召开会议，讨论研制人造地球卫星的问题，钱学森提出了力学研究所可以"承担火箭和卫星高速飞行及大气中所受阻力表面加压加热问题，运动稳定问题，卫星结构问题，车台设计问题"[1]。1959年3月21日钱学森在草拟《推进剂研究中心的方案（草案）》时就专门罗列了"581任务"，包括"1. 探空测量总方案的制订；2. 探空测量仪器的设计、制造及校正；3. 探空数据的整理、分析"[2]。

与此同时，中国科学院将人造地球卫星作为头等任务并提出"三步走"

---

[1] 樊洪业主编：《竺可桢全集（第15卷）》，上海科技教育出版社，2008年，第108页。
[2] 《推进剂研究中心的方案（草案）》，原件存中国科学院档案馆。

计划——发射探空火箭、发射小卫星和发射大卫星。但因经济、政治以及技术原因，人造地球卫星的研制一度处于停摆状态。即便如此，钱学森仍通过组织和主持星际航行座谈会进行预研。自1961年6月至1962年12月，中国科学院共计召开了12次星际航行座谈会，通过主题发言和学术探讨持续地进行了理论研究，避免了人才断代。因此，当人造地球卫星的研制工作重新提上日程时，整体项目能够毫无阻碍地迅速启动。而人造地球卫星之所以能够再次上马并被列入国家研制计划，与钱学森的一份建议息息相关。

1965年1月8日，钱学森向国防科委和国防工办提交了《关于制订人造卫星研究计划的建议》，从卫星用途、空间武器以及运载工具等方面，建议"科委早日主持制订我国人造卫星的研究计划，列入国家任务，促进这项重大的国防科学技术的发展"，尤其详细指出了测地卫星、通信广播卫星、预警卫星、气象卫星、导航卫星和侦察卫星的军民两用意义。1月30日，国防科委将钱学森的建议送交聂荣臻和中央军委，周恩来十分重视，指示聂荣臻进行研究。聂荣臻随后指示张爱萍邀请钱学森、张劲夫等有关同志及部门进行座谈，"只要力量上有可能，就要积极去搞"，同时又指示人造地球卫星研制以中国科学院为主，并充分利用地球物理所的科研力量。

经过严密论证，1965年7月1日，中国科学院向中央专委呈报《关于发展我国人造卫星工作规划方案建议》，提出争取1970年左右发射人造地球卫星。1965年10月20日至11月30日，中国科学院召开了中国第一颗人造地球卫星总体方案论证会（代号651会议），明确了第一颗人造地球卫星项目的目的、任务和总体方案。自此，我国人造地球卫星的研制工作正式进入实施阶段。1968年，中央决定以中国科学院卫星研制团队为基础成立中国空间技术研究院，并任命钱学森担任首任院长。

　　此后科研团队成员经过数年的攻坚克难，最终于 1970 年 4 月 24 日成功发射了我国第一颗人造地球卫星"东方红一号"。2016 年，经国务院批复同意，将每年的 4 月 24 日定为"中国航天日"。"东方红一号"的成功发射实现了钱学森"星际航行"设想的第一步，我国在航天技术上开始迈向星际时代。

　　不忘初心，自"东方红一号"成功发射以来，中国航天科研工作者从未停止前行的步伐，通过持续攻关建立起了以北斗卫星导航系统为代表的国之重器。而这些被钱学森称为"星际航行码头"的人造地球卫星，与位于双鱼座、距离地球约 2.23 亿公里的"钱学森星"遥遥相望。

第八章 "640工程"的来龙去脉

"640工程"是中国在1964年启动的一系列反导弹研制项目的总称，其研制以1964年2月6日毛泽东与钱学森关于"有矛必有盾"的谈话为重要标志。此项工程的研制在预警雷达、航天测控等方面取得不少成就，为我国人造地球卫星、载人航天以及航天测控网等的发展积累了丰富经验。时至今日，决策与研制反导体系对我国航空航天技术的发展仍有启示价值。

从一幅"错版"油画说起

在众多以钱学森为主题的艺术品中，有一幅描绘毛泽东和李四光、钱学森三人围坐谈话的油画《亲切的关怀》，作者为孙文超和章德甫。而实际上，这是一幅"错版"油画。钱学森曾称其"只是画家的忆想，不代表事实"，但他还是制作并收藏了一份剪报。虽然油画内容未还原出真实的历史场景，但却以艺术创作的形式展现了新中国历史上的一个重大且正确的决策——启动中国的反导弹研制项目。

这个重大决策是如何形成的呢？首先有必要比较一下毛泽东接见钱学森

的历史场景与油画场景的不同。

▲ 图为钱学森收藏的"错版"油画剪报。原件存上海交通大学钱学森图书馆

　　1964 年 2 月 6 日，北京正是初春季节，阳光明媚。下午一点，毛泽东邀请竺可桢、李四光和钱学森到中南海畅谈科学工作，上面的油画中少了最先抵达的竺可桢。此外，接见地点为菊香书屋，而非油画描绘的室外。钱学森晚年对此仍有着清晰的回忆："当时毛主席身着毛巾浴衣，卧于床上，是木板床；床很宽，一半以上都是书刊文件，堆得很高。"[1] 竺可桢也在日记里写道："见毛主席卧室两间，外间外摆图书，内室一大床，桌、椅、床上也摆

———————————

① 涂元季、李明、顾吉环编：《钱学森书信（7）》，国防工业出版社，2007 年，第 258 页。

满图书。"①谈话共持续了两小时左右，大约在下午三点，毛泽东在床上欠身送他们出门。

翌日，中国科学院副院长裴丽生专门找到竺可桢了解情况。竺可桢回忆了毛泽东和他谈"农业八字宪法"时的问题，随后又补充说："关于反导弹时极注意，谆嘱钱学森同志要注意，并盼能组织一个小委员会研究其事。"②其实竺可桢受接见当天就在日记中将谈话内容做了简略记录，对于涉及钱学森的内容，他写道："问钱学森反导弹有否着手，目前毫无基础，毛主席以为应着手探研。"钱学森晚年也回忆说：

> 对我，毛主席只是问了用地面发射导弹摧毁空中来袭的敌人洲际导弹（即"反导弹"）的可能性，并鼓励我国科技人员也要研究这一问题。③

实际上，毛泽东约见钱学森谈反导弹问题，是基于其长期思考的"有矛必有盾"战略，绝非偶然。这也与当时的国际政治军事环境有密切关系——1964年4月14日美国国务院政策设计委员会专家罗伯特·约翰逊起草的绝密文件《针对共产党中国核设施直接行动的基础》中，就"已经考虑了四种摧毁中国核设施的办法"④。1965年，美国国防部长罗伯特·麦克纳马拉甚至直接宣称："中国今天是美国的主要敌人。"

不仅如此，美国在日本、韩国、菲律宾、泰国等国建立了数十个军事基地，从亚洲东北部到南部对中国构成了战略包围圈，即所谓"第一岛链"。

---

① 樊洪业主编：《竺可桢全集（第17卷）》，上海科技教育出版社，2009年，第37页。
② 樊洪业主编：《竺可桢全集（第17卷）》，上海科技教育出版社，2009年，第38页。
③ 涂元季、李明、顾吉环编：《钱学森书信（7）》，国防工业出版社，2007年，第259页。
④ 陈东林：《评价毛泽东三线建设决策的三个新视角》，《毛泽东邓小平理论研究》2012年第8期。

与此同时，早在中苏两国关系破裂以及美苏关系缓和之后不久，美国就将战略重点从欧洲转到亚洲，即从以北约为中心包围苏联转变为以夏威夷为中心包围中国。

那么，毛泽东和钱学森等人"有矛必有盾"的谈话到底有哪些内容呢？

"有矛必有盾"谈话前后

"有矛必有盾"是毛泽东思想中非常重要的辩证观，广泛运用于政治、经济和军事等领域，1964 年 2 月 6 日与钱学森谈话便是一次实践运用。其实，毛泽东从新中国成立伊始，就已经基于矛与盾的关系视角思考战略防御问题。早在 1957 年 11 月，毛泽东访问苏联，观看苏联研制原子弹、氢弹等尖端武器的纪录片时，就对身旁的彭德怀说："我看矛和盾总是同时产生的，有矛必有盾呀！"[①] 当 1962 年 10 月 5 日毛泽东会见越南民主共和国国防部长武元甲时，他又提出了要"分析敌人怎样进攻我们怎样对付"的问题。

1963 年至 1964 年间，毛泽东已经形成一套完备的战略防御思想体系，除三线建设和"两弹一星"工程外，反导弹也是重要内容之一。1963 年 12 月 16 日，毛泽东指示聂荣臻："除搞进攻性武器外，还要搞防御性武器。搞一批人专搞，让他们吃饭不做别的。我们要从防御上发展，要研究反导弹武器。在数量上我们搞不过他，这个问题要研究一下。"[②] 聂荣臻为

[①] 孙立忠：《随同毛泽东参加十月革命 40 周年庆典》，《湘潮》2011 年第 11 期。
[②] 周均伦编：《聂荣臻年谱（下卷）》，人民出版社，1999 年，第 914~915 页。

此于 12 月 26 日召集钱学森等人专门讨论"防御弹道导弹的问题",并提出"先成立一个小组考虑采取什么探索研究的方向及如何培养生长研究力量",同时还决定由钱学森挂帅,开展包括使用激光反导等方式在内的探索性研究。

1964 年年初,毛泽东专门约谈中国科学院党组书记张劲夫,问他"敌人如果用导弹打我们怎么办",同时要求张劲夫"约有关科学家谈对付的办法"①。1964 年 1 月 7 日,毛泽东在看罗瑞卿送来的刊载在《新闻天地》上的《"反飞弹"时代到来!》一文时,批示"是否送聂荣臻同志一阅"。这篇文章介绍的内容便是美苏两国在研制反导弹方面的军备竞赛。1964 年 1 月 24 日,聂荣臻就反导弹技术研究问题向毛泽东写报告称:"决定第一步先成立个小组,由钱学森同志负责,在不影响当前型号研制的情况下,立即着手搜集研究资料,探讨我国发展反导弹的任务,技术途径、技术力量的训练培养等问题。"②

正是在此背景下,毛泽东在约见钱学森时明确提出了"有矛必有盾"。此次约见之后不久,钱学森于 1964 年 2 月 29 日整理了一份珍贵的对谈录,记录了毛泽东与他的谈话内容。全文内容如下。

> 主席: 我们搞原子弹也有成绩呀。
>
> 钱: 我有所闻。
>
> 主席: 怕是不止于有所闻吧。
>
> 钱: 原子弹实只是有所闻,我是搞运载工具的。

---

① 张劲夫:《张劲夫文选:世纪回顾(上册)》,中国财政经济出版社,2000 年,第 292 页。
② 周均伦编:《聂荣臻年谱(下卷)》,人民出版社,1999 年,第 922 页。

主席： 是的，你们搞了一千公里的；将来再搞个两千公里的，也就差不多了。

钱： 美帝在东南亚新月形包围圈上的有些基地有 2800 公里的距离。

主席： 可以到夏威夷？

钱： 夏威夷更远了，不止四千公里。

主席： 总要搞防御。搞山洞，钻进去，地下就不怕它了。

钱： 我们正在遵照主席的指示，先组织一个小型的科学技术人员的小组，准备研究一下防弹道式导弹的方法、技术途径。看来第三个五年中由于技术条件不够，还不能开展设计工作。

主席： 有矛必有盾。搞少数人，有饭吃，专门研究这个问题；五年不行，十年；十年不行，十五年。总要搞出来的。①

1964 年 3 月 23 日，国防科委为落实"有矛必有盾"的指导思想，委托钱学森主持召开弹道式导弹防御科学讨论会，这标志着我国反导弹武器研制项目正式启动。5 月 12 日，钱学森向聂荣臻提交如何开展反导弹武器研究工作的报告，基于"从发现识别目标到击毁目标的过程"提出建立"反导弹导弹 + 超级高射炮 + 光炮"的一体化反导体系：

以反导弹导弹实施第一次拦击，以超级高射炮实施第二次拦击，最后使用光炮，争取在 20 公里高空烧毁来袭的弹头。②

① 《毛泽东同钱学森等的谈话》，《军事历史》2009 年第 6 期；涂元季：《关于毛泽东同钱学森谈反导问题的补充情况》，《军事历史》2010 年第 2 期。
② 张现民主编：《钱学森年谱（上）》，中央文献出版社，2015 年，第 296 页。

与此同时，钱学森还在报告中指出，应针对雷达、计算机、导弹、超级高射炮以及光炮等分别成立专门的攻关小组，分头研究后再综合制定整个反导体系的规划方案。5 月 13 日，聂荣臻将报告呈送罗瑞卿、贺龙、陈毅、叶剑英等人审阅，均获得他们的同意。5 月 20 日，报告呈送毛泽东并请示："如主席原则同意，即可着手展开工作。"[1] 虽尚未见毛泽东对钱学森的报告有何种批示，但 1964 年 8 月召开的中央专委会议将研制反导弹列为国家重点项目，由此判断，钱学森的报告应该得到了毛泽东的肯定。

一箭多雕：防御即是进攻

自中央专委将研制反导弹列入国家重点项目，依托以第七机械工业部（简称七机部）为主体的科研力量，以及第四机械工业部（简称四机部）、第五机械工业部（简称五机部）、中国科学院等单位的参与，项目研制工作全面上马。1965 年 8 月 27 日，中央专委批复同意的国防科委《关于反导弹防御体系的研制规划报告》中，明确指出要在 1973 年至 1975 年间研制出拦截系统并进行拦截试验[2]。即从 1965 年开始，用十年左右的时间完成研制任务，这基本上符合毛泽东与钱学森谈话时的想法："五年不行，十年；十年不行，十五年。总要搞出来的。"翌年 3 月 30 日，七机部正式下发文件，通知反导弹项目的代号为"640 工程"。

言之易，行之难。反导弹"发现、识别、拦截和击毁来袭目标"这四个

① 周均伦编：《聂荣臻年谱（下卷）》，人民出版社，1999 年，第 937 页。
② 航天工业部第二研究院院史编委会：《航天工业部第二研究院大事记》，1987 年，第 70 页。

步骤早已被人们熟知，但这需要预警、跟踪、识别、中心指挥和武器等众多系统的支撑，且需要每个系统之间能够高效配合、及时呼应。从技术上看，核导弹和洲际导弹的再入速度可以达到 4~8 公里 / 秒，实战中留给反导弹系统的时间仅有几分钟，要在如此短的时间内完成庞大的复杂运算和操作，对系统的自动化和协调性有着极为苛刻的要求。

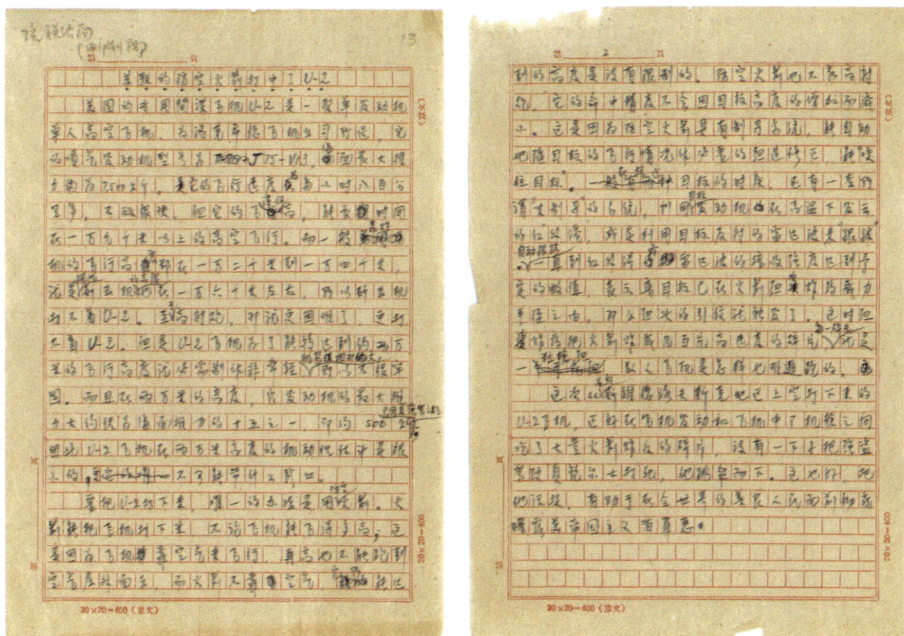

▲ 图为钱学森的《苏联的防空火箭打中了 U-2》手稿。在这份手稿中，他分析了美国 U-2 侦察机的性能，并研究了苏联如何使用防空火箭将其击落。钱学森 1955 年回国后一直密切关注美国和苏联两国尖端科技的发展进度，并通过综合各种材料、信息和数据进行技术研判，从而为中国尖端科技的研究提供了重要参照

为从组织上保障"640 工程"的有序进行，1970 年 5 月 15 日，经国务院和中央军委正式批准，将七机部二院组建成"反导弹反卫星总体研究院"，专攻反导研制。后经著名的"天津会战"，七机部二院突破了大量反导技术

难关，同时还分别针对反导弹导弹系统、超级大炮反导弹项目、激光武器、预警雷达系统和导弹再入物理现象进行专题攻坚。但客观而言，某些技术要求远超当时中国的实际研制能力，而当时美苏两国的反导研制也未取得实质进展。所以，钱学森曾在 1964 年 5 月 20 日的谈话中做了一个符合历史的技术判断：

> 关于反导弹导弹的问题。苏美都在研究，都经过了头一个回合。目前的反导弹导弹，可能还不是一个武器，只是形成了一个概念，也就是说发现和明确了如何解决反导弹导弹的问题，现在都在重新进行研究。反导弹导弹和防飞机导弹完全是两回事，而苏美两国的反导弹导弹都是从防飞机导弹演化而来的，美国花了那么多钱研究"耐基Ⅲ"型反导弹导弹，结果又放弃了，推倒重来，研究另一种方案。苏联在去年十月革命节时，拉出来了一种导弹，说是反导弹导弹，但经我们研究，不像是反导弹导弹，可能是吹嘘，从外形看可能是一种中速的防空导弹，还不是高速的，因为翼角太张，高速会折断的。在这方面苏联是否和美国处同一水平，比美国人领先是值得怀疑的。

结合当时国际国内的情况，再加上 1972 年美苏签署了《反弹道导弹条约》，我国实施导弹防御计划的紧迫性大为降低，1982 年，反导项目正式下马。至此，"640 工程"退出历史舞台。但下马并不意味着失败，此项工程通过多年探索，在预警雷达和航天测控等方面的关键技术都有不少突破，为我国建立陆海空一体化测控网奠定了可靠的技术基础。若比较世界大国研制的反导系统，依然可见"有矛必有盾"思想的现实价值。尤其在 1983 年美国总统里根提出战略防御倡议（即著名的"星球大战计划"）之后，钱学森还曾做过跟踪研究，并敏锐地意识到其所具有的"一箭多雕"的意义。

一方面，美国通过该计划继续保持"后冷战时代"对苏联的军事优势，同时又重新采用了曼哈顿计划模式，即动员西欧各国参与其中，以此实现其"为我所用"的目的，就像钱学森所说的那样，"美国是善于利用外国科技力量为他自己服务的"。另一方面，战略防御与战略进攻的关系在实战中极其微妙、难分界限，甚至还会"角色互换"——研制战略防御武器系统的相关技术同样可以应用于进攻性武器的研制。

由此来看，"640 工程"的意义绝非仅限于战略防守，而是如钱学森对"星球大战计划"的意义所做的总结："战略防御计划，也是战略进攻计划，这是一样的。"① 正因如此，钱学森晚年曾评价陈芳允、王大珩、王淦昌和杨嘉墀联名向中央提出跟踪世界高技术发展的"863 计划"是"我国社会主义建设中的头等大事"，其意义就在于，通过此类计划在战略层面与世界科技大国保持同步。而这正是钱学森晚年军民融合思想体系里的一个重要内容，即防守也是进攻。

---

① 钱学森：《谈谈中国科协的工作》，《科协通讯》1987 年第 8 期。

钱学森在为我国航天科技事业做出杰出贡献的同时，还通过提倡和实践"为国造才"的科技教育观，为中国科技事业培养了众多接续奋斗者。中国在 20 世纪 70 年代中后期迈入新的历史发展阶段后，源于内心的责任与担当，促使钱学森对中国科技能否以及如何赶上世界先进水平做出深刻思考。这个思考体现了一位共产党员面对时代变局的勇气，因而赋予"共产党员"这个第一身份丰富的时代内涵。钱学森守正创新，在思考中以总结"两弹一星"工程的组织与管理经验为基础，将早期处于萌芽状态的系统工程思想发展成完整的体系。系统工程思想是他在治学过程中通过"综合扬弃"而结出的学术成果，同时他也绘制出个人思想历程上的第二个思想坐标。

转折年代思考未来路

第九章 为国家培养接续奋斗者

与钱学森在中国航天领域的具体贡献相比，他"为国造才"的科技教育观与实践同样具有重要意义。因为一项伟大事业需要创业者的拼搏，更需要一代又一代的接续奋斗者。钱学森回国后在中国科学院、清华大学、中国科学技术大学以及国防科学技术大学的教育活动，不仅为我国航天事业培养了大量人才，同时更为我国科技事业的发展做出了长远的人才布局。钱学森为中国科技事业奋斗终身，是一位真正意义上"把论文写在祖国的大地上"的实践者。

"为国造才"的科技教育观

作为科学家，钱学森留美之际曾执教加州理工学院和麻省理工学院十余年，积累了丰富的科研和教学经验。更重要的是，加州理工学院的理工结合理念对钱学森产生了深远的影响。此外，钱学森还曾担任美国多个国防部门的科学顾问。这些经验和理念使钱学森在回国前已经形成较为完整的科技教育思想体系，其中的核心观点便是科技教育之目的在于为国造才，因为他深刻地认识到，"既然工业是国家实力和福利的基础，技术与科学的研

▲ 钱学森回国后，在中国科学院、清华大学、中国科学技术大学以及国防科学技术大学等机构和高校留下了教育足迹。左图为钱学森在中国科学技术大学上课时的留影，右图为钱学森参加中国科学技术大学教学工作会议时的留影

究就是国家富强的关键"，而技术与科学的发展又直接依赖于教育为其培养人才。

正是由于这种认识，钱学森回国初期在参与十二年科学规划、推动我国航天技术起步的同时，还特别注重科技人才的培养。毛泽东第一次接见钱学森时关于人才培养的嘱托，也成为钱学森毕生的使命。1956年1月25日下午，钱学森参加最高国务会议讨论《1956年到1967年全国农业发展纲要（草案）》。休息间隙，毛泽东与钱学森聊起"物质无限可分性的问题"，随后又嘱托钱学森要"培养一些青年科技人员"。正是这份嘱托促使钱学森的治学观发生了转变。钱学森在接受记者的采访时就坦言：

今后，我主要的工作是培养青年干部和建立科学研究机构，至于个人的研究工作倒不太重要，个人的研究工作应该服从前面两项工作，我

> 觉得单干的力量总是有限的，现在多下些本钱，将来就会有更多的人在一起研究。[1]

基于此点，便能体会钱学森在撰写《建立我国国防航空工业意见书》中首尾呼应突出人才培养的良苦用心。不仅如此，他回国后曾比较过中美两国的人才体量，清晰地意识到我国的科技人才存在巨大缺口，为此他通过执教中国科学院、清华大学、中国科学技术大学、国防科学技术大学以及举办各种讲座等途径，培养紧缺人才。他说："在我们现在科学技术人才这样缺乏，可以做的人不去做，势必至于无人的，使国家需要的科学研究工作落空。"钱学森的使命感由此番言论可见一斑，但当时科学界对科研工作者是否要承担培养学生的任务存在分歧。钱学森坚定地认为科研工作者有责任培养人才，并打趣道：

> 这些高级研究人员的任务是很重的，再要抽出时间来讲课并不容易；但是为祖国迅速地培养一批尖端科学的青年干部，这是一项光荣的任务，再多白一些头发又算什么？[2]

到了20世纪70年代中后期，钱学森抓住了一次较为系统地实践"为国造才"的科技教育观的机遇，即以国防科委副主任的身份主抓长沙工学院（1978年改建为国防科学技术大学）的办学试点改革。1977年10月6日，钱学森明确提出该校的办学目标与一般大学不同，"要为实现在23年内在

---

[1] 高易金：《钱学森的一家》，《新观察》1957年第6期。
[2] 钱学森：《中国科学技术大学里的基础课》，《人民日报》1959年5月26日第6版。

国防科学技术上赶上并超过世界先进水平而服务"，使培养出来的学生成为"向科技现代化进军的主力部队，特别是国防科学技术上赶超世界先进水平的主力部队"。站在 21 世纪的历史方位，可以看出钱学森是以世界科学技术发展的长远眼光，来考察国防科学技术大学应当培养什么样的人才的。基于此，他还从专业设置的角度具体地提出：

> 要针对将来我们干什么就设置什么专业，国家没有解决的科技问题，你们就要解决这些问题，国防尖端科技方面所没有的行业，你们就要建立这样的行业，要针对这样的任务设置专业。

言外之意，国防科学技术大学要坚持"有所为"和"有所不为"的辩证统一，以国家需要为第一目标。不仅如此，他还指出培养的人才要政治上过硬，"别尽抓了业务，忘了政治"，即国防科学技术大学只有培养"又红又专"的人才方能在赶超世界先进水平的过程中打赢硬仗，所以"专业学不好不行，思想不进步也不行"。1991 年 6 月 17 日，钱学森和国防科学技术大学原副校长周鸣鹨谈话时，就指出国防科学技术大学"也许是受我的影响"而在院系设置上充分体现了理工结合的原则；同时他不无自豪地说："国防科大这些年搞得不错，出了人才，出了成果。"

总体来说，钱学森主抓的改革是一次长远的人才战略布局，旨在为我国科技领域培养和储备骨干力量，同时也确立了国防科学技术大学的初心和使命。延伸来看，钱学森"为国造才"的科技教育观的意义就在于培养更多的接续奋斗者。因为一项伟大的事业不仅需要创业者的开拓精神，更需要一代又一代接续奋斗者继往开来的进取精神。唯有如此，中国科技事业才能在不断的传承中改变长期跟跑的状态。除此之外，他提出的"科研与教学的辩证统一"和"冰山理论"等观点，对当今的科技工作者和科技教育者亦有现实启示。

▲ 钱学森在国防科学技术大学的发展过程中发挥了相当积极的作用，尤其是 20 世纪 70 年代末期至 80 年代初期，他担任国防科委副主任之际，通过主抓教学改革，确定了国防科学技术大学的基本发展格局和目标。图为 1978 年 6 月钱学森在国防科学技术大学与该校教师举行座谈会

科研与教学的辩证统一

长久以来，诸多因素造成了我国教学和科研之间的隔阂。就像钱学森总结的那样："我们的教学人员与研究人员各据一方，有彼此分割的现象。在

高等学校中，就连基础课教师和专业课教师也是固定的，不能调换。"① 而钱学森提出的科研与教学辩证统一的思想，为如何处理两者之间的关系提供了启示。

钱学森留美执教之后就一直是科研和教学双肩挑，既从事科学研究，又开展教学实践。在此过程中，他完成了代表性学术成果《工程控制论》（英文版）的出版和《物理力学讲义》（英文版）的编写，而回国后出版的另一本学术著作《星际航行概论》，其实也是完成于教学过程中。他不遗余力地倡导必须坚持教学与科研相结合的原则，因为通过科研能够找到新的研究方向从而实现学术创新，而若将新的学术成果用于课堂又能推动教学发展。此即教学相长之意，若反之则势必造成隔阂。1978 年 6 月 5 日，钱学森在一次学习会上说：

教学人员如果不作研究的话，那就看不到新的发展，接触不到新的发展。所以应该把教学、科研结合起来。

但在现实中，科研工作者和教育工作者要保持两者的平衡发展确非易事，需要精妙地处理和协调彼此的关系。此外，作为科研和教学辩证统一关系的延伸，钱学森还进一步阐述了基础课和专业课的关系。他曾基于广度与深度的辩证关系，针对理工科院校中基础课老师与专业课老师划分太细的问题提出：

① 史秉能、袁有雄、卢胜军编：《钱学森科技情报工作及相关学术文选》，国防工业出版社，2015 年，第 86 页。

> 基础课老师能教专业课，专业课老师也能讲基础课，一个教师只有一般的专业知识，而没有深厚的基础知识不行，知识面要宽一些。没有广度，就没有深度。没有广度和深度，培养的人是脆弱的，不能研究新的东西，就会流于一般，联系实际也不会深刻。

诚然如此，钱学森并不否认基础课与专业课之间的先后关系，借用造房子"先打基础，后起高楼"的比喻，认为应当先学好基础课再去学习专业课。但在实践中又经常会碰到这样的情况："由于专业的进一步需要又会发现基础不够，有必要再返回来把基础扩大些、巩固些。在高等院校里，是打第一个回合，结业后在工作岗位上再准备打第二个、第三个回合。"[①] 后来，他进一步总结出科研工作中 3 个递进的任务：

> 第一个任务磨炼，第二个任务发现问题提高，第三个任务融会贯通促进。[②]

钱学森其实提出了一个重要的治学方法论，即毛泽东在《实践论》中提出的"实践—认识—再实践—再认识"路径，由此在实践中不断推进科研的发展。从历史与现实的双重视角看，所学应当要有所用，而钱学森一直坚持这样的价值观："掌握知识，就是要服务于人类，所以不要死啃书，不要学究气，而要明理，明白道理。"[③] 就此来说，钱学森提倡科研和教学的辩

---

① 钱学森：《科学技术工作的基本训练》，《光明日报》1961 年 6 月 10 日第 2 版。
② 《钱学森在力学大会上的讲话整理稿》，原件存上海交通大学钱学森图书馆。
③ 《1961 年 10 月 28 日钱学森在中国科学技术大学师生大会上所作"谈谈工作与学习"的报告》，原件存中国科学技术大学档案馆。

证统一，最终目的在于提高解决实际问题的能力，并在掌握客观规律后推动科学发展和社会进步。

"冰山理论"启示了什么

科学研究是一个漫长而艰辛的过程，需要科研工作者投入大量时间和精力。1961 年 12 月，钱学森在中国科学院力学研究所的一次会议上，就感言科研工作是一个曲折的过程。他还以自身经验总结出科研工作的路径，即"资料—问题—猜想—验证—理论"；但并非只要坚持这个基本路径就能一次形成的，可能要经过反复多次才能有结果。他认为，"一次搞不出来是情理之常，没有什么奇怪的。研究工作的大量劳动是花在不对的地方的"。

在这次会议上，钱学森还提出了"冰山理论"的治学观。他以自己研究圆柱壳的失稳问题现身说法：整个计算过程形成了 700 多页的手稿，但最终发表时只有 30 至 40 页。从几百页到几十页，表面上是数量的减少，但其本质是以学术研究为途径将问题凝集为理论的过程。他形象地描述：

> 研究成果好像是冒出水面的冰山，或塔尖。这里首先准备付出劳动"出汗"。其次认识没有错误就没有正确，不要固执己见。不符合实践的理论是不值得爱惜的。有的人舍不得，觉得惋惜，这是不对的。对自己的东西要有严格的批判精神。工作开始时错的可能性多于对的可能性。以后两者的比例可倒过来。怕错没有信心不敢是不对的，必须要认识到研究过程的曲折性。[①]

[①] 《钱学森在力学大会上的讲话整理稿》，原件存上海交通大学钱学森图书馆。

　　钱学森提及的圆柱壳的失稳问题，即著名的"Nothing is Final"（学无止境）典故。此段内容可称为"冰山理论"，即冰山一角之下实为巨大的冰体，指出了学术基本功在学术工作中的重要意义。1957年钱学森获得中国科学院科学奖金一等奖之后，曾接受《新观察》杂志记者的采访，在谈到年轻人的学习问题时，针对年轻人急于发表学术成果的现象表达了自己的看法："有些年轻人觉得三年出货太慢，很着急。可是，做研究工作性急是不行的。基础打得不好，总是要吃亏的，一定要先积下足够的看家老本。"

　　钱学森正是"冰山理论"的实践者和受益者，尤其是读博三年练就的一身学术基本功让他受益匪浅。他读博时几乎每日按照"上午看书—下午讨论—晚上研究"的节奏学习。他后来说："这种重点突破的方式虽然花了我较多的时间，但是我并不性急，因为这种重点突破的方式是可以举一反三的，下一步的研究工作需要的时间就不多了。因此，1939年我研究航空结构，方法虽然是同样的，但是却只用了一年的时间。"[1] 所以，钱学森执教中国科学技术大学时就特别重视学生对基础知识的掌握。钱学森哲嗣钱永刚教授曾回忆：

　　　钱学森对基础课程如数学、物理、化学要求都很高，尤其是对数学。他说过，力学家的看家本事就是会算。有一次，他问工科毕业的辅导老师：在大学期间做过多少道数学题？得到的答案是300多道。钱学森又问力学系副主任：学生一般要做多少道数学题？回答是340多道。钱学森说：这可不行，中国科学技术大学应该比一般的工科院校有更高的要

---

[1]　高易金：《钱学森的一家》，《新观察》1957年第6期。

求，得给学生们补补基础课。最后，学校决定1958级学生晚半年毕业。钱学森选用《工程中的数学方法》一书开了一门课程，半年下来，光数学题就做了3000多道。学生们普遍反映，虽然晚毕业半年，但打好了基础，终身受益。

操千曲而后晓声，观千剑而后识器。在学术上，科研工作者只有通过夯实基本功才能"晓声"和"识器"，从而提升学术水平。此外，钱学森如此重视学术基本功，是由科技工作者的工作性质所决定的。他曾以"力学的技术报告"为例解释说："力学的技术报告是给工程师应用的，算错了害人匪浅，要撞大祸，流血死人。"大道至简，学术基本功应是科研工作者掌握的基本方法，正如钱学森用小孩吃饭走路来类比，"基本功是科技工作中起码的基本方法问题，其中没有深的大道理，如小孩的吃饭走路，是必须掌握的第一步，这是很自然的一部分"。

"冰山理论"闪烁着钱学森在青年时代从事科研过程中的学术毅力和过人智慧。钱学森以自身经验总结和提炼的"冰山理论"，无疑为当下青年科技工作者提供了可资借鉴的治学启示。

第十章 当科学的春天到来时

我国在 20 世纪 70 年代中后期迈入新的发展阶段，被称为"科学的春天"的全国科学大会于 1978 年在北京召开，标志着一个新的历史时代的开始。在此背景下，钱学森对我国科技能否赶上世界先进水平做了深刻思考，经过客观论证后，给出了实现从跟跑到领跑的方法。这个时期他发表的文章或言论，实则是对未来我国走向何方的思考，同时也为其绘制个人思想历程上的第二个思想坐标奠定了基础。

我国科技如何从跟跑到领跑

钱学森晚年回忆了深刻影响自己人生的 17 位老师，其中在他归国后对他影响最大的就是毛泽东。钱学森在 1976 年毛泽东去世不久就发表了饱含深切怀念之情的文章《终身不忘毛主席的亲切教诲》，回忆受到毛泽东 6 次接见的往事，并深情地说："每一次都给我指明了继续前进的方向，每一次都给我增添了攀登高峰的力量。"

1983 年毛泽东诞辰 90 周年之际，钱学森又发表了纪念文章《难忘的教诲——向国防现代化宏伟目标迈进》，回忆我国科技工作者不辱使命研制"两弹一星"工程的史实,并感慨道:"此时此刻回顾往事,的确使我们深刻地认识到,我们党决定发展我国国防尖端技术是完全正确的。可以设想,如果我们今天还没有导弹武器,在这个世界上,我们国家将处于什么样的地位?"①此文不仅是怀念,更是以此为出发点做出深刻思考:我国科技工作者如何在已有成就的基础上创造新的成就?

▲ 图为 1956 年 2 月 1 日,在招待全国政协委员的宴会上,毛泽东同志与钱学森亲切交谈

实际上,当我国在 20 世纪 70 年代中后期打开国门时,包括钱学森在内的有识之士就已经看到我国与世界在科技方面的差距,这也正是钱学森要积极推动修订《工程控制论》的一个原因。1977 年,久未发声的钱学森公开发表了一篇名为《科学技术一定要在本世纪内赶超世界先进水平》的文章。这

① 钱学森:《难忘的教诲——向国防现代化宏伟目标迈进》,《解放军画报》1983 年第 12 期。

篇文章具有很强的论证性质，从历史、现实和未来三个层面对我国能否赶上世界科技先进水平做了全面分析并给出肯定答案。这篇文章给出了我国科技如何从跟跑到领跑的方法。钱学森是如何论证的呢？

首先，文章提出了一个必须考虑的现实："我国科学技术的水平与世界先进水平相比，有没有差距。"客观而言，新中国成立后，通过近30年的努力，建立起比较完整的科研和工业体系，同时还有接近或超过世界先进水平的科技成果；但钱学森强调那只是比较小的一部分，且"总效果超过外国的科技工作中，也有一些所用的机器设备的技术水平并不高"。也就是说，必须要面对我国整体科技水平与世界先进水平之间的差距，而且尖端科技"卡脖子"现象始终存在，结束科技跟跑状态也非一日之功。

随后，文章进一步提出"要不要"的问题，即"要不要逐步缩小这个差距，赶上并超过世界先进水平"。钱学森的回答无疑是肯定的，文章还指出科学技术现代化能否实现直接影响其他"三化"（工业现代化、农业现代化、国防现代化）的进度，如文章所言："要实现四个现代化，科学技术一定要搞上去，不然就会拖工业、农业和国防现代化的后腿。"文章还从国防的角度着重强调："科学技术上不去，就会影响我们国防力量的加强。所以科学技术赶超世界先进水平，是保卫祖国，建设祖国，巩固无产阶级专政的迫切需要。"因此，钱学森在文章中向我国所有科技工作者呼吁：

现在，离二十世纪末只有二十三年了，时间紧迫，责任重大，我们科学技术工作者一定要树雄心，立大志，决不辜负党和人民的期望，坚决完成历史赋予我们的光荣使命。

其次，文章论证了"能不能赶超"的关键问题。钱学森从世界科学技术发展史和社会主义制度优越性两个维度，通过分析科学技术社会化和资本主义生产私有制之间的"死症"，给予了肯定的回答。这是因为社会主义制度能够有效解决社会化与私有制之间的矛盾，尤其是在党的领导下，通过组织各方力量协同作战以及充分发挥个人才能和集体力量，将个人、集体和国家之间的利益统一起来。所以，钱学森乐观地说："现在落后些也不怕，终究是要赶上而且要超过他们的。我国科学技术赶超世界先进水平是历史的必然。"

最后，文章直指怎样充分发挥社会主义制度的优越性，从而使我国科技水平赶上并超过世界先进水平的问题。钱学森辩证地提出：一方面我国科技工作者要有科学自信，坚信"外国人能干的，我们要能办到"，而且"他们不能干的，我们也能办到"；另一方面又要谦虚和积极地学习外国，并在学习过程中"强调独创，强调独立自主、自力更生"。可见，文章的论证始终保持清醒认知和客观理性，知其为与不为的界限；因此，文章强调，要在 20世纪内实现科学技术现代化，"就要在二十三年时间内有计划、有步骤、有组织地踏踏实实干"。

那么，如何做到有计划、有步骤、有组织呢？

钱学森提出，可以依据编制十二年科学规划的历史经验，以 20 世纪末世界科学技术发展的趋势为目标，结合我国的具体情况"搞出二十三年的科学技术发展要求，再具体化到近几年的年度计划"。可见，钱学森提出了一个"长期规划 + 年度计划"的方案，而制订计划之后更要紧的是执行力度，于此正好可以充分发挥社会主义制度在"全国一盘棋，大搞协作"方面的优越性。此外，钱学森还从抓住主要矛盾入手，提出所谓赶超并非

"要在所有方面都赶超，没有主次之分"，而是要紧紧围绕四个现代化的目标实现赶超。

毋庸置疑，钱学森的发声代表着我国大部分科技工作者的心声。他们强烈地渴望国家能够迅速走向四个现代化，以完成从"跟跑者"到"并跑者"直至"领跑者"的历史飞跃。钱学森的论证秉持实事求是的治学态度，同时亦可见其坚定的科学自信。有意思的是，由于文章发表在中共中央主办的《红旗》杂志（1977 年第 7 期）上，还引来两篇外电评论。

同步互动：为何是日本

钱学森在国际上享有较高的知名度，每当中国成功发射导弹或卫星时，不少媒体总会提及这位"中国导弹之父"。一如既往，当钱学森在《红旗》杂志上发表此文时，自然就引起了诸多媒体的关注。文章刊发不久，就有合众国际社（香港分社）和《日本经济新闻》两家媒体的记者在 1977 年 7 月 9 日同时发表评论。

这两家媒体发表的评论均择取钱学森文章的部分内容，但侧重点有所不同。合众国际社（香港分社）高级编辑史密斯的评论，突出的是"中国第一流的导弹科学家"，并对钱学森的文章进行直接引用。而值得关注的是，《日本经济新闻》的评论由该报驻北京记者冈田撰写，此篇评论直接引用文章后，又进一步分析了钱学森发表文章背后体现的党中央的意图。

冈田在评论中，称钱学森为"中国火箭工业的第一把交椅"，且将评论聚焦于钱学森提出的"情报网系统"。因为钱学森在文章中提出

"几项业务性的建设必须切实搞好"，其中第一项就是"情报资料"，他写道：

> 要把我国已有的大量科技情报资料单位通过高密度信息储存、电子计算机检索、通信线路和终端显示设备等组成一个全国性的情报资料网，使研究人员在任何地方都能通过情报网查看全国的科技文献，并在短时间内查到所要的情报资料。

钱学森提出的"情报资料网"就是建立系统数据库，这体现了他超前的数据思维。正因如此，冈田评论道："在较多地发抽象议论的现代中国，提出了这样一种大胆地正视现实的建议，是极为不寻常的。据认为这反映了党中央要在二十世纪末实现科学技术现代化的强烈意图。"与此同时，冈田还在评论中特别指出："中国当局似乎是借钱博士这样的科学界的领导人的话来促使有关人员认识严峻的现状并激发他们认清自己的责任。"

为何这位日本记者会对钱学森提出的"情报资料网"如此关注呢？事实上，冈田的评论含有深刻的意图。当时日本正在启动研制第五代计算机、信息高速公路等国家计划，他使用"中国火箭工业的第一把交椅"的言论，目的在于向日本政治界和科技界传达一个信号：中国同样正在全力发展网络信息技术，并试图建立"联结全国的依靠电子计算机系统控制的大型情报网"。

当然，冈田并不知道钱学森在提出建立"情报资料网"设想之际，还曾对日本信息技术的发展历史和现状做过系统的考察。20 世纪 70 年代中后期，钱学森开始关注日本信息技术的发展，他在分析日本提出的第五代计算机概念后指出，日本搞所谓第五代计算机的目的，是要"把电子计算机从计算机上升到智能机"，而一旦实现就会带来"科学技术发展中的一次飞跃"，"就如 18 世纪末到 19 世纪初的机械化，20 世纪初的自动化飞跃一样"[①]。以此为基点，他又对日本的经济、社会和政治等问题进行了扩充研究。在他看来，"对于我国来说，一个重要问题是，在今后几十年，我们怎么对待日本"。为何要提出这样的观点呢？他一针见血地解释说：

> 我在美国呆了 20 年，感到美国人比较直筒子，要知道美国人心里想什么，很好办，谈 15 分钟就摸透了。而日本人常常把心里的思想隐藏起来，不说心里话，所以研究日本比较难。

钱学森非常疑惑地发现，20 世纪 60~70 年代日本在航空技术上投入大量研制经费，还从原型机搞到试飞阶段，但最终还是采取了购买美国飞机的方案；而日本的航天技术与中国几乎同时起步，但后来依然并未"真干"。日本此举看似浪费，但真正目的在于通过大量经费投入保持对基础科学的持续研究，不至于因购买技术导致国内科技断层，其背后隐藏着日本"科技立国"的策略。

事实上，当钱学森密切关注和研究日本问题时，日本学者同样也在密切关注着钱学森的学术研究动态。除《日本经济新闻》的报道之外，亦有钱学森的相关文章被翻译并介绍到日本。因为日本学者深知，要了解中国科技发展前沿，最佳途径之一便是通过掌握被誉为"中国火箭工业的第一把交椅"的钱学森的言论来一探究竟。因而可以说，在 20 世纪 70~80 年代前后的新

---

① 顾吉环、李明、涂元季编：《钱学森文集（卷五）》，国防工业出版社，2012 年，第 310 页。

一轮科技革命浪潮中，钱学森与日本学者产生了同步互动，都将目光聚焦于决定未来的尖端技术上。

再次站位思考规划科学

1978 年不再是一个徘徊之年，而是一个走向未来的起始之年。

1978 年 3 月 18 日至 31 日，中共中央在北京召开了全国科学大会。因在 3 月 31 日举行的大会闭幕式上宣读了中国科学院院长郭沫若的书面讲话《科学的春天》，故而此次大会被称为"科学的春天"，成为当代中国载入史册的一次会议。全国科学大会的召开意味着中国开始迈向新的历史阶段，开启了一个全新时代。

大会审议并通过了根据中共中央提出"全面安排、突出重点"原则制定的《1978—1985 年全国科学技术发展规划纲要（草案）》。这个纲要与十二年科学规划有异曲同工之处，即通过规划科学而有计划地发展科技事业。根据会议安排，会议代表须以分组讨论的形式讨论《1978—1985 年全国科学技术发展规划纲要（草案）》。由于钱学森是以中国人民解放军国防工业出席全国科学大会代表团成员的身份参加会议，因而在分组讨论时被分在解放军和国防工业代表团。

3 月 19 日，解放军和国防工业代表团举行第一次分组讨论；是日上午阅读大会文件，下午开展讨论。钱学森参加了此次分组讨论并指出：

把科学技术作为推动生产和社会主义建设的一种力量，把科学技术作为一种生产力，这是马克思列宁主义、毛泽东思想的一个科学论断。发展生产要靠科学技术是自古已然的事，但从前人们不认识这个真理，所以奴隶阶级发展生产好像是抓商业，封建地主阶级发展生产是抓农业，资产阶级发展生产是抓工业。只有现在我国无产阶级这个最先进的阶级，认识了客观规律，掌握了自己的命运，才通过抓科学技术来推动社会主义建设，实现工业现代化、农业现代化和国防现代化。

随后，钱学森向代表团提交了一份正式的书面发言。钱学森为何会以书面形式发言呢？他解释说："讲的不限于国防尖端技术，所以采用书面发言形式，免得占用小组讨论时间。"[1] 钱学森虽作为"国防口"代表参加会议，但其所思与所想是面向整个中国科技界的，其立足点又是世界科技发展前沿，于是便采取书面形式发言。钱学森提交的书面发言，是在深入阅读《1978—1985 年全国科学技术发展规划纲要（草案）》后提出的 18 条具体建议，涉及政治保障、科学技术、体制改革、组织管理和教育科研等。由于内容较多，《中国人民解放军国防工业出席全国科学大会代表团简报》分别在 3 月 19 日、24 日、27 日和 31 日进行了连载。

由具体建议可知，钱学森提交的书面发言再次对中国的规划科学进行了站位思考。如同当年参与十二年科学规划的编制工作，他提出的建议以充分分析世界科学技术的发展趋势和中国现实国情为依据，指出中国科学技术应如何抓住新的历史机遇，迎难而上，赶上世界科技先进水平。例如，他提出

---

[1] 《钱学森同志的书面发言》，《中国人民解放军国防工业出席全国科学大会代表团简报（7）》1978 年 3 月 19 日。

国务院可以成立"科学技术（服务）部"和"对外科学技术联络部"。前者属于对内机构，通过负责科学仪器设备生产、仪器测量分析、建立国家科学技术计算机网以及管理全国科学技术和情报资料自动化检索网等工作，保障我国科学技术研究工作的高速发展。后者属于对外机构，通过向发达国家派遣留学生、购买机器设备、参加学术会议以及委托生产设计等，学习国外先进的科学技术，同时向第三世界国家进行科学技术援助，旨在宣扬科学无国界的理念。

钱学森还建议成立"科学技术管理学院"，专门培养懂得科学技术发展规律的管理人才，且"逐渐使每年毕业的人数接近理工科毕业人数，以造就一大批有战略眼光的、有才干的科学技术工作组织家"。之所以如此提议，是因为钱学森此时思考和研究系统工程思想时，已经意识到管理的价值。在他看来，管理如同科学技术一样具有生产力的价值。他在建议中再次突出强调了科研和教学相统一的原则：

高等院校教学人员和研究人员不能分家。一位教学人员同时也是一位研究人员，一位研究人员同时也是一位教学人员。基础课、专业基础课和专业课也不能分家，要一个人能教基础课也能教专业基础课或专业课，反之亦然。一位教学研究人员每几年有一年时间到国家研究基地、工、矿、农、林等生产部门实践。

此外，钱学森还建议："专门研究机构的科学技术人员要兼高等院校的教学职务，兼工、农业生产企业的科学技术顾问。在几年时间内，大约有四分之一的时间花在兼职工作上。以上人员的调度安排，凡涉及到几个部门的，统一由国家科委制订计划，组织实施。"其实钱学森的建议就是当下普遍倡导和实行的产学研一体化思想。此外，他在建议中还特别关注科学普及工作，并提出："全国科学普及图书、科教电影、科学普及用品等由全国科协召集有关方面讨论，制订统一计划，经国家科委审批后，各方面分头组织实施。"

客观而言，钱学森提出的建议涵盖面非常广泛，从国家层面到组织层面进而到技术层面，一竿子插到底。这反映出钱学森把握科技前沿的贯通能力和整体能力，体现出他作为战略科学家的高度与广度。此外，他在参加分组讨论之际还多次即兴发言，例如在 3 月 20 日的会议上便以唯物史观的立场阐述知识分子的历史地位和作用，呼吁知识分子"一定要为实现四个现代化作出应有的贡献"[①]。

◀ 图为 1978 年全国科学大会间隙，钱学森与北京航空学院（1988 年改名为北京航空航天大学）教师谢础（右）讨论如何做好航空航天科普工作

可以说，钱学森的书面发言是他在转折年代从战略角度思考我国未来如何发展，尤其我国科技如何实现从跟跑到领跑的一次"学术彩排"，为其后

①《认真学习，热烈讨论邓副主席的讲话和方毅同志的报告》，《中国人民解放军国防工业出席全国科学大会代表团简报（7）》1978 年 3 月 21 日。

一系列思想活动做了铺垫。不久之后，他便开始了为期半年的学术预研，同时又通过学术讲座和报告进行了一次又一次的"学术预演"。最终，钱学森以联合许国志和王寿云共同发表《组织管理的技术——系统工程》为标志，实现了他个人思想历程上具有"否定之否定"意义的飞跃，从而绘制出了第二个思想坐标。

第十一章 系统工程思想从萌芽到形成体系

　　《组织管理的技术——系统工程》由钱学森和许国志、王寿云三人合作完成，但它无疑是钱学森个人思想历程上的一篇扛鼎之作。此文不仅标志着钱学森系统工程思想从萌芽到形成体系，同时也吹响了其晚年学术研究向社会科学领域进军的号角，更是其新身份形成的重要起点。此文发表之前，钱学森和许国志、王寿云开展了为期半年的学术预研，而他自己亦在北京、成都、昆明和长沙四地通过学术讲座和报告凝集腹稿，在初稿形成之后又几易其稿，才定稿发文。

系统工程思想的"中国化"

　　钱学森系统工程思想的重要实践来源，是他在领导我国喷气和火箭技术研究过程中积累的大科学项目的组织与管理经验。然而，钱学森留美之际便在科研组织和管理方面表现出一定的天赋和能力。冯·卡门在 1947 年 2 月 21 日推荐钱学森晋升麻省理工学院教授的信中写道："他在组织管理方面具有天赋。"在晋升教授之后，钱学森的学术旨趣就已经逐渐扩展到对科研组织和管理的思考，而其中最重要的经历是担任加州理工学院丹尼尔和佛罗伦萨古根海姆喷气推进中心主任。

1948 年，丹尼尔和佛罗伦萨古根海姆基金会为推动航空事业的发展，决定在加州理工学院和普林斯顿大学同时成立喷气推进中心。两个大学都拟请钱学森担任中心主任，但他经过深思后决定回加州理工学院，学院还以戈达德讲座教授职位待之。1949 年秋，钱学森回到加州理工学院，担任丹尼尔和佛罗伦萨古根海姆喷气推进中心主任和戈达德讲座教授。1949 年 12 月 1 日，他以美国火箭学会会员的身份在学会年会上做了一次报告——《丹尼尔和佛罗伦萨古根海姆喷气推进中心的教学和研究工作》。

严格来说，这份报告并非真正意义上的学术报告，而是具有总结和展望的性质。报告分为三部分：喷气推进中心的介绍、喷气推进中心的教学研究计划、喷气推进中心近期的（作者注：指当时）研究方向（作者注：火箭和喷气推进工程的特征、材料问题、热交换、燃烧、火箭和喷气推进飞行器的性能）。这次年会之后，钱学森又接着参加了古根海姆基金会第二次会议。钱学森在会议的发言中畅谈了科技教育、中心计划、研究工作和学术期刊等问题。

从在两次会议中的报告和发言可知，钱学森此时已非纯粹的专业科学家，而是具备了"科学组织家"的能力。然而让人始料不及的是，自 1950 年起钱学森被困美国长达 5 年之久，其间各种权利受限，再无法参加各种涉密科研项目。直到钱学森归国之后，其"科学组织家"的能力才又有了施展的舞台。

应当承认，钱学森在领导我国研究喷气和火箭技术的过程中用到了很多在美国积累的科研经验。但重要的是，他并未"原样照搬"，而是将美国经验置于我国社会主义制度之下重新考察，在将其"中国化"的过程中抓住大科学与社会主义制度之间的连接点，并找到了两者之间的本质联系。由此，钱学森开始逐步构建系统工程思想的体系和框架。1963 年至 1978 年这十余年间，他还先后发表了《加强科学组织管理工作》《科学技术的组织管理工作》《大规模的科学实验工作》《现代科学技术是社会化的科学技术》4 篇文章，讨论科学、科技的组织管理问题。这 4 篇文章具有相同的主旨，核心要义直指一个现实问题：

> 在我们这样一个科学技术和工业基础比较薄弱的国家，要在比较短的时期内，实现科学技术现代化，赶上世界先进水平，就必须充分地运用和发挥我国社会主义制度的优越性，有计划地有组织地开展科学技术工作。因此，加强科学技术的组织管理工作，是关系到我国科学技术事业高速发展的一个重要问题。[①]

也就是说，钱学森系统工程思想的形成过程是以解决如何"赶上世界先进水平"的问题为目标的。需要指出的是，钱学森在前 3 篇文章中所思考的组织管理的对象主要还是限于科学技术范畴之内，例如他指出："科学技术的研究和研制工作中的组织管理工作，可以具体划分为计划工作，器材设备工作，机械和设备的建设与维修工作，情报资料工作等方面。"[②] 但他第 4 篇文章中的研究对象已经从具体发展到抽象，具有更为普遍的哲学思考意义，他还提出了科学技术组织家、大力协同等概念。这样的从具体到抽象的过程，为他其后不久研究、撰写和发表《组织管理的技术——系统工程》奠定了思想和理论基础。

[①] 钱学森：《科学技术的组织管理工作》，《红旗》1963 年第 22 期。
[②] 同①。

▲ 图为钱学森与同事在美国加州理工学院丹尼尔和佛罗伦萨古根海姆喷气推进中心办公楼前的合影

珍贵手稿中的学术轨迹图

《组织管理的技术——系统工程》发表于 1978 年 9 月 27 日《文汇报》的第 1 版和第 4 版。钱学森为做好此次专题研究，还专门使用一个资料袋集中保管各类材料，在上面写上"系统工程 1978"字样，意为 1978 年进行的系统工程研究。此资料袋中留有一份珍贵手稿，记录了钱学森在发表文章之前的半年时间里进行各种预研工作的学术轨迹。不仅如此，他还找到两位学术合伙人许国志和王寿云，共同开启了一次"跨界合作"。

从"系统工程1978"资料袋可知，3位学术合伙人不仅分析了新中国成立以来有关系统工程的成功个案，同时还总结了美国、日本和德国等国的科研组织管理模式。他们通过学术书信深入地进行批判、探讨和交流。例如1978年4月29日许国志致函钱学森讨论"生产管理现代化"时，就专门针对系统工程中的线性规划问题，强调"我们对此应有所准备"。因为当时国内正在大量引进发达国家的技术，其中就包括与之相应的软件和管理技术。

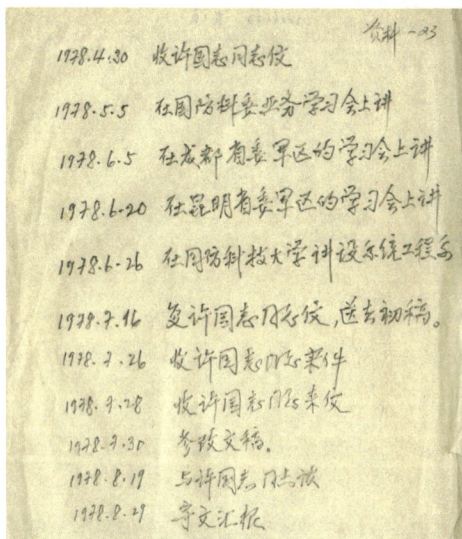

► 图为钱学森回顾其研究、撰写和发表《组织管理的技术——系统工程》一文学术轨迹的手稿，真实地记录了他的治学心路历程

钱学森还通过深入学习马克思、恩格斯以及毛泽东等人的经典著述，寻找思想资源。留存的手稿显示，他分别在北京、成都、昆明和长沙四地举行了4次学术讲座；每次讲座的内容各有侧重，但核心问题都是围绕科研组织管理展开的。通过整理"系统工程1978"资料袋和留存手稿，可以梳理出这4次学术讲座的基本信息。

不言而喻，钱学森的每次讲座都是一次凝集腹稿的机会，将零散材料整合成理论体系，使其结构更加清晰、内容更加饱满、思想更加闪耀。钱学森的第三次演讲内容还被整理成一份近两万字的"演讲录"，内容已十分接近《组织管理的技术——系统工程》的内容。需要指出的是，后三次讲座是钱学森于 1978 年 5 月至 7 月前往成都、昆明和长沙等地视察期间举行的。当他结束视察回到北京之后，便开始与许国志、王寿云合作撰写文章。

钱学森1978年在北京、成都、昆明和长沙四地讲学的情况

讲座时间	讲座地点	讲座内容介绍
1978年5月5日	北京	介绍中国和美国利用系统工程思想进行科研的成功案例，并提出"全国协同""系统工程""系统工程学"等概念，同时结合实践经验指出中国的系统工程部门还应当包括党委、机关、总体设计部。此外，建议创办"系统工程和技术管理的专门大学"
1978年6月5日	成都	系统阐述系统工程的理论内涵和实践途径，包括现代科学技术体系、现代科学技术的组织管理、电子计算机革命、系统工程人才培养等。再次提出创办"组织和管理技术的教学及研究院校"，即系统工程及管理学院，并设"工程系统工程系、经济系统工程系、行政系统工程系、军事系统工程系"
1978年6月20日	昆明	以"我国科学技术与世界先进水平相比落后十五年到二十年"为基调，提出要充分利用社会主义制度，"加强科学技术的组织管理，提高效率，充分发挥大家的活力"，"把经验上升到理论，把组织管理变成科学、变成科学技术、变成一门工程技术"，从而争取"用八年时间赶回五年到十年，争取在1985年达到现在的世界先进水平。2000年达到世界当时的水平"
1978年6月26日	长沙	阐述国防科学技术大学的办学使命，且重点提出应当设立"系统工程系"，培养系统工程方面的专业人才

▲ 图为钱学森任国防科委副主任时前往西南省份视察之际，在都江堰伏龙观、二王庙等处实地参观的留影，而都江堰成为他后来研究系统工程思想的一个重要历史案例

▶ 古银杏树下的钱学森。图为钱学森1978年以国防科委副主任身份前往西南省份视察之际拍摄的照片

▲ 图为钱学森任国防科委副主任时前往西南省份视察之际，在四川乐山与核物理学家李正武院士及夫人孙湘、女儿李潋碚的合影。李正武于1946年公费留美，求学于加州理工学院物理系，从事轻原子核反应实验研究，后于1955年与钱学森同船归国

几易其稿：从初稿到发表

对于研究系统工程的缘起与历程，钱学森曾在1986年回忆，称其早就开始宣传系统工程、系统科学、系统论，因"文革"之故，直到1978年十一届三中全会前夕才又提起，那之后过了六七年，这些研究被普遍接受了。由此可见，钱学森研究系统工程并非一路坦途，但使命感促使他要克服

一切困难，迎难而上。

正是在此历史背景下，钱学森结束外地讲学回到北京之后，很快就在秘书王寿云的帮助下完成了文章的初稿，并于 7 月 16 日在致信许国志时附上了初稿。钱学森为何会找许国志和王寿云两人进行学术合作呢？其实，许国志是钱学森在交通大学的学弟，1955 年他与钱学森同船回国，两人在归国途中讨论了如何发展运筹学。钱学森后来说："系统学是从运筹学发展而来的。我对它的认识始于 1955 年归国途中。当时，我和许国志在同一条归国船上，我们共同谈起运筹学问题，我发现我们有许多共同的认识。"王寿云是钱学森的秘书，更是一位学术伙伴，他具有数学专业背景，能够精准地理解钱学森的所思与所想。

▲ 1985 年，钱学森与乘坐"克利夫兰总统号"邮轮从美国归国的人员在许国志家中举行了回国 30 周年聚会。图为聚会合影，后排左一为许国志

钱学森邀请两位学术伙伴共同研究系统工程，与其一贯主张的"集体讨论""共同研究"等科研方法有关。钱学森曾在 1978 年 11 月 18 日的国防科委科技情报工作会议上说：

> 我还是主张搞点社会化的劳动，集体化，不要搞落后的单干户的办法，那个办法不好，好像写一篇资料就是版权所有。听说你们同志之间有不服气，我写的，你不能改，不要这样嘛！一个人执笔，别人可以提意见，可以改，集体讨论嘛！最近我们三人写的文章，刚才说的系统工程的文章，就是互相改写的，搞了好几次，最后在《文汇报》上发表之后我又改，就在这次印之前又改了好几点，怎么说你写了不能改？总要集思广益嘛！大家讨论总有一些收获吧！可以参考吧！我写的东西都是别人提意见我改的，我吸取别人的意见，最后我署个名。所以我说集体化共同研究稿子，是先进的办法，单干户不是先进的办法。[①]

据考证，钱学森撰写初稿时特意空出第三节"事理学"的内容，并在 7 月 16 日的信中希望许国志在提出修改意见时亦能够将此部分补全。因为他知道许国志正在研究事理学，就提出将其作为系统工程的基础理论学科。许国志收到钱学森的来信及初稿后，遂于 7 月 26 日回信反馈修改意见并将"事理学"一节补全。时隔两日，即 7 月 28 日，许国志又给钱学森写了一封 7 页近 2500 字的长信，讨论信息在系统工程中的重要性问题。

信中，许国志首先谈了自己参与泸州电厂、宜宾电厂以及鞍山钢铁厂等

---

① 史秉能、袁有雄、卢胜军编：《钱学森科技情报工作及相关学术文选》，国防工业出版社，2015 年，第 60 页。

工程的经验，随后又提及美国研制"阿波罗"和"土星五号"的复杂性，其后又以"六十年代长春汽车厂提出用计算机计算工资""美国所得税退款使用一张洞卡"等为例说明界面优化问题。最后，许国志还以"JPL 在从事航空和空间的工作多年以后，将所积累的经验用于民用"为铺垫，提出一个后来被吸纳到文章中的重要内容，即系统工程人才的培养。这是因为许国志已经认识到当时没有人总抓系统工程的人才培养，他建议开设一门"系统工程导论"之类的课程，而"其内容既与事理有联系，又不能简单地重复，既要与具体的系统有关，又要从一般的角度去讲"。

钱学森收到来信后不仅认真阅读，还根据许国志的意见于 7 月 30 日修改文稿，其中修改最多的便是关于系统工程人才培养问题的内容。8 月 19 日钱学森与许国志进行面谈，讨论文稿的内容；29 日将文稿寄给《文汇报》。9 月 27 日，《文汇报》在第 1 版和第 4 版发表了由钱学森、许国志和王寿云三人合作的《组织管理的技术——系统工程》一文。至此，钱学森和许国志、王寿云三位学术合伙人完成了从学术预研到撰写初稿，再从修改初稿到定稿发表的全过程。

第十二章 个人思想历程上的"综合扬弃"

《组织管理的技术——系统工程》是一篇可归为管理学领域的学术论文，全文含注释约 1.5 万字。这篇论文具有强烈的问题意识，即如何解决组织管理水平低的问题，3 位学术合伙人由此入手，通过阐述系统工程的内涵、外延及其方法论，最终提出了建立新理工科院校的设想。这篇论文发表后引起学术界的广泛讨论，同时它在钱学森个人思想历程上亦具有"综合扬弃"的重要意义，他由此绘制了第二个思想坐标，并以此为新起点重新回归学术研究。

提出建立新理工科院校

《组织管理的技术——系统工程》的强烈问题意识恰如其开篇所提："从总结组织管理的经验，讲讲建立起比较严密的组织管理科学技术体系，以及培养组织管理的科学，以此引起大家进一步的讨论，从一个侧面帮助管理水平的提高。"3 位学术合伙人由此入手，引经据典、旁征博引，提出了解决问题的路径和方法。论文由 5 个未命名的小节组成，可归纳为 5 个方面：系统工程概念、西方经营科学、运筹学理论、电子数字计算机和人才培养。

论文的第一小节以"泥瓦匠造房子""手工业工场""曼哈顿计划""阿

波罗载人登月计划""我国发展国防尖端技术"等为例，指出个体劳动者如何发展成总工程师或总设计师，先行提出"系统"的概念，即"由相互作用和相互依赖的若干组成部分结合成的具有特定功能的有机整体"。随后以我国国防尖端科研部门中的"总体设计部"或"总体设计所"为说明对象，进而提出"系统工程"的概念：

"系统工程"是组织管理"系统"的规划、研究、设计、制造、试验和使用的科学方法，是一种对所有"系统"都具有普遍意义的科学方法。

论文的第二小节是对西方经营科学进行的研究，通过"工时定额""线条图""质量控制""计划协调技术"等具体史实，分析工厂企业作为一个系统所具备的 6 个要素：人、物资、设备、财、任务指标和信息。此小节的内容属于科技史和企业史研究范围，但通过回顾历史提出了一个重要观点——"物流的畅通与否在很大程度上依赖信息处理的好坏"。这个观点是当时学术界的研究前沿，即信息反馈机制。众所周知，工厂生产的自动化越高，对信息传递速度和准确度的要求就越高；因此，通过信息加工、传输、存储和检索而做出的各种决策，就越来越成为影响物流畅通的重要因素。

论文的第三小节是由许国志执笔撰写的运筹学理论。运筹学是在西方国家的大企业中发展起来的一门科学，但论文在借用西方概念作为系统工程的理论基础时赋予其中国化的内涵，使其成为一个具有中国特色的概念。论文重点指出："我们要搞的系统工程不仅仅是'一门'组织管理的技术，而是各门组织管理的技术的总称。"也就是说，系统工程具有哲学层面的指导价值，因而提出系统工程甚至可以用于医学："如治病，要人、病、证三结合以人为主统筹考虑。这就是说要把人体作为一个复杂的体系，还要把人和环境作为一个复杂体系来考虑。"这个思想正是钱学森后来研究人体科学的基本思路。

论文的第四小节讨论的是作为系统工程的有效手段：电子数字计算机。如前所述，钱学森留美时就开始关注计算机的工程化运用问题，回国后又呼吁发展计算机。事实上，国外运筹学的发展正是建立在电子计算机的基础之上的，从而使运筹学理论有了实践的可能。我国发展国防尖端技术时也开始使用电子计算机，积累了丰富经验。及至此时，钱学森对电子计算机的时代意义有了更加清晰的认识。论文从技术的角度指出：

> 在系统工程的计划工作中，采用电子计算机的几点好处：一是电子计算机能形成一个高效的数据库，它可以按照计划部门和领导者的需要，把任何一项工作的历史情况和最新进度显示出来；二是通过电子计算机对经常变动的计划进展情况进行快速处理，计划管理人员能够及时掌握整个计划的全面动态，及时发现"短线"和窝工，采取调度措施改变这种状况；三是电子计算机能在短时间内对可能采取的几个调度措施的效果进行计算比较，帮助计划部门确定最合适的调度方案。

论文的第五小节直指解决问题的关键——"培养新时期组织管理的专门人才"。论文以理工结合的视角，提出建立新理工科高等院校，即通过工科院校开设理科课程和理科院校开设工科课程的方法培养复合型人才，其培养目标分别是"它的工科是培养从事应用工作的系统工程师"和"它的理科是培养从事基础理论研究工作的组织管理科学家"。当然，两类培养方案都要将"事理通论"作为运筹学的基础课，同时也要在工科院校和理科院校恢复工业企业管理方面的课程，从而使毕业生在日后的工作过程中能够与组织管理人员更好地协同。

与此同时，论文还提出，系统工程专业的学生应当掌握好外语，以及学习一年至两年的政治课，同时还要有适当的体育锻炼和生产劳动。但论文也指出，由于短期内无法实现新理工科教育模式，可以通过开办进修班，先对现有岗位上的管理干部进行再教育，以提高其组织管理能力；而这些管理干部可以将实践经验带回学校，以此作为系统工程理论研究的对象。实际上，建立新理工科院校正是钱学森留美执教经验的系统化表达，同时又深刻地体现了钱学森"为国造才"的科技教育观。

缘何引起系统工程热潮

3 位学术合伙人阐述了如何解决组织管理水平低的问题，但其目的并非仅在于此，更是希望通过提倡建立新理工科院校，为实现四个现代化培养复合型人才。此文与钱学森同期撰写的《工程控制论》（修订版）的新序《现代化、技术革命与控制论》有相通之处，可谓姊妹篇。此文也可谓钱学森所写文章《科学技术一定要在本世纪内赶超世界先进水平》的续篇，它在技术层面提出了具体的举措，从而回答了如何"完成我们在本世纪内要完成的宏伟任务"。

鲜为人知的是，钱学森和许国志、王寿云在寄送文稿时曾有一篇"编者按"，但《文汇报》刊登时将其换成了另外一个"编者按"，原因可能在于编辑认为 3 位作者撰写的"编者按"内容过于"前沿"。1984 年 1 月 20 日，钱学森在许国志作《国外防空武器发展现状和发展趋势》报告后的讲话中特别回忆了当时的看法：

> 许国志同志用了"我们"对系统工程的看法这个词，也就是我们对系统工程的看法与国外不同，实际上是我、许国志、王寿云的看法。国外的叫法五花八门，我们的文章就把它定下来叫"系统工程"。我们这篇文章是在 1978 年底发表的，发表时，我们起草了一个编者按，说明了我们与外国人的看法不同。但是那时上海出版社（作者注：指文汇报社）不同意，他们另写了一个按语，因为那时不敢说外国人的坏话。直到国防工业出版社最近出版的实质上是系统工程的书，但却不叫系统工程，我批评了他们。怎样看待系统工程，我们只能从马克思主义哲学的高度来认识。[①]

"不敢"一词说明了当时学术界和思想界普遍存在的保守主义。他们三人曾有"我们这样干是一种创新"的感言，皆因当时发表如此具有思想性的文章需要足够的理论勇气。钱学森于 1987 年在一次科学决策讲座的开学式上解释说："早在九年前，许国志同志、王寿云同志和我写的那篇关于系统工程的文章中，我们就声明：系统工程无非是用现代科学方法代替老的经验做法，只是方法上的革新；如果不同时改革我们老一套的体制，不变革一下我们的老观念，科学方法是行不通的。"[②]

但无论如何，《组织管理的技术——系统工程》一经发表便引起了国内学术界、科学界和工程界的关注，不少人通过书信形式向钱学森请教或与其交流，尤其是科学、技术、工程以及生产等领域的科研人员对此产生了强烈

---

① 史秉能、袁有雄、卢胜军编：《钱学森科技情报工作及相关学术文选》，国防工业出版社，2015 年，第 142~143 页。
② 钱学森：《在科学决策讲座开学式上的讲话》，《全国干部教育通讯》1987 年 8 月 25 日（第 13 期）。

的共鸣，掀起一股"系统工程热潮"。例如，中国科学院便以红头文件的形式将文章翻印，作为院部文件下发各二级单位。又如，西安交通大学研究系统工程的人将文章翻印后进行讨论并向许国志反馈，由于动乱年代搞工程经济研究的人受到"一些干扰"，以至"一朝被蛇咬十年怕井绳"，但"现在看了文汇报的文章，震动很大"。①

这篇论文还引起了大洋彼岸美籍华裔学者李耀滋的兴趣，他于1978年11月3日致信钱学森谈其"读后感"。李耀滋主要针对在人才培养中设置"事理通论"课程指出，还应当筹划研究以人的主观能动性为中心的"人理"，即由此构成"事理＋人理"相统一的整体。钱学森收到李耀滋的来信后，于11月19日转寄许国志并问："这是李耀滋先生的意见，你意如何？"12月12日，许国志复信钱学森，对李耀滋的来信做出回应称："至于讲到人理，人的主观能动性，我们社会主义国家有条件，而且我们也提得早，强调得多，可惜过去二十年，做得不够好。据刘源张同志说，日本质量管理代表团来中国时，他们的团长石川馨对鞍钢宪法中的两参一改三结合极表赞同。事实上，我们在人理方面是大有可为的。"②

理论来源于实践，更重要的还要通过指导实践进行检验，即实践是检验真理的唯一标准。此文发表后，就有学者以系统工程思想指导研究工作。此文也在实践中为决策者和管理者提供了重要的理论指导。由此可见，《组织管理的技术——系统工程》既有理论价值，又有实践价值，它符合钱学森一直倡导的"实践—认识—再实践—再认识"的认识论路线。而且此文还蕴含着丰富的实践论和矛盾论思想，打造了钱学森回归学术研究的"上层建筑"。

① 《许国志致钱学森函（1978年11月1日）》，原件存上海交通大学钱学森图书馆。
② 《许国志致钱学森函（1978年12月12日）》，原件存上海交通大学钱学森图书馆。

第二个思想坐标:"综合扬弃"

"我就革我自己的命",这是 1991 年 12 月 21 日钱学森致信谭登云讨论数学问题时说的一句话,同样可以说明《组织管理的技术——系统工程》在其个人思想历程上的意义。为何这么评价呢? 先来看看论文发表后钱学森又做了哪些后续的研究工作。

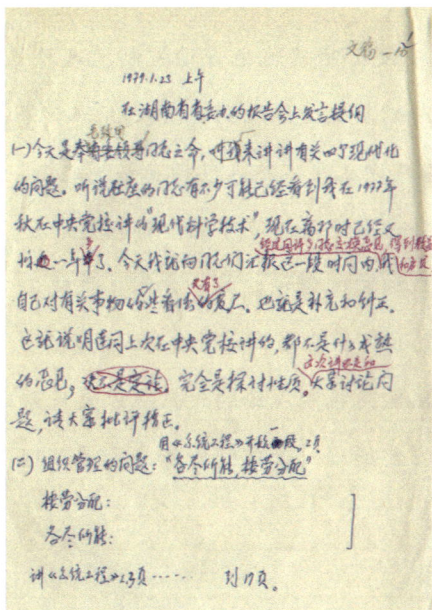

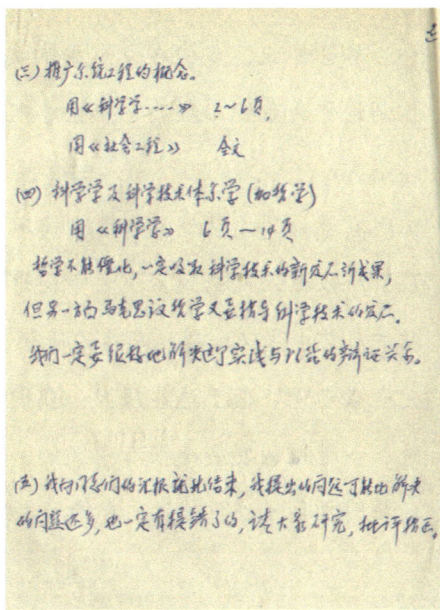

▲ 1979 年 1 月 23 日,钱学森应邀在湖南省委礼堂为省直机关干部做报告,图为他起草的发言提纲手稿

钱学森在此文发表后并未停止思考,而是继续吸收各方建议,同时又在多种场合宣传和介绍系统工程思想。1979 年 1 月 23 日,他在湖南省委礼堂为省直机关干部做"关于组织管理科学问题"的报告时,就提出如何使用系统工程解决"怎样使我们的社会主义建设效率最高"的问题。

1979 年 2 月 23 日，钱学森在上海延安饭店举办的 "XCZ-3 方案论证会议" 上再次介绍系统工程思想，介绍的内容是他对系统工程思想内涵的进一步研究。他还在 1979 年 10 月 11 日至 17 日召开的国防科委系统工程学术讨论会上发言，提出 "大力发展系统工程，尽早建立系统科学的体系"。此次发言保留了《组织管理的技术——系统工程》的基调，同时又延伸探讨了系统工程的研究内容和范围，他在所准备的发言文稿中写道：

> 尽管如此，我们在文汇报的文章中没有明确地把自动控制的理论、控制论作为系统工程的一个主要理论基础。这是照顾到现阶段的一个具体事实，一个系统当然有人的干预，在概念上可以把人包括在系统之内，但现在理论的发展还没有达到真地掌握人在一定情况下的全部机能和反应，所以把人包括到系统之中还形不成通用的理论。另一方面，系统工程的目前水平又一般地要有人干预，还不能一般地搞一个没有人的系统，完全自动化。由于这些原因，我们虽然认为控制理论的大系统以至巨系统、多级控制发展是很有意义的，一定要提倡，但控制论作为系统工程的共同主要理论基础恐怕有待于将来。

由此可见，《组织管理的技术——系统工程》一文发表后，钱学森又从实践和理论两个维度不断地进行拓展性研究。事实上，此文不但成为钱学森系统工程思想形成的重要标志，同时还凝聚着数以万计中国航天人 20 余年的科研生产和组织管理经验，是中国航天人集体智慧的结晶。因此，当 1989 年国际技术与技术交流大会、国际理工研究所以 "对中国火箭导弹、航天技术和系统工程理论" 的贡献授予钱学森 "小罗克韦尔奖章" 以及 "世界级科技与工程名人"和"国际理工研究所名誉成员"称号时，钱学森客观地回应：

> 　　至于说到系统工程，那也不是我一个人的功劳。从十一届三中全会以后，许多人都感到系统工程的重要性，在做这方面的研究工作，包括中国科学院的，北京大学、清华大学、北京师范大学的等。所以，就是系统工程理论方面的贡献，也是大家共同努力的结果。①

　　无疑，此文在钱学森个人思想历程上具有承前与启后的双重价值。所谓承前，是指在将实践经验提升到理论层面的过程中完成了一次认识论上"否定之否定"的飞跃，即"从旧的传统观念的束缚中解放出来"。所谓启后，是指钱学森据此为基础，进一步提出"现代科学技术体系""开放的复杂巨系统""从定性到定量综合集成""总体设计部"等科学观点，进而逐步构建起他晚年个人的思想体系。

　　在承前与启后的过程中，钱学森实现了个人思想历程上的"惊险一跃"，恰如他所说的，"我就革我自己的命"，由此绘制出第二个思想坐标，这便具有了"综合扬弃"的哲学意义和思想价值。这里要强调一下，此文与钱学森同时期发表的文章均有一个非常重要的价值转向，即他的学术旨趣逐渐从自然科学跨入社会科学。正是这个转向及此后近30年的实践与坚守，使钱学森在晚年实现了身份与形象的华丽转变，同时又为他"共产党员"的第一身份赋予了新的时代内涵。

---

① 钱学森：《一切成就归于党，归于集体》，《光明日报》1989年8月6日第2版。

钱学森从 20 世纪 70 年代中后期逐渐退居二线，并"重理旧业"回归学术研究工作，直到 2009 年去世。在这约 30 年间，他从未停止过治学步伐与学术思考。这期间，他留下了数量巨大的珍贵文献，包括藏书、书信、剪报以及手稿等，这些文献见证了钱学森晚年上下求索的治学心路历程。钱学森晚年回归学术研究的选择，旨在用实践回答中国知识分子的使命与责任。实践出真知，约 30 年的学术实践为他晚年构建起个人的思想体系积淀了丰富的素材，他亦在此过程中拥有了新的身份，达到内涵与形象的辩证统一。

第四部分

回归学术研究的实践

第十三章 持之以恒的读书法

钱学森晚年在"重理旧业"回归学术研究的过程中，持之以恒读书破万卷，积累并留存下数以万计的藏书，包括图书、期刊以及其他资料等。钱学森藏书之目的并非在"藏"，而是在于读有所用。他不仅通过精读留下大量札记，而且还整理出一份常读常新的经典书目，大大地提高了读书质量。钱学森晚年在读书的过程中逐渐构建起自己的精神世界，同时也为其思想体系大厦构建起坚固的"四梁八柱"。

个人书库：钱学森藏书的形成

从 20 世纪 70 年代中后期逐渐退居二线到 2009 年去世，钱学森以"但愿再回到学术工作，能对现代科学技术的发展尽点力"的雄心壮志，持续不断地坚持着学术研究工作。在上海交通大学钱学森图书馆第四展厅，有一面陈列着 4000 余册钱学森藏书的"书墙"，作为见证，直观地展示了他的治学心路历程。而此藏书数量经初步整理计算，仅为钱学森藏书总量的六分之一至五分之一，他大概是"一日不读书，口中生荆棘"吧。如此数量的藏书是如何积攒下来的呢？

钱学森晚年曾致信同学郑世芬说："我一切安好，已退居二线，正设法回到学术工作；重理旧业，不知能否有点结果？"正是借由读书，他"重理旧业"回归学术并积攒了大量藏书。对于读书，钱学森曾在与农业学家张沁文讨论问题时直言，要干出点学问来就要下决心、下狠功夫，而这功夫首先就包括读书，且要"读前人有关农业的书，读现在报刊上有关农业的理论书，读系统工程的书，读运筹学的书，读经济学、农业经济学的书，读马克思主义哲学的书"。

笔者曾有幸参与了钱学森藏书的征集和整理工作，发现藏书中并无孤本或善本，除少量内部资料，绝大部分是国内外公开出版的普通图书和刊物。这充分说明钱学森藏书的目的并非在于藏，而是读有所用，如其所说：

> 只学了书本知识还不够，问题在于学了，把书背熟了，还要在研究实践中灵活运用，把书本上的知识变成活生生的方法和工具。[1]

钱学森终身提倡"万万不要死读书"的读书观，也就是要把书读"活"，能够在实践中运用理论知识。所以，他经常鼓励别人读书治学要结合实际，因为"脱离了实际，你还谈什么呢？"当然，钱学森并不反对研习理论知识，而是提倡要坚持理论与实际的辩证结合。他说："理论脱离不了实际，实际也脱离不了理论。理论跟实际是冷与热的结合。搞理论的头脑一定要冷静，但完全学院式的研究是不行的，一定要投入到火热的实际斗争中去。一冷一热，要结合。"

此外还有一个原因，钱学森有这么多藏书得益于自幼养成的爱惜书籍且

---

① 钱学森：《谈谈科学研究的方法》，《人民日报》1985 年 4 月 11 日第 5 版。

从不丢书的习惯。因此，当看到有人不珍惜书籍或随意丢书时，他就会委婉地说："不爱惜书籍，似乎铁的书皮都不够结实。"爱惜书籍看似小事，却能反映出一个学者的严谨精神，因为在他看来："伟大的创造是从保有数据记录开始的，失去了很可惜。"[1] 所以，钱学森在回归学术研究的过程中，一边读书一边收藏了数量巨大的藏书，犹如一座小型"个人书库"。

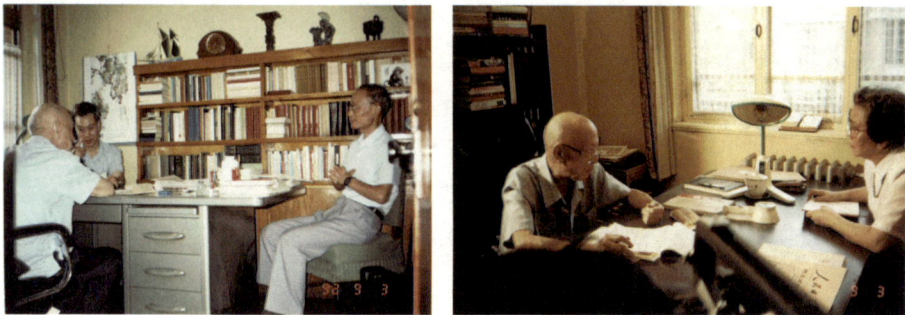

▲ 这两张照片均拍摄于 1992 年 9 月 3 日为蒋英过生日之际。左图为两位秘书王寿云和涂元季到家中拜访祝贺时，钱学森与他们在书房讨论学术问题。右图为钱学森的书房日常生活，蒋英常在书桌旁陪伴，偶尔两人还有所讨论交流，图中钱学森正在看的是钱学敏的一封来信。方寸书房，孕育无限思想

从来源看，钱学森的藏书主要有自购和他人赠阅两个渠道，以自购为主。例如，1988 年国庆节期间，钱学森购得中央党校江流教授主编的《中国社会主义精神文明研究》，读后颇受启发，他还致信江流教授讨论问题。他人赠阅渠道主要有图书作者和出版社赠送两种。例如，1991 年 7 月 15 日，著名地理学家、华中师范大学景才瑞教授就将其编著的《爱国科学家李四光》赠送给钱学森，请他指正。

颇为有趣的是，钱学森自购图书的费用都来自办公室的"预留金"。钱学森的收入主要有两部分：一为工资和津贴，二为稿费。工资和津贴收

---

[1] 《钱学森在力学大会上的讲话整理稿》，原件存上海交通大学钱学森图书馆。

入每月由秘书代领并交纳党费后交给钱学森夫人蒋英，作为家庭生活开支，而稿费收入则由秘书代为保管，暂存为办公室的"预留金"。钱学森每过一段时间便会开列图书清单委托秘书购买，费用从办公室"预留金"中报销。

又如，中国展望出版社和中国发展出版社曾于1984年8月31日致函钱学森，想聘他担任学术顾问委员会委员，并赠送两册图书《孙治方社会主义流通理论》（中国展望出版社，1984年）和《国际金融和贸易词汇手册（英汉对照）》（中国发展出版社，1984年）。钱学森收到聘书后，明确复函表示自己在经济科学领域只是个"小学生"，"怎能滥竽充数，混迹于学术顾问委员会之中"，遂将聘书退回。但这两册图书在"特邮汇书价四元九角五分"之后被钱学森留下。

钱学森的藏书中有一类比较特别，即期刊，大概是因为他特别注重通过阅读期刊获取最新的学术前沿信息。例如，由新华社主办的《世界经济科技》周刊，钱学森每期必读，用于了解"全世界到底怎么回事"，以"从那里学点东西"。钱学森的秘书涂元季曾回忆说：

> 作为一名共产党员，钱学森同志的可贵之处还在于他不仅始终坚信党的事业，坚持党的基本理论，而且十分注意学习党的方针政策，紧紧跟上党的前进步伐，保持共产党员的先进性。党的理论刊物《红旗》杂志从1958年创刊号，到后来改名为《求是》杂志，他每期必读，直到今天94岁高龄。①

---

① 涂元季：《作为一名共产党员的钱学森》，《人民日报》2005年6月2日，第8版。

钱学森通过阅读党刊，及时了解党的最新理论和方针政策，从而在思想层面与党组织保持高度一致。更值得一提的是，不同于古今中外历史上不少家藏万卷书的知名藏书家，钱学森坚持"私藏作公器"的价值观，经常慷慨地将藏书赠送他人阅读。赠人玫瑰，手有余香。他认为，藏书不应当被个人奇货可居，应当通过充分发挥其公共价值而实现知识的传递和普及，即知识共享。

若按照中国图书馆分类法，钱学森的藏书几乎涵盖所有学科领域，但整体上呈现"前少后多"的分布状态。"前少"是指工程科学或自然科学类藏书不多，"后多"是指以人文类和社会科学类藏书为主，其中又以马克思主义类藏书居多。这样的藏书分布状态反映了钱学森学术取向的转变过程，即个人思想历程经由早期的自然科学研究跨入晚年的社会科学研究。这些马克思主义著述犹如"四梁八柱"，构筑起钱学森晚年思想体系的大厦。

勤于札记：读书中的"三到"

钱学森早年在从事科学研究的过程中，就非常善于通过总结经验掌握方法论，往往会取得事半功倍的效果。当他晚年回归学术时，已是一位年逾七旬的老者，却以充沛的精力和惊人的毅力坚持读书。除苦读之外，钱学森还通过"三到"读书法，有效地提升了阅读的速度和质量。那么何谓"三到"读书法?

"三到"读书法是指在读书过程中始终坚持眼到—手到—心到，通过精读与著者进行深度对话，其后将图书内容提炼为自身的思想或观点。其中关键的一步是"手到"，也就是做读书札记。钱学森喜欢握笔读书，以便随时写下读书札记，具体形式有眉批、首批、旁批、侧批、夹批，亦有圈点、画横线等。钱学森的札记言简意赅，内容主要包括感想、心得、疑问、见解，亦有表示赞赏或批评的语言，真实地记录了阅读的即时体会，甚至还有一些札记是修改图书和期刊中的错别字，可见钱学森的严谨与认真。

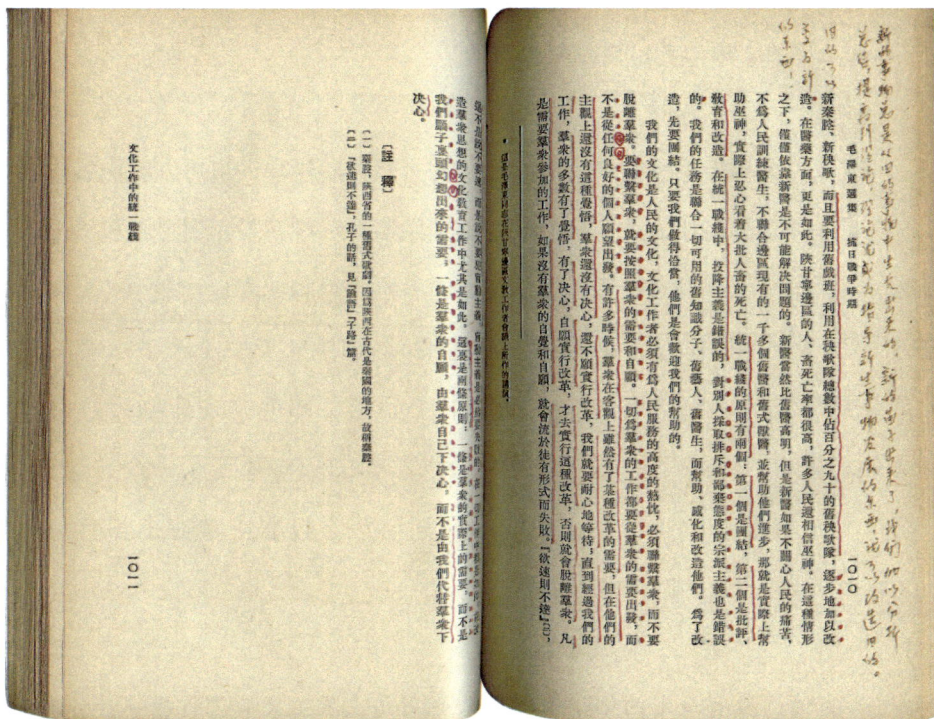

▲ 图为钱学森阅读《毛泽东选集》中的《文化工作中的统一战线》一文时写下的旁批

　　随着信息化的快速发展，现如今，微阅读成为一种流行现象。但这种阅读流于表面，注重阅读的便利，常常会忽略内容。钱学森的"三到"读书法却是深入书里，汲取有益养分。正如他所言："多读书，批判地吸取他人论述的营养；自己关起门来写，是不能成功的！"① 例如，钱学森在阅读《毛泽东选集》中的《文化工作中的统一战线》一文时，就写下了下面的旁批：

> 新的事物总是从旧的事物中生长出来的，新的苗子出来了，我们加以分析总结，提高到理论，理论就成为指导新生事物发展的东西，就可以改造旧的，旧的可以变为新的东西！

这段札记指出了事物"由旧到新"的必然发展规律，也可以看出钱学森一直将毛泽东思想作为工作与治学的理论武器。钱学森晚年通过这种读书方法留下大量札记，且其晚年发表的文章中有不少思想或观点均能于札记中寻得出处。这些读书札记犹如钱学森思想体系中的"源代码"一般，具有重要价值。但要指出的是，由藏书的品相可知他并未仔细读过每本藏书，有的书只是简单翻阅，所以数以万计的藏书体现了一个"选读"的过程。这是因为钱学森在长期的阅读与治学过程中掌握了马克思主义哲学的辩证法精髓，他说：

> 当你已经有一定的知识基础，又会用马克思主义哲学作指导，你看书就会很快。人家的东西，一翻就知道它讲什么了，能够较快地看到他有什么实际的成功和哪些不足。

正因如此，钱学森藏书中便有札记的内容就是诸如"此书水平不高"的

---

① 涂元季、李明、顾吉环编：《钱学森书信（3）》，国防工业出版社，2007年，第84页。

评语。此外，钱学森还有一个值得借鉴的读书法，即精心选择参考书。1961年 10 月 28 日，钱学森在中国科学技术大学师生大会上做"谈谈工作与学习"的报告时，就针对如何选择参考书的问题提出了要选择名著的观点，但名著不一定出自名家之手，而是"在实际中经过考验的大家公认是好的著作"。探讨其言外之意，评价好书的关键并非在于它是否出自名家之手，而要看其内容是否符合自身的阅读旨趣。因为一个人在阅读一本书的过程中，若能感到心灵愉悦或者产生某种反思，必定会在思想层面有所触动。

常读常新：一份经典阅读书目

每年 4 月 23 日是"世界读书日"，也是"中国航天日"的前一天。每逢 4 月 23 日，都会出现各类推荐阅读书目。而近代以来就不乏大家给出的各种书目，例如梁启超的"最低限度之必读书目"、胡适的"最低限度的国学书目"、鲁迅的"学习中国文学的书目"、毛泽东的"二十七个书目"等。甚至还因书目彼此不同而引发各种争论。但有一点不可否认，此类书目中的都可以作为该研究领域的必读之书，为今后研究学问做储备。

对那些有志于学术的研究者而言，通过长期治学搜集符合自身情况的经典书目是非常有必要的。在钱学森数以万计的藏书中，也有一份经其治学实践检验而形成的经典书目，且常读常新。钱学森称这份书目"动笔杆子的尤其要学好"，这是他在国防科委情报研究所会议上针对情报资料工作提出来的，但对读书治学也具有普遍的哲学指导意义。他说：

> 恩格斯的《反杜林论》一定要学习，还有《费尔巴哈与古典哲学的终
> 结》（作者注：即《路德维希·费尔巴哈与古典哲学的终结》）、列宁的《唯
> 物主义和经验批判主义》，马列主义的经典哲学著作就是这几本，还有毛
> 主席的两论。也要学习政治经济学、《共产党宣言》、《国家与革命》等。①

钱学森还指出，若不能熟练地掌握这些经典，"要写好文章也不可能"。因为这份书目里不仅有构建世界观的图书，同时还有用于分析问题和解决问题的方法论图书，而通过掌握其中的理论"学出味来"，便能看透问题的本质。在这份书目中，钱学森研究最深的是毛泽东的"两论"，即《实践论》和《矛盾论》。

"两论"是毛泽东思想的标志性成果，是马克思主义发展史上的重要理论创新。钱学森在学习过程中猛然意识到：他在美国提出的技术科学思想与"两论"哲学观点高度一致，即"理论与实际结合""实践—认识—再实践—再认识""感性认识—理性认识"等。以此为基础，他通过总结自身的科研经验，参透了理论与实践之间的辩证关系，进而对辩证法产生了深刻理解。他说：

> 我以为世界上第一流的技术科学家们都是自发的辩证唯物论者，他
> 们研究方法是值得总结的。而有了辩证唯物论我们也可以把它用到科学
> 的研究上去，提高研究的效率，少走弯路！②

---

① 史秉能、袁有雄、卢胜军编：《钱学森科技情报工作及相关学术文选》，国防工业出版社，
　 2015年，第42页。
② 钱学森：《技术科学中的方法论问题》，《自然辩证法研究通讯》1957年第1期。

思想通则皆通。从此，钱学森便将马克思主义内化为自觉意识和行动指南。由于掌握了马克思主义理论尤其是毛泽东思想的精髓，他甚至感慨地称，做学问只要用毛泽东思想便能"激扬文字"[1]，可见其思想格局和学术魄力。但他并未满足于此，而是在 20 世纪 70 年代中后期我国迈入发展新时期后，以实事求是为原则，守正出奇，创造性地提出了"技术革命群"思想。

---

① 涂元季、李明、顾吉环编：《钱学森书信（4）》，国防工业出版社，2007 年，第 103 页。

第十四章 往来书信中的互动

往来书信同样也是钱学森晚年回归学术研究过程中所采取的一种治学方法，他通过往来书信，留下了大量珍贵的手迹。与钱学森通信的庞大群体，形成了一个以钱学森为中心的学术交流圈。在往来书信之间，钱学森与通信对象进行着知识和信息的传递、交流，构建起作为"过程的集合体"的思想体系。有意思的是，钱学森在书信中还预言了如今早已实现或正在勃兴的科学技术。

未解之谜：往来书信有多少

正如钱学森所说，除了读书、看报和思考问题是乐事，通过书信往来讨论学术问题也是乐事。乐事之"乐"，就在于在阅读和交流的过程中会不断产生思想火花。钱学森的乐此不疲，除了通过读书和藏书建立起一座小型的个人书库之外，还以书信往来的方式探讨学问和交流思想，成就了书信史上的一座丰碑——钱学森书信。

"钱学森书信"已然成为一个专有名词，是指由涂元季、顾吉环和李明3位秘书经过整理并分别于2007年和2012年影印出版的十卷本《钱学森书信》

和五卷本《钱学森书信补编》，亦称"十五卷本书信"。其中，《钱学森书信》收入书信 3331 封，《钱学森书信补编》收入书信 1980 封，共 5311 封。"十五卷本书信"中时间最早的是 1934 年 11 月 15 日致清华大学校长办公处的信，时间最晚的是 2000 年 11 月 26 日致涂元季的信，前后横跨 66 年之久，已越一甲子。

此数量已颇为壮观，但即便如此，"十五卷本书信"也并未能将钱学森的书信收全。以笔者之所见，已知有记录的最早的一封信是 1931 年 11 月 30 日写给《浙江教育行政周刊》的"商榷函"，当时钱学森正在交通大学读书；最后一封信是 2009 年 10 月 23 日写给中国科学院系统科学研究所所长高小山的"研究所三十周年祝贺函"，8 天后钱学森因病去世。钱学森的通信对象达千余人，具有明显的跨学科和跨年龄的特征，而频繁通信者亦有百余人，与戴汝为、于景元、钱学敏等人的通信分别多达 200 余封。

书信内容既有钱学森主动与他人讨论问题的，也有他人向钱学森求教的，而当钱学森不能给予明确答复时，他便会向写信人推荐或介绍其他专家。值得一提的是，在钱学森的通信群体中，有些青年学者与他从未谋面，他们却能在往来书信中坦诚、平等地交流学问，这无疑对青年学者的成长起到了重要的激励作用。他还经常充当"中间人"，为学术同行牵线搭桥、介绍彼此。1988 年 7 月 8 日，他在一次会议上说：

> 从技术组织工作回到了学术工作。有几点感受。我感到做学术工作谁也没向我关门。老老实实做点工作，跟人家交流交流，讨论讨论，他们不会把你拒之门外的，这种事多得很。我差不多每天有几封信要回。

人家问我什么事，我总是毕恭毕敬，只要我知道的一定回答，我不知的一定回答你我不知道，要是我知道你可以找谁，我会说你去找谁。[①]

　　细节见真情。钱学森在通信对象姓名后面一般都会以"同志""教授"等为后缀，以示尊重。在工作和日常生活中，钱学森是一位典型的学者型领导，从不摆架子。他写信时还会在信上写下通信对象的地址，以便秘书能够准确地寄出书信。由此可见他的待人之道，以及对通信对象和身边工作人员的尊重。

　　如此数量的书信都是如何留存下来的？钱学森回国后有专任秘书协助处理公务，他具有强烈的档案备份意识，每次发出书信前都会请秘书誊抄留底，后来有了复印机，留下复印件就较为方便了。所以，钱学森的书信得以保留，主要得益于几任秘书的工作。但还有一个客观前提，就是钱学森写信从不假手于人，直到晚年由于握笔不便才由他人代笔，但必经其同意并亲笔签名以示文责自负。他说：

下笔千钧，是白纸上写黑字，画了押的，写了要负责。[②]

　　略感遗憾的是，此前出版的"十五卷本书信"仅呈现了"去信"，而未收入"来信"。由于各种原因，往来书信的确切数字已不得而知。但无论如何，"十五卷本书信"为研究钱学森提供了大量而珍贵的第一手史料，极大地方便了研究学者的工作。

① 《钱学森文集（卷五）》，国防工业出版社，2012年，第247页。
② 史秉能、袁有雄、卢胜军编：《钱学森科技情报工作及相关学术文选》，国防工业出版社，2015年，第17页。

中國科學院力學研究所

几年来实践结果说明：这个规律的目标不但能够达到，而且肯定能够提前达到。所以我们（何郭永怀、林同骥、李敏华、钱寿易、卞荫贵、潘良儒、许国志、郑哲敏等）所在的中国科所院力学研究所而论，现在的规模已超高1948年所说想要发展到的规模！祖国一切事业的高也度真是史无前例的，在我们心中是日新"跃"异，不进则退！

一、二年来世界局势也有了很大的变化！资本主义国家阵营与社会主义阵营对比，谁胜谁败，谁将发展谁将死亡，也很明显。我 兄是明眼人，岂会不清楚！还是及时返国，免得二十年后弄得味道不好！

我们和周培源先生常常谈到老 兄的事，没有一个人不盼 兄早日回到祖国，再次共同研讨学问，再次共享十五年前在Pasadena的乐趣。望 兄早日决策！

英现在中央音乐学院声乐系任教，工作十分愉快。永刚永真也在学些音乐。守颐娶了好？你们的孩子呢？都在念中。

以前也曾见到宣头拜福伯母大人，当时身体还好。
余不多谈，只望嘉音！ 此祝

研安！   钱学森 上 1960.5.28

▲ 此封书信是钱学森1960年5月28日以中国科学院力学研究所所长的名义，写给当时正在美国的故交林家翘的。但不知何故，林家翘后来仅保留了最后一页书信，致使前一页的内容成为历史之谜。此信由林家翘女儿林声溶女士与清华大学蒲以康教授捐赠给上海交通大学钱学森图书馆

问学之路：作为"过程的集合体"

无法断言，钱学森书信在数量上是否属于空前绝后，但无疑已经成为书信史上的一座丰碑。可以借用恩格斯的一句名言作为对钱学森书信整体价值的总结，即"一个伟大的基本思想，即认为世界不是一成不变的事物的集合体，而是过程的集合体"。概而言之，钱学森书信在其个人思想历程上是一个"过程的集合体"。

北宋陆佃曾有言曰，"问学必有师，讲习必有友"，意为治学须与师友求教探讨。个人知识总是有限的，不可能穷尽所有学问，因此通过学术交流扩充知识边界就成为学术研究的必然。在电子邮件出现以前，诸多学者选择以往来书信作为交流学术的一种方式。书信具有隐私性，使得通信者彼此间能够充分提出各种学术观点、思想或见解，恰如钱学森所言："我那些书信中的意见，原是信手写来，同志之间交流思想嘛，并不准备发表。"

由此，钱学森将往来书信作为问学方法。一方面，他通过"去信"传递自己对某个问题的思考；另一方面，他也借由"来信"吸收各类学术信息。他在写给重庆大学吴云鹏教授的信中说："有像您这样热心同我交流学术的许许多多同志，给我提示了大量的学术信息，使我有良好的精神营养。"不仅如此，这些来信还促使钱学森不断地思考各类问题。1983 年 3 月 14 日，他在国防科工委航天医学工程研究所（现改名为北京航天医学工程研究所）第一次学术讨论会上发言时说：

> 我对人民来信也很重视，我发现人民来信中尽管有的时候提的问题不对，但是你在读他这个不对的信的时候，你脑子开动了，会思考他说

得不对，那什么是对呢？有时候这可以使你通过这个不对的东西而得到一个对的东西。我现在常常收到人民来信，其中很多讲永动机的，有的发明的永动机还挺巧。永动机的问题，要把它说清楚很不容易，需要你开动脑筋，这样你就能够搞清楚他这个永动机为什么实现不了。不对的东西不都是有害的，在科学讨论中不对的东西对产生正确的结论是有贡献的。①

可以说，钱学森在这条问学之路上实现了双向互动。钱学森晚年研究社会科学时，将政治学作为专攻方向之一。其间，他与就职于中国社会科学院的孙凯飞保持了长达十余年的学术通信，通过近百封往来书信反复交流探讨，最终两人联名于景元，共同发表了《社会主义文明的协调发展需要社会主义政治文明建设》。这篇文章丰富和发展了马克思主义的科学内涵。

钱学森的书信动态地记录了其进行相关学术研究的具体过程，同时也展示了他在上下求索的过程中不断迈向学术真理的心路历程。

钱学森退居二线后还曾担任中国科学技术协会（简称中国科协）主席和全国政协副主席，这也使得他的书信的价值具备了时代性，为研究改革开放之后中国的政治、经济和思想等提供了重要素材。例如，钱学森曾致信中央领导，建议要对"大亨""大款"加以引导，否则任由其"吃喝耍阔"，会对社会造成不良影响，此信表面上谈如何引导富人，但背后却涉及"先富带动后富"的方针政策问题。从某种程度上说，钱学森书信史见证着中国改革开放和思想解放两大历史进程，成为那个时代政治、经济和社会变化的晴雨表。

---

① 顾吉环、李明、涂元季编著：《科学道德：钱学森的言与行》，国防工业出版社，2015年，第19页。

▲ 1988 年 7 月 6 日，钱学森在中国社会科学院马克思列宁主义毛泽东思想研究所做报告，图中左一为孙凯飞

未来已来：书信里的三大预见

按照钱学森的说法，书信都是由他"信手写来"的。实则不然，钱学森在书信里提出的思想和观点都是经过深思熟虑后才下笔的，可谓"下笔千钧"。正是由于深思熟虑，钱学森在书信中提出了很多超前的科学预见。这些科学预见有些已在当下社会中实现，有些又正在蓬勃发展，兹举三例。

预见之一：建议发展新能源汽车

1955 年钱学森回国时，已是一位拥有十几年驾龄的司机。他在美国博士毕业留校任教后就购买了一辆轿车作为通勤工具，还曾有过从美国西海岸到东海岸的自驾游经历。在成家之后，他成了家里的专职司机，每天都会开车接送子女上幼儿园。汽车的确给人类生活带来了极大的便利，但钱学森在享受驾驶乐趣之际又切身感受到"污染、噪声、杂乱拥挤"。早在 20 世纪 40 年代后期，欧洲一些国家就已经注意到"轿车文明"带来的副作用。1987 年，钱学森以中国科协主席的身份访问英国和联邦德国，看到轿车"泛滥"的情况时，他开始思考中国是否一定要按照传统发展模式，即"汽油柴油阶段"来发展汽车产业。

这是因为钱学森预计到 21 世纪 30 年代，中国每年需要的汽车数量将达到 1000 万辆，而汽油和柴油都属于不可再生的自然资源，同时又会产生环境污染问题。最终经过数年思索，借鉴了国外的经验，他根据国内科学技术和工业制造的实际情况，致信国务院副总理邹家华，建议"我国汽车工业应跳过用汽油柴油阶段，直接进入减少环境污染的新能源阶段"，并称：

> 在此形势下，我们决不应再等待，要立即制订蓄电池能源的汽车计划，迎头赶上，力争后来居上！……所以国家要组织力量，中国有能力跳过一个台阶，直接进入汽车的新时代！

▲ 1949年暑期，钱学森从麻省理工学院前往加州理工学院任职。他选择自驾，带着妻子蒋英和儿子钱永刚，一路由美国东海岸前往西海岸。他们还特地途经康奈尔大学，见了好友郭永怀、李佩夫妇，以及同门师兄西尔斯夫妇。图为钱学森和蒋英沿途拍摄的照片

邹家华副总理：

在这转信里我想提出一个建议，我国汽车工业应跳过用汽油柴油阶段，直接进入减少环境污染的新能源阶段。今年我国汽车生产将达80万辆，到下个世纪20年代30年代估计将达1000万辆，保护环境将是十分重要问题。现在美国、日本的政府在组织各自搞高性能高效蓄电池，计划制成蓄电池汽车。

在此情势下，我们决不应再等待，主动地制订蓄电池能源的汽车计划，迎头赶上，力争后来居上！

这是有可能实现的。不久前广东中山市的来信说建成一个镍-镉蓄电池中试基地，说明我国镍-镉蓄电池汽车已是就于着手开发。而这种能源的小汽车一次充电的行程已达五手的蓄电池汽车一次充电为100里，可达250—300里，是可以进入实用的。斗

国也在同样研究，我们此或的差距不多大。

更先进的蓄电池我们也有大量研究，例如哈工大上海工业大学就已有的王兆三教授在总经理的珠海金士文化学电教育中心，他们正在研究汽车动力新电源。

所以国家是很投入力，中国有能力跳过一个台阶，直接进入汽车的新时代！

以上如有不当，请批评指教。

此致

敬礼！

钱学森
1992.8.22

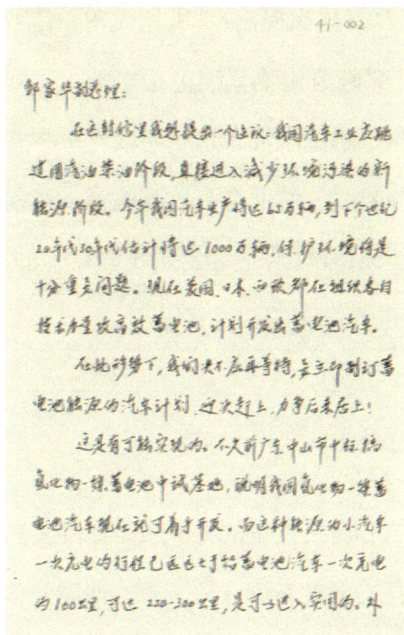

▲ ▶ 图为钱学森留存的1992年8月22日致信国务院副总理邹家华的底稿及1992年9月3日邹家华的来信原件，此往来书信探讨了发展新能源汽车的问题

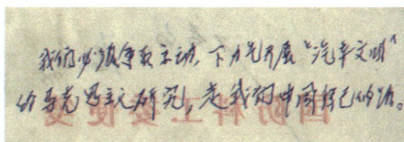

我们必须更自主动，下力气开展"汽车文明"的哲思和研究，走我们中国自己的路。

▲ 图为1995年11月10日钱学森阅读《经济参考报》的报道《主动迎接轿车文明》时写下的札记（钱学森经常使用已经用过的纸张做札记）。他提出应以马克思主义为指导原则，在汽车发展上走"中国特色的路"。在钱学森看来，"中国特色的路"就包括发展新能源汽车

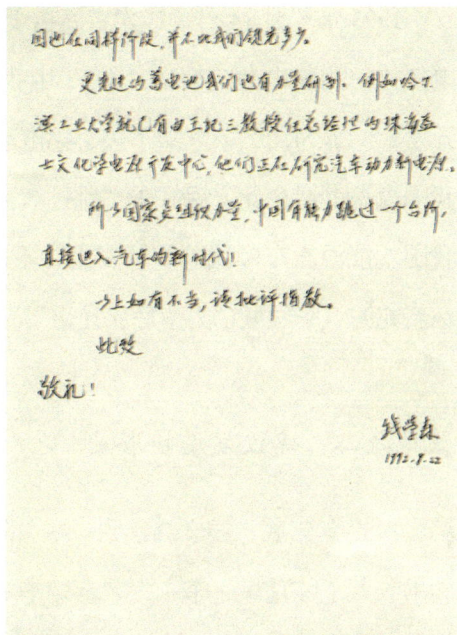

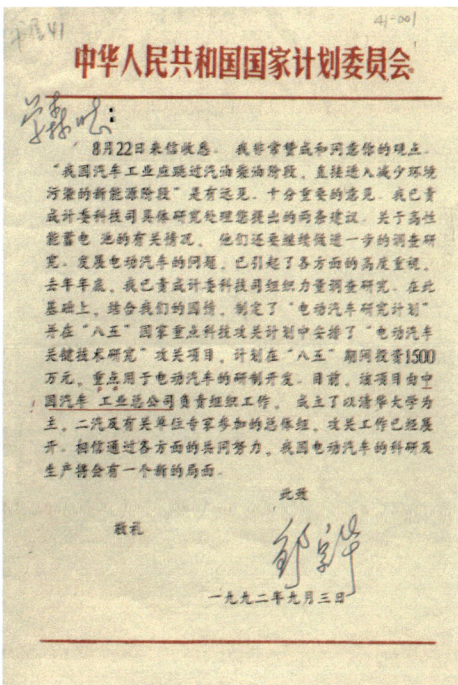

中华人民共和国国家计划委员会

学森同志：

8月22日来信收悉。我非常赞成和同意您的观点。"我国汽车工业应跳过汽油柴油阶段，直接进入减少环境污染的新能源阶段"是有远见、十分重要的意见。我已责成计委科技司具体研究处理您提出的两条建议。关于高性能蓄电池的有关情况，他们还要继续做进一步的调查研究。发展电动汽车的问题，已引起了各方面的高度重视。去年年底，我已责成计委科技司组织力量调查研究。在此基础上，结合我们的国情，制定了"电动汽车研究计划"并在"八五"国家重点科技攻关计划中安排了"电动汽车关键技术研究"攻关项目，计划在"八五"期间投资1500万元，重点用于电动汽车的研制开发。目前，该项目由中国汽车工业总公司负责组织工作，成立了以清华大学为主、二汽及有关单位专家参加的总体组，攻关工作已经展开。相信通过各方面的共同努力，我国电动汽车的科研和生产将会有一个新的局面。

此致

敬礼

邹家华
一九九二年九月三日

1993 年 3 月 14 日，钱学森致信于景元时又再次提出："民用汽车一定要电气化，用蓄电池。而在'863'中我们已突破氢化物，镍电极电池，已在开发中。那为什么不立即下决心搞电动汽车，跳过汽油车这一阶段？"尽管我国汽车发展在此之后并未"跳过汽油车"阶段，然而令人欣喜的是，当前我国新能源汽车领域的整体实力并不落后。相信我国一定会如钱学森所言，在新能源汽车领域"力争后来居上""直接进入汽车的新时代"。

预见之二：建议发展快餐业

1989 年年底，钱学森读到一本由陈淑君和唐艮主编的《中国美食诗文》，此书收入了陈荒煤、李一氓、曹靖华等人有关美食的诗词和文章。他竟一口气读完，不禁勾起儿时对冰镇酸梅汤、糖葫芦等美食的味觉回忆。钱学森在美国留学时就做得一手好菜。每当加州理工学院的中国留学生聚会时，钱学森都会亲自掌勺，在成家后他更是时常下厨。可能受《中国美食诗文》一书的启发，钱学森晚年曾提出要大力发展快餐业。

▲ 左图为钱学森美国家中厨房一角，平时他都在家做饭。右图为钱学森友人到他家中做客时的留影

如今，外卖和快餐早已成为日常化的饮食方式，而此景宛如钱学森所预

言的"家庭厨房操作将要退出历史"一般。但钱学森提出发展快餐业并非仅为了解决吃的问题，而是综合烹饪艺术、烹饪产业、营养科学、连锁经营以及金融业等多重维度，将其作为中华饮食文化的内容之一，进而提升到社会主义精神文明建设的层面上来。

正因如此，钱学森才不禁高呼："研究快餐业将会引发一件大事，一场人类历史上新的革命！"不仅如此，他还基于供销渠道和烹饪工业化的视角提出"快餐店网送"的思路，说：

> 我们认为一条必然的路是从家庭厨房操作走向饮食由快餐店网送，形成烹饪工业化。

如此，便可通过网络让"一家或几家不同快餐店送货上门"，"在家享受一餐家人团聚或用以待客的美食"。不止于此，钱学森还提出发展快餐业同样可以服务于战时之需，即在战时为士兵提供必要的给养，而这实则是他晚年军民融合思想体系中的一个重要内容。当然，他虽提出发展烹饪工业化，但也认为非常有必要保留由"大师操作"的"特殊风味的饮食店"。不知他说的这种饮食店是否就是我们当下的"网红店"呢？

预见之三：建议发展"人机结合"技术

钱学森是最早一批将计算机运用于科学研究的科学家，他在 20 世纪 50 年代初，通过科学研究，在机电式计算机的工程化运用方面积累了丰富的经验。可以说，他的科学视野从未离开过计算机，他一直关注着每一代计算机的发展。钱学森晚年对计算机、智能机、人工智能、网络信息以及机器人技术等进行了长期跟踪研究，同时从技术革命视角提出了许多带有预见性和战略性的建议。例如，他于 1997 年 3 月 23 日致信于景元时就提出："所有行政办事部门，都用信息网络工作，工作人员根据法规信息批办；法规不够，或法规有矛盾，再呈部门领导批示。"这正是我们当下早已普遍应用的办公自动化系统。

正是由于具有强大的科学预见能力，钱学森综合多种新技术革命成果，于 20 世纪 90 年代中期提出了发展"人机结合"技术的建议，不失时机地抓住了新一轮技术革命和产业革命的浪潮。所谓"人机结合"技术，简而言之就是充分运用正在兴起的网络信息技术，将"人脑与计算机结合"，将"人的思维"扩展为"人·机（计算机）结合的信息体系"，由此通过技术革命引起社会性革命并形成"新人类"，而这些都需要人类能够对信息网络"运用自如"。基于此种预见，钱学森在 1993 年就畅想了 21 世纪的生活图景：

> 所谓 21 世纪，那是信息革命的时代了，由于信息技术、机器人技术，以及多媒体技术、灵境技术和遥作技术（Telescience）的发展，人可以坐在居室通过信息电子网络工作。这样住地也是工作地。因此，城市的组织结构将会大改变：人同家庭可以生活工作，让孩子上学等都在一座摩天大厦，不用坐车跑了。在一座座容有上万人的大楼之间，则建成大片园林，供人散步游息。

如此便捷和美好的生活图景，正是围绕技术革命勾画出来的，或许展现了"钱学森之思"的未来之路。事实上，钱学森晚年的学术研究绝非单纯出于技术层面的探讨，更是有着宏大的时代关怀与远见。例如，他建议发展新能源汽车，便是从思考 21 世纪我们的文明建设到底将会怎样的问题出发的。

当然，钱学森书信里的科学预见不止此三项。很多预言、建议或畅想，正在科学技术的发展过程中变为现实，抑或正在萌芽。

第十五章 在中央党校的讲学

　　钱学森晚年曾接受中央党校兼职教授之聘，并于 1977 年至 1989 年前往中央党校讲学多达 18 次。中央党校是钱学森晚年唯一系统讲学的学校场所，此种讲学在某种意义上是他向往的"鹅湖之会"。他通过讲学，既将世界科技发展的前沿信息传递给党校学员，同时也促使自己系统地思考学问，真正做到科研与教学的统一，达到教学相长。

史实复原：中央党校讲学情况

　　钱学森晚年曾接受中央党校的兼职教授之聘，中央党校副校长邢贲思和教务部主任辛守良曾于 1991 年 12 月 20 日前往钱学森办公室赠送兼职教授聘书。关于讲学的内容，已有《社会主义现代化建设的科学和系统工程》及《钱学森在中央党校的报告》两本文集出版。前者由吴义生（**时为中央党校自然辩证法教研室教授**）按照三大讲学主题编辑，于 1987 年由中央党校出版社出版；后者由彭学诗（**时为中央党校年鉴编委会副主编**）按照时间顺序将其中 9 次讲学进行整理，于 2015 年由上海交通大学出版社出版。

　　通过比较两本文集可知，收录的讲学内容并不完全相同。笔者通过整理钱学森手稿，发现了留存的 12 次讲学的手稿，包括发言提纲、备课笔记、修订文稿、往来信函、材料批注等。此外，还有 6 份讲学影像档案留存。由此综合可知，钱学森的讲学包括 12 次"大课"，即以报告、公开课或讲座等形式开展的讲学，同时还包括 6 次到中央党校参加学术会议和讨论班期间的"临场发言"，即钱学森 1977 年至 1989 年间在中央党校共计有 18 次讲学活动，其讲学情况整理如第 176 页表格所示。

▲ 图为 1987 年 6 月 3 日钱学森在中央党校参加全国党校系统自然辩证法和现代科学技术教学座谈会后的合影

由第 176 页的表格不难看出，钱学森每次讲学的间隔时间都比较长。因为他讲学前都会充分备课，只有对某个问题做了系统研究后才会开讲，若未有最新的研究成果，即便受到邀请也会暂缓讲学。例如 1984 年 9 月 22 日钱学森复函吴义生的讲学邀请时，便提出"脑子里实在没有什么成形的东西可要向大家说，所以求免"。而一旦对问题有了清晰的认识，钱学森就会积极应邀开讲，就像 1985 年 10 月 14 日复函吴义生表示愿意接受邀请讲"社会主义现代化建设和领导决策的科学化"，因为他对此问题已有成熟看法。由此可见钱学森与时俱进的教风，即讲学内容一定是最新的学术研究成果。

钱学森1977年至1989年间在中央党校讲学的情况

序号	讲学时间	讲座主题/内容
1	1977年11月4—5日	现代科学技术
2	1979年4月23—24日	现代科学技术的发展
3	1982年6月21日	参加中央党校自然辩证法研究班，谈自然辩证法问题
4	1982年11月2日	研究和创立社会主义现代化建设的科学
5	1984年4月4日	新技术革命的若干基本认识问题
6	1985年5月22日	我国社会主义建设的大战略问题
7	1985年11月1日	社会主义现代化建设和领导决策的科学化
8	1986年3月12日	现代科学技术的体系与知识
9	1986年10月10日	关于当前我国的改革
10	1986年12月26日	社会主义现代化建设和领导决策的科学化
11	1987年6月3日	参加全国党校系统自然辩证法和现代科学技术教学座谈会，谈现代社会与自然辩证法的发展问题
12	1987年9月下旬	参加吴健教授的学术讨论班，谈现代帝国主义问题
13	1987年12月1日	我国社会主义初级阶段的建设问题
14	1987年12月下旬	参加吴健教授的学术讨论班，谈资本主义世界的经济长波现象
15	1988年9月24日	建立意识的社会形态的科学体系
16	1988年11月24日	参加吴健教授的学术讨论班，谈我国社会主义建设、共产主义实现路径等问题
17	1989年4月15日	社会主义文明的协调发展需要社会主义政治文明建设
18	1989年11月2日	参加吴健教授的学术讨论班，谈垄断资本主义问题和产业革命问题

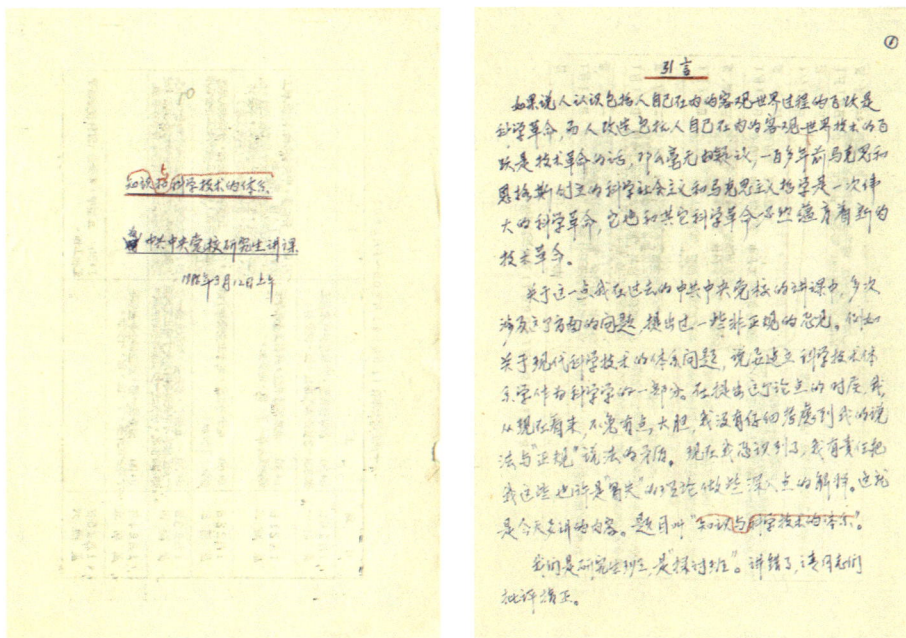

▲ 图为钱学森 1986 年 3 月 12 日在中央党校讲学的发言提纲（部分）

　　钱学森每次讲学前都会写一份提纲，讲学结束后又都会以讲学内容为基础形成完整的文章。从提纲到文章，他都会亲力亲为、文责自负。钱学森早期讲学的内容曾以铅印单行本发行或发表在《中央党校校刊》《理论月刊》等中央党校主办的刊物上，其中还有 3 篇被收入中央党校函授学院教材《现代科学技术的知识和我国科技政策讲座（试用本）》（钱学森为主编，吴义生为副主编，1985 年 12 月出版）。他非常重视教材的使用效果，1988 年 5 月 11 日还致函吴义生："对《试用本》，学员们有什么意见，当认真考虑，尽量修补。"由于钱学森讲学的内容具有深刻的时代性和问题意识，除中央党校刊物外，不少其他的杂志社也会主动联系刊登。

　　可以说，中央党校兼职教授是钱学森晚年非常看重的学术身份。这虽是荣誉性质的兼职，但他以"全职"的态度投入讲学之中，且讲学内容是经过长期研究后形成的比较成熟的学术成果。辩证地看，钱学森通过讲学，将最新学术成果传递给党校学员，同时又通过讲学更加深入和系统地思考了问题。这正是他毕生倡导的科研与教学辩证统一观的系统实践。

原因释然：为何只去中央党校

或许随着时间推移，钱学森讲学的史料还会得到发掘。然而令人疑惑的是，当时全国各地高校邀请钱学森讲学的信件纷至沓来，但他一律婉拒，甚至当学生马兴孝邀请他到中国科学技术大学讲学时，他也明确复函称："您建议我去合肥，这把我难住了：我是不去任何高等院校、中等学校、小学校的；只去一处，即中共中央党校。"[1] 中央党校是钱学森晚年唯一系统讲学的学校，足见他对中央党校的特殊感情。

中央党校成立以后，便开始邀请党政领导和学者讲学，包括毛泽东、刘少奇、艾思奇等都曾登台讲学，且这逐渐成为中央党校的传统。中央党校的讲学不仅讲授科学文化知识，同时还阐述党和国家的重大理论观点、方针政策，兼具授业与解惑的双重功能。这正是钱学森在中央党校讲学的历史背景，而他的讲学将方针政策和理论前沿融于一体，新颖生动，影响深远且广泛。2008 年 1 月 19 日，胡锦涛总书记看望钱学森时说：

---

① 涂元季、李明、顾吉环编：《钱学森书信（2）》，国防工业出版社，2007 年，第 123 页。

　　上世纪 80 年代初，我在中央党校学习时，就读过您的有关报告。您这个理论强调，在处理复杂问题时一定要注意从整体上加以把握，统筹考虑各方面因素，这很有创见。现在我们强调科学发展，就是注重统筹兼顾，注重全面协调可持续发展。①

　　钱学森在中央党校的讲学还对中央党校寄予了深层次的厚望，他曾在致函中央党校吴健教授时强调，在鼓舞人民建设社会主义的信心方面，"中央党校要带头"。中央党校作为全国党政干部教育和培训的最高学府，影响力波及全国，且在中国政治、思想和学术等领域具有极其特殊的地位。正因如此，钱学森曾于 20 世纪 70 年代末期至 90 年代末期这 20 多年的时间里，与中央党校学者群体保持着较高频次的学术通信。他还持续关注由中央党校主办的内部刊物《理论动态》，通过阅读掌握最新学术和思想动态。

　　从历史的角度看，钱学森在中央党校讲学体现出一个中国知识分子的理论担当，尤其是经过思想解放后的中国思想界普遍存在着"拿来主义"，钱学森将其总结为"不加分析地把外国流行的一套全部或大部接过来"。所以他致信吴健时就强调，对待外国流行的"时髦概念"，要从实际工作出发，"图省事靠输入、搞翻版都不行"②。钱学森以强烈的使命感主动回应时代，恰如其所言：

　　现在建设具有中国特色的社会主义又有那么多问题等待哲学社会科学界去解决，真使人有"危机"感了。③

① 《深情的关怀　倾心的交谈——胡锦涛总书记看望著名科学家钱学森、吴文俊纪实》，《光明日报》2008 年 1 月 20 日第 1 版。
② 涂元季、李明、顾吉环编：《钱学森书信（1）》，国防工业出版社，2007 年，第 479 页。
③ 涂元季、李明、顾吉环编：《钱学森书信（3）》，国防工业出版社，2007 年，第 318 页。

由此来看，钱学森讲学是以中央党校的历史传统为前提，但更重要的动因是其晚年回归学术研究的内在动因。20 世纪 90 年代初，钱学森已经年近八十，由于健康原因减少了外出活动，不再前往中央党校讲学。但他一直非常关注中央党校领导和学者发表的文章或讲话，例如 1996 年 4 月 22 日阅读中央党校副校长龚育之发表在《经济日报》上的文章《理论前沿在哪里》时，他就提出："中共中央党校应该把这些好经验同中央的精神结合起来，先开讨论班，然后写一部社会主义中国 21 世纪的政治学。"[1]

不避争议：向往的"鹅湖之会"

在中国思想史上，在江西省铅山县鹅湖寺，有一场影响极大的学术辩论，史称"鹅湖之会"。南宋淳熙二年（1175 年），吕祖谦为调解朱熹理学和陆九渊心学两派的思想分歧，邀请朱熹和陆九渊、陆九龄兄弟在鹅湖寺见面，双方就各自的哲学观点展开了激烈的辩论。这次辩论开创了学术争鸣的传统，为世人所称赞。钱学森晚年在一封书信中曾提及"鹅湖之会"，意指通过学术对话促进学术研究。

"鹅湖之会"的寓意，正是钱学森毕生所向往的学术研究上的"不避争议"之理念，因为真理往往由学术争鸣而被发现。在某种意义上，中央党校的讲学正是钱学森的"鹅湖之会"。事实上，学术争鸣是钱学森治学生涯中的一个重要"法宝"。早在留美读博之际，他就深受导师冯·卡门的影响，掌握了学术争鸣的真谛，还曾多次通过学术沙龙的形式，同中国留学生一起

---

[1] 《钱学森制作的"理论前沿在哪里"剪报及其批注（1996 年 4 月 22 日）》，原件存上海交通大学钱学森图书馆。

举行学术报告会。20 世纪 30 年代中后期，有不少中国留学生在加州理工学院求学，如袁家骝、谈家桢、顾功叙、殷宏章、朱正元、黄厦千、郭贻诚、袁绍文等。钱学森说：

> 我是 1936 年秋从美国麻省理工学院转到加州理工学院攻读博士学位的；当到校后就遇到郭贻诚同学，天天见面，相处甚欢。我在航空系，他在物理系，可以相互学习。当时在生物系的还有谈家桢同志和殷宏章同志，也还有其他系的中国同学。中国同学们都主张相互学习，开拓知识面，所以每星期日上午 10 时许就聚集在一个教室，开学术报告会。

这种沙龙式的学术报告会有助于留美学生群体了解彼此的学术前沿，通过交流形成宽广的学术视野。就像钱学森所说的，大家在集体讨论中相互交流和相互影响，"参与者从各抒己见到激烈的争论"后"克服了错误的东西"，最后"最干净利索的、最清澈的观念才能出来"。当然，这种争论"不是打架"，参与者之间的关系是和谐的。正因如此，他在加州理工学院担任丹尼尔和佛罗伦萨古根海姆喷气推进中心主任时，讨论班成为课程体系的重要内容之一。同时，他的讨论班也成为加州理工学院校园里最活跃的讨论班之一，不论谁做报告，几乎所有教授都发言，气氛十分热烈。

钱学森归国领导中国发展航天科技事业之际，还曾亲自组织科研讨论会，针对科研问题进行交流和讨论。当他晚年回归学术研究之后，又开始重新组织或参与相关的学术讨论活动，如"系统学讨论班""航天医学工程讨论班"等。在他看来，与学术共同体的成员一同讨论新学问"诚一快事"。中央党校的讲学经历可谓他"鹅湖之会"的一次系统实践。

钱学森在中央党校讲学的每次"大课"平均3小时，但他从不会照本宣科，而是有所阐发和延伸；同时还会安排问答环节，注重互动，及时收集意见。例如，在1986年3月12日"现代科学技术的体系与知识"讲座的问答环节中，便有学生通过纸条向钱学森提出了以下4个问题。

一、历史唯物主义、自然辩证法、认识论都作为通向马克思主义哲学的桥梁，那马克思主义哲学本身还剩下些什么内容？

二、社会科学和行为科学、文艺理论等人文科学怎样区分；

三、我们是否应该吸收西方社会科学中合理的成分，我们认为不应该让他们徘徊于社会科学的大门之外；

四、九大门类划分遵循着什么样的逻辑标准。[1]

中央党校学员在钱学森讲学结束后还会专门组织讨论。例如，1986年12月26日钱学森为中央党校省部级干部读书班的学员进行了主题为"社会主义现代化建设和领导决策的科学化"的讲学。此次讲学引起了学员们的热烈讨论，读书班党支部于12月30日委托吴义生向钱学森转达讨论后提出的问题：

一、胜任社会主义现代化建设领导责任的高级干部应具备哪些基本素质？国内有哪些著作应必读或值得一读？

二、"宏观政策"的含意与范围？世界发达国家在决策过程中是怎样运用现代科学理论与技术工具的？请举一些成功例子。

[1] 《中共中央党校学员向钱学森请教的问题》，原件存上海交通大学钱学森图书馆。

三、社会主义制度下要做到领导决策科学化，要注意哪些问题？现代科学技术发展趋势这一重要因素应如何考虑？①

▲ 1986 年 12 月 26 日，钱学森为中央党校省部级干部读书班的学员进行主题为"社会主义现代化建设和领导决策的科学化"的讲学。图为讲学结束后钱学森与学员进行讨论交流

  对于学员提出的问题，钱学森都会认真思考。不仅如此，钱学森还经常建议他人组织学术研讨。1987 年 5 月 30 日，他致信吴健，建议他组建"微型"学术讨论班，定期举办学术研讨，并表示愿意参加。后如其所愿，他参加了由吴健教授主持的学术讨论班（如本书第 176 页表格所示）。他如此倡导学术争鸣，是因为发现了当时国内学界普遍存在着"藏起来批评人"的学风。他说：

① 《中央党校省部级干部读书班党支部对钱学森同志讲课内容的建议（1986 年 12 月 30 日）》，原件存上海交通大学钱学森图书馆。

至于思想学术领域的双百方针，中央也一再声称不变，所以讨论问题该是允许的。但我看难处在于我国知识分子，尤其是社会科学、文艺界的知识分子，不习惯于自由讨论，总是要把学术讨论转为"斗争"。

可想而知，若由此种"斗争"持续发展，必将导致学风日下。所以，他才会说："我在做学问这个问题上，是主张单刀直入、直言不讳的。当然，在人的关系上，不要剑拔弩张，可以求同存异。"钱学森不仅提倡公开的学术讨论，而且身体力行。例如，1986 年前后钱学森在《文艺研究》编辑部的多次报告均谈及马克思主义文艺理论问题，由此引起文学评论家王元化的注意并致信编辑部提出商榷观点，当编辑部致信钱学森询问是否可以发表王元化的信件时，他立刻回信表示同意。其实，王元化提出的观点颇为犀利，但钱学森以"不避争议"为宗旨，同意发表反对自己观点的信，真正体现了学术争鸣的真谛。

由此回头看，钱学森坚持从学术争鸣的立场出发，通过在中央党校讲学，系统地实践了"鹅湖之会"的精神内涵。更为重要的是，从钱学森个人思想历程的视角来看，他在中央党校的讲学，勾勒出了他晚年思想体系的基本框架，在实践中促使其实现了内在身份和外在形象的双重转变，同时还为其绘制第三个思想坐标奠定了坚实的基础。

第十六章 个人数据库的建立

正如巧妇难为无米之炊，若无材料，学者就难以走上治学的大道。钱学森在收集材料上也有自己的独到之处，即剪报。他留美时就曾经搜集和制作过9册英文剪报，因内容涉及了原子能而在"钱学森案件"中被当成所谓的"关键证据"。回国后他仍将此方法作为治学门径，尤其晚年几乎每日都要阅读报刊并制作剪报，经年累月形成了一座数量巨大的个人数据库。这个数据库的意义如同"毛细血管"一般，不断促进钱学森思想体系的更新与发展。

点石成金：英文剪报中的思想密码

报刊作为传播知识的重要手段，具有鲜明的时效性。随着世界科技、教育和文化事业的勃兴，报刊业迅速发展，学术刊物则成为学术界各类学术共同体发表或展示学术成果的公共平台之一。钱学森在早年求学交通大学时便养成了阅读报刊的习惯，几乎每天都要去图书馆阅读《申报》等报刊，从中获取最新信息，这个习惯也成为钱学森留美时期的治学"秘诀"。他说：

> 做研究就是开拓已有的知识领域，攻克学术的前沿阵地，所以一定要知道科学的最新发展，了解别人的最新成果。因此我一有空就去学院图书馆的期刊开放陈列架，翻看最新的期刊，阅读别人的新论文，并从中得到启发。

在此过程中，钱学森还扩大了阅读领域，开始对原子能的研究与利用产生了浓厚的学术兴趣。因此从 1945 年至 1950 年，钱学森搜集和制作了大量有关原子能的剪报，并按照时间顺序装订了 9 册。而也正是这 9 册英文剪报成了"钱学森案件"中所谓的"关键证据"，美国海关甚至邀请专业人士对其进行了技术分析。但专业人士在对这 9 册英文剪报的内容进行技术鉴定后，却提交了一份令美国海关极其失望的报告——这些剪报并未违反美国《出口控制法》。这 9 册英文剪报后来被归还给钱学森，如今已由钱学森哲嗣钱永刚教授捐赠给上海交通大学钱学森图书馆，成为见证钱学森艰难归国路的珍贵文物。

其实，钱学森回国的行李中有大量的专业图书、期刊等资料，但美国为何只对这 9 册英文剪报如此警觉呢？原因就在于剪报的内容着实令美国人疑惑—— 一个空气动力学家为何要关注原子能？经初步统计，钱学森收集的剪报始于 1945 年 8 月 6 日，止于 1950 年 8 月 13 日，共计 1539 篇，其中涉及原子能问题的有 1412 篇。剪报来源主要是《纽约时报》《生活》《纽约客》《科学》《新闻周刊》等报刊上公开报道的内容。令人不解的是，既然剪报均为公开报道文献，其价值到底何在？

要理解这一点，就不得不提及钱学森在当时的学术求索。1935 年钱学森赴美求学后，经历了由航空工程向空气动力学的转向，并逐渐成为世界航空航天科学领域的一流学者，以 1947 年提出技术科学思想为代表，他已成为一位极具战略眼光的青年科学家。鲜为人知的是，1946 年钱学森还发表了一篇文章《原子能》。这篇文章不同于钱学森同时期发表的本专业的论文，主要探讨的是原子能作为航空动力装置的发展前景。论文从 7 个方面进行了展望：质量与能量的等价性、原子结构、核反应、原子核结构——结合能、恒星中的能量产生、核裂变——链式反应，以及实现核反应的工程途径。此文诚如钱学森所言，属于"介绍性研究"，但他坚信：

> 在第二次世界大战末，使用原子弹带来了惊人的结果，这极大地刺激了人们对在其他工程应用领域中利用原子能可能性的兴趣。核反应释放的能量约为传统化学反应的一百万倍，这个事实似乎超出了人们的想象。尽管人们在将这门新发现的知识用于实际的电站工程所需要的时间上存在较大分歧，但没人怀疑技术发展的新纪元已经开始。

▲ 图为钱学森制作和搜集的 9 册英文剪报

　　显而易见，这是钱学森站在"新纪元"视角做出的预判，同时又体现了其学术视野的一次扩大。基于此文，他对原子能进行了持续且深入的跟踪研究。1947 年 5 月 13 日至 15 日，在加州理工学院举行的第 54 至 55 次研讨会上，他做了主题为"利用核能的火箭及其他热力喷气发动机——关于多孔反应堆材料利用的一般讨论"的报告。在 1948 年发表的成名作《工程和工程科学》中，他又再次提出解决"长程火箭"动力问题的最好办法是"裂变材料的生产"，他提出，"利用核反应的一个快速发展的时期看来即将到来"。因此当 1955 年《热核电站》一文完成时，他已经通过"十年冷板凳"对原子能利用问题进行了多角度的研究，构建起他对原子能利用问题的系统性认知。

由此观之，9 册英文剪报见证了钱学森关注和研究原子能的心路历程，也是他因学术兴趣而收集的第一手原始材料。虽然这些剪报均来自公开出版的报刊，但是他却通过强大的信息整合能力，对公开信息进行判断，从中分析出了那些未被报道的关键信息。因此，从英文剪报到他发表的原子能论文，其中蕴含着某种思想的密码，具有"点石成金"的价值。值得一提的是，剪报中还有一些反映原子能应用的漫画，展示了原子能在"民用"与"军用"之间的冲突。这也反映出钱学森从哲学层面对原子能作为"军事用途"的隐忧，其晚年建立的军民融合思想体系与这期间的思想萌芽有密切的关系。

集腋成裘：一座个人数据库的建立

钱学森以剪报为途径实现了"跨学科"研究，并通过撰写和发表数篇高水平的学术论文实现了研究领域的"扩张"。1955 年钱学森回国后，仍将剪报作为治学的重要门径。上海交通大学钱学森图书馆就收藏着一册珍贵的剪

报集，钱学森题为《中国社会主义物质文明建设、地理建设》，标注始记于
1955 年。这册剪报集除粘贴剪报，还有钱学森在读报过程中记录的大量笔
记、数据和摘录等内容。

钱学森于 1955 年 8 月 4 日才正式获得离美许可。而这册剪报集中的第
一份剪报是他于当年 6 月 4 日从英文报纸上剪下来的美国经济指数情况，接
着是 6 月 5 日从《纽约时报》上剪下的苏联经济数据摘录。后来又有中国媒
体关于我国第六个五年计划（1981—1985 年）的剪报若干。剪报集中的笔记、
数据和摘录主要是中国、美国和苏联等国有关农林、动能燃料、交通运输、
轻工业原料、材料工业等的报道。例如，他在记录的"交通运输"部分就提
出了发展"轻质高速列车"的建议。他写道：

> 此为客运的良好工具，每小时平均速度可达 200 公里，北京到广州
> 也只要 11 小时；北京下午八点开车，次早七点到广州。

从剪报题目的字迹来看，这应是钱学森晚年写的。但由此册剪报集可
知，钱学森早在回国前就已经开始关注经济问题了。

钱学森回国后便投身于国防科研事业，无暇每日阅读报刊，但是 20 世
纪 70 年代后期他回归学术之后，剪报治学又成了他每日的必修课。钱学森
晚年制作、收集和保存的剪报，目前均收藏于上海交通大学钱学森图书馆。
从留存的剪报来看，钱学森平常看的报纸主要有《人民日报》《经济日报》
《光明日报》《科技日报》《解放军报》《北京日报》《参考消息》《经济参考报》
等。当读到感兴趣的内容时，他便会亲自剪裁和粘贴，从不假手于人，
有些剪报上还留下了他大量的札记。

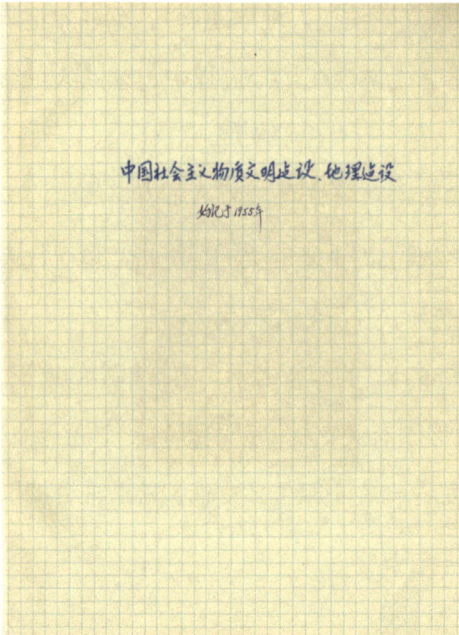

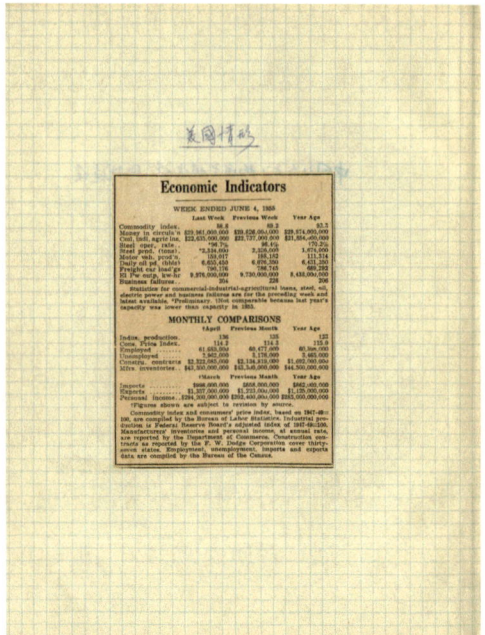

中国社会主义物质文明建设、地理建设

始汇于1955年

Economic Indicators

每年增加多少率

▲ 图为钱学森制作的剪报集《中国社会主义物质文明建设、地理建设》(部分)

经统计，钱学森晚年收集的剪报共计 19 000 余份，日均制作 3 份，分装在 632 个资料袋之中，其上标注主题，包括"汽车工业""风力发电""综合能源化工、冶金工业""巨型智能系统""我国稀土事业""建立社会主义学""现代中国的第三次社会革命""社会主义国家宏观经济理论""社会主义法制建设""社会主义政治文明建设""社会主义法制和法治与现代科学技术""文化学与文化建设""房产经济""山水城市""建筑园林事业""社会主义美食文化""出版学"等，不一而足。

每个资料袋里除了剪报，还包括与之相关的手稿、往来书信、资料等。以"出版学"为例，资料袋里有剪报、期刊以及书信，列出如下。

钱学森收集的"出版学"资料袋里的文件

书信	上海人民出版社严忠树致钱学森（1988年11月8日）
期刊	《出版工作》1989年第10期
剪报	《国际竞争新武器，专利和版权诉讼》，《参考消息》1988年9月14日第2版
	《<天下第一楼>版权纠纷透视》，《光明日报》1988年12月8日第2版
	《铸就中华文化的丰碑——记<中国大百科全书>的编撰出版》，《人民日报》1993年9月6日第1版和第3版
	《<中国大百科全书>简介》，《人民日报》1993年9月6日第3版
	《<中国大百科全书>（七十四卷）书目》，《人民日报》1993年9月6日第3版
	《胡乔木与<中国大百科全书>》，《人民日报》1993年11月10日第3版
	《龙飞在天——<汉语大词典>编纂前前后后》，《人民日报》1994年5月11日第1版和第3版
	《盛世修典 上海进入古籍工程；四库全书 南北分写两大新貌》，《人民政协报》1994年7月23日第1版

其中，仅是剪报的时间便横跨了 6 年之久。如此坚持，若无强烈的学术

关怀和强大的毅力，很难想象一个人可以持续几十年如一日地读报。非但如此，在读报时，钱学森还格外仔细——《光明日报》在 1978 年 2 月 16 日第 1 版上发表了徐迟的一篇报告文学《哥德巴赫猜想》，其中第一部分的数学公式存在问题，钱学森便在这份报纸上写道："几段数学公式印得不正确，应该用《中国科学》1973 年 2 期的版。"他还在剪报旁批注："为什么不指出领导还有责任诱导他走集体讨论、研究的道路？什么是大方向？社会主义！"

正是经过长年累月的实践，集腋成裘，钱学森搜集和留存的资料恰似一座个人数据库。虽然很难判断一份剪报在钱学森思想体系中起到的具体作用，但从宏观来看，便会发现这座个人数据库为钱学森的治学提供了丰富且可靠的信息来源。了解这些，就会理解钱学森的话——"我这个人是活在信息世界，什么都看"。此外，这些剪报均出自传统官媒，因此也可以认为这是一个反映国家宏观政策风向标的"公共数据库"。

毛细血管：剪报如何激活成为情报

钱学森终身践行着学术分享的观念，从不吝啬与人共享他的学术心得、体会与方法，甚至是尚未成型的思想观点。钱学森回国之后就将剪报这种有效的治学方法推介给学界同人。尤其在航天事业初创之际，考虑到国内缺乏火箭喷气技术方面的资料，钱学森指导年轻的情报工作者通过制作剪报来进行资料汇总，而且还将此种方法视为一种"创业"。

授人以鱼，不如授人以渔。钱学森曾在一次讲话中谈到如何制作剪报。他说：

> 争取原本剪贴，报纸、期刊上的都可用复制方法搜集。这样做，可以把某一个题目的资料和目录搞全，如果我是研究人员，我就很喜欢这样的资料。这样做不要很高的鉴别能力，做起来好做，可以落实。……如这样做，可以把资料搜集得很全面，研究人员使用方便，并且能解决他们的问题。[1]

由此可见，钱学森制作剪报的目的在于解决问题，他说："你搜集资料，首先你就得想一想，将来谁是你的用户，他会要什么东西。"[2] 钱学森将剪报比作"原材料"和"百宝箱"，那么他是怎么用剪报来解决问题的呢？先来看一段钱学森的原话。他在 1963 年 4 月 17 日的一次工作会议中说：

> 几年来的实践经验证实，在尖端技术部门，每 100 个第一线的研究设计人员，就应有 75 个科技组织管理人员，按组织计划、器材供应、情报资料三等分，即每 100 个第一线的研究设计人员，就应有约 25 个情报人员，也就是四比一。[3]

"情报资料"在钱学森心目中的地位可见一斑。同年 10 月，钱学森应国家科委韩光副主任之邀，与国家科委机关干部谈"科学技术的组织管理工作"时，谈到"如何使这么大量的文献及时地与科学技术人员见面"的问题，就提出建立人名法与主题法相结合的检索系统，使科学技术人员能沿着各自

---

[1] 史秉能、袁有雄、卢胜军编：《钱学森科技情报工作及相关学术文选》，国防工业出版社，2015 年，第 8 页。

[2] 钱学森：《科技情报工作的科学技术》，《国防科技情报工作》1983 年特刊。

[3] 史秉能、袁有雄、卢胜军编：《钱学森科技情报工作及相关学术文选》，国防工业出版社，2015 年，第 10 页。

的思路找到所需要的资料。此后，钱学森不断丰富对情报思想的理性认识，至 1978 年已经形成了成熟的情报思想体系，并在《科学技术一定要在本世纪内赶超世界先进水平》一文中提出了"全国性的情报资料网"的概念。在同年 11 月 18 日召开的国防科委科技情报工作会议上，他又从图书、期刊、报纸、技术报告、设计文书、录像、录音、图片以及广告等角度，对何谓"情报资料"做了全面和系统的总结。

翌年，钱学森在《科技情报工作》（1979 年第 7 期）上发表了《情报资料、图书、文献和档案工作的现代化及其影响》，首次系统地阐述了情报思想的科学内涵，并基于"三个层次"理论，提出建立"信息系统工程"作为其"工程技术"，"目的就是信息的存储、信息的检索和提取，信息的传输和信息的显示"。简而言之，钱学森认为情报就是解决一个特定的问题所需要的知识，且要注意它的及时性和针对性①。这与他后来提出的通过总体设计部为领导提供决策咨询的思想一脉相承。那么，如何从浩如烟海的资料中提取情报呢？

事实上，钱学森情报思想的核心价值在于"激活"。因为任何图书、档案、期刊和报纸等材料都是"死的"，不会主动提供有效信息，只有经过研究和分析后，"沙里淘金"的情报才会产生价值。他说：

> 信息、情报在资料库里是死的，把这些死的东西提取出来，经过组合、分解，用系统工程的分析方法弄清其相互关系、历史的发展过程，这样就把死情报活化了，不明显的东西变得很突出了，这就是情报研究。②

---

① 钱学森：《科技情报工作的科学技术》，《国防科技情报工作》1983 年特刊。
② 钱学森：《新技术革命与系统工程——从系统科学看我国今后 60 年的社会革命》，《世界经济》1985 年第 4 期。

当然，要想激活情报并非易事，需要长期地"实践，总结，再实践，再总结"。例如，钱学森就以人物研究为例指出："作为资料收集的对象，对一个人，对一位科学家、一位工程师、一位专家的了解不能停止于上述的文字传记式材料，我们还要了解每一个人的脾气、工作喜好和生活习惯。这些又涉及到社会风尚、社会关系、心理学等领域的学问。"

不仅如此，钱学森还特别强调情报在科学预研中的"哨兵"作用。他说："忽视预研工作是要吃亏的，科研工作吃老本，目光短浅，要吃亏。情报工作要走在预研的前面，如果情报研究没有能把目光看得远些，就是没有完成任务。"[1] 事实上，钱学森晚年能够提出诸多科学预见，原因之一就在于灵活运用了情报的"激活"功能，从大量剪报中提取有价值的信息。所以，他才会提出情报是一种"激活了、活化了的精神财富"的观点[2]。也因此，他曾颇有感触地说："我对情报工作有些感情。"

剪报（从早期的 9 册英文剪报到晚年的 632 卷剪报），既是一种有助于提高科研管理效率的分类法，又是情报思想的自觉实践。所以，钱学森通过剪报搜集形成"为我所用"的素材后，又凭借其强大的分析能力，将庞杂的资料整合成有效情报，由此持续"激活"个人数据库的价值。这多达上万份的剪报犹如生物学上的毛细血管，不断地促进着钱学森思想体系的新陈代谢。

---

[1] 史秉能、袁有雄、卢胜军编：《钱学森科技情报工作及相关学术文选》，国防工业出版社，2015年，第39页。

[2] 钱学森：《科技情报工作的科学技术》，《国防科技情报工作》1983年特刊。

钱学森晚年"重理旧业"，回归学术研究，是一次思想上长达约30年的"综合扬弃"历程。在整个过程中，他以与马克思颇具象征意义的一次跨越时空的"对话"为基点，构建起了思想体系，完成了一个被他自称为"离经不叛道"的个人思想历程。更为重要的是，我们通过发现"钱学森之思"，可以了解到钱学森思想体系的形成具有强烈的问题意识、现实关怀以及对未来的憧憬，即共产主义社会究竟何时以及如何实现。由此，钱学森绘制了个人思想历程上的第三个思想坐标，并在此过程中拥有了新的身份，而不再是一位单纯的科学家形象。

第五部分

新思想成就新的身份

第十七章 回答了"为谁著述"

治学要有方法，更要有方向。钱学森晚年回归学术研究，背后有强烈的使命感和现实关怀。通过对数以万计的藏书、书信、剪报以及手稿等进行"信息整合"，他发表了百余篇文章，以著书立说的形式阐明了其有益于世道人心的思想和观点。弘道以文，钱学森晚年的治学实现了中国传统文化"出世"与"入世"的辩证统一，同时又回答了"为谁著述"的学术取向问题。

弘道以文：不为与有为

曾有人总结出钱学森晚年坚持的"七不"原则：

一、不题词；

二、不写序；

三、不参加任何科技成果评审会和鉴定会；

四、不出席"应景"活动；

五、不兼荣誉性职务；

六、上年纪后不去外地开会；

七、不出国访问。

但恰如他晚年担任中央党校兼职教授，这些行为准则并非绝对标准，只是相对原则。例如，1997 年 4 月 13 日，他为庆祝香港回归题词"1997 年 7 月 1 日，我国政府对香港恢复行使主权，成立香港特别行政区，这是祖国和平统一大业的重要里程碑，是洗雪百年耻辱的盛事！"又如，1999 年 11 月 17 日，他为《澳门回归珍藏版：炎黄百子诗词书画集》题词"贺炎黄百子诗词书画集 弘扬传统文化 加强爱国教育"。

▶ 图为 1997 年 4 月 13 日钱学森为庆祝香港回归的题词

但"七不"原则表明，钱学森晚年通过婉拒大部分事务性活动或无关学术的会议，达到了一个非常重要的目的：时间自由。事实上，钱学森晚年退居二线后，凭借其航天贡献便可安享其成。然而他却通过看似"不为"的行为，为自己读书思考和潜心治学留下了足够自由支配的时间。那么，钱学森晚年"重理旧业"，回归学术研究，仅仅是为了纯粹的学术爱好吗？并非如此。

钱学森绝非"书斋型学者"，就读交通大学时，他曾提出如何"迎头赶上先进各国"的思考，还经常与同学讨论科技与哲学、社会的关系等问题。他后来赴美求学时，也极为关注美国的社会现象和社会问题。当时的美国正逢资本主义发展的黄金时代，尤其第二次世界大战起到巨大的"催化作用"，但钱学森敏锐地看到了另一面。他后来说：

> 不可否认，战后资本主义的发展，也充实和扩大了一些调动人民积极性的做法，生产进一步发展了，工人生活改善了，股份的分散化、社会化，也使一部分人有了一点财产权；议会制、普选制、参与制使资本主义的民主政治前进了一步。但资本主义社会的生产资料和社会财富的绝大部分还是控制在少数垄断资本家手里，而不是为广大人民群众所拥有；一无所有、一贫如洗、流落街头的穷人还是存在；国家权力还是掌握在少数听命于垄断财团的资产阶级政党首脑手里，广大人民群众并不能决定国家的命运，真正掌管国家的政权。资本主义社会许多不文明现象的存在，其根源就是在生产资料的资本家私人占有制和阶级对抗、阶级剥削和阶级压迫的存在。①

因此，钱学森晚年回归学术后，采取各种"不为"行为，其实是为了集中有限的时间以便更好地"有为"。这种"有为"充分体现在钱学森晚年发表的论文和讲话之中，即通过著书立说来表达有益于世道人心的思想和观点，体现了其强烈的现实关怀。例如，1985 年他和王志清合作完成的文章《科学的人道主义》便参与了当时的人道主义论争。又如，1988 年 11 月 29 日他在系统学讨论班上通过题为"研究人口问题要从实际出发"的发言，参与了关于计划生育问题的讨论。

---

① 钱学森、孙凯飞、于景元：《社会主义文明的协调发展需要社会主义政治文明建设》，《政治学研究》1989 年第 5 期。

可以说，钱学森晚年的学术研究都是从现实问题出发，怀有强烈的时代责任感，而非仅出于个人的学术爱好。在"不为"与"有为"之间，钱学森晚年发表了百余篇文章和讲话，这无疑是一笔宝贵的精神财富。不仅如此，他还在长期的实践中积累了丰富的撰文经验，其核心要点就是"一个字要有一个字的用处，没有废话"[①]，即评价文章的好坏不以长短论之，而以内容论之。那么，内容评价以什么为标准？又体现了怎样的核心价值观？钱学森的一段言论给出了答案：

> 我曾经在为纪念我国力学专家郭永怀同志的一篇文章中说，作为中华人民共和国的知识分子、科技人员，我们活着为什么？活着就是为了为人民服务。郭永怀同志为人民牺牲了，人民纪念他，是对他表示感谢，这是最高的评价。我说，作为中华人民共和国的科技人员、知识分子，人民的感谢是我们的最高荣誉。[②]

由此来看，为人民服务成为钱学森治学的最高标准，又可见其背后的恢宏气度。他的"不为"与"有为"充满哲学智慧，将古人向往的"出世"与"入世"情怀达于统一。钱学森能够成为"大家"绝非仅靠方法，而是以坚定的理想信念作为支撑，即治学既要有方法，更要有方向。正如钱学森所言："方法是第二位的，根本的认识是第一位的。"而所谓"根本的认识"，便是始终将个人前途与国家命运紧密相连。

[①] 《钱学森在力学大会上的讲话整理稿》，原件存上海交通大学钱学森图书馆。
[②] 史秉能、袁有雄、卢胜军编：《钱学森科技情报工作及相关学术文选》，国防工业出版社，2015年，第128页。

从学术规范到学术道德

撰文著述是学者治学最显著和直接的成果表现形式，同时也是学术共同体之间进行学术对话和思想交流的重要途径。文章一旦发表或著作一旦出版就会成为公共知识产品，人人皆可阅读、分析和批判。因而作为学术共同体之间的约定，遵守相应的学术规范已经成为学术界的共识，尤其对那些以学术为志业的青年学者而言，学术规范在一定程度上甚至比具体的学术研究对象和研究内容更为重要。因为一旦触碰学术规范的底线，便会突破学术道德底线而在学术界无立锥之地。

学术规范涉及很多方面，包括署名、概念、材料、引文、数据、注释、参考文献、投稿、审稿以及评价等。钱学森在终其一生的为学与治学之路上，始终将遵守学术规范作为"信条"，恪守不渝。他从求学交通大学之际就开始发表文章、接触学术研究，留美求学时又在导师冯·卡门的指导下接受了严苛的学术训练，其中就包括学术规范。最为突出的是，他特别注重学术史的作用和意义，尤其每次开展新的研究前都会对已有的研究成果进行系统梳理。因为梳理学术史不仅能够总结已有的研究成果，还可以发现尚未被研究的领域。

事实亦如此，任何一项学术事业的发展都早已摆脱了原始的蒙昧状态，并通过一代又一代学者的努力，为后辈学者打下了拓展研究的基础。正如钱学森所言："科学技术工作不是从石头缝里爆出来的。我们是继承了前人的工作。"① 到晚年，他又进一步解释说：

---

① 《钱学森在力学大会上的讲话整理稿》，原件存上海交通大学钱学森图书馆。

引用了别人的东西不注明，这不好。你有责任要注明你引用的什么概念，哪个结果是谁的，而且注得越清楚表示你的水平越高，并不是你用了人家的东西你就差劲了，不是，你越说得清楚表示你的学问大，知道行情，知道什么是什么人的。而且在引用文献中还有一条，就是你引用的某个概念是别人跟你对话，或者在某个场合给你讲的，或者是私人通信讲的，虽然这个概念他没有写成文章、写成书发表，但是你引用了，也得加注，注明大概什么时候，谁跟我口头交换意见时说的，这个账要很清楚，谁的就是谁的。如果你没说清楚，即便人家不说，你也不光彩。作为科技工作者，要用这一条约束自己，实事求是嘛！更不要说不同意见的争论，你要是觉得你错了，干脆公开承认。就是在文章里面你也可以说我以前是怎么讲的，现在我认为不对。这一点不丢脸，这就表明你前进了，比过去的你高明了，有什么丢脸的呢。[①]

正因如此，钱学森留美时期撰写科学论文时，经常会在开篇进行学术史回顾，以说明哪些学者做了哪些研究并取得哪些成果。例如，他在《美国火箭学会杂志》（1953 年第 23 卷 7、8 月合刊）上发表的《从卫星轨道上起飞》一文，就在第一部分"引言"中交代了相关学者的研究进展情况。另外，梳理学术史的意义还在于由批判而继承，最终达到钱学森所提出的"求甚解"的目的。所谓"求甚解"，就是指要下功夫钻进去，彻底理解他人的研究成果之后吸收对的，抛弃错的。

显而易见，梳理学术史便是下功夫钻进去的有效途径。当然，钱学森恪

---

① 顾吉环、李明、涂元季编著：《科学道德：钱学森的言与行》，国防工业出版社，2015 年，第 19 页。

守学术规范还体现在多个方面，例如他对文章署名所持有的实事求是的态度。《科学的人道主义》是钱学森和王志清合作完成的一篇文章，发表于《求是学刊》1985 年第 5 期。此文发表之后引起不小的震动，媒体纷纷转载或报道。其中，有一篇来自《科技日报》"文化副刊"的文章中只提到了作者为钱学森，他为此特地于 1985 年 12 月 30 日致信《科技日报》："《文化副刊》第一期中有段消息，说到科学的人道主义，那是在《求是学刊》上王志清同志和我写的文章，不是我一个人的。那段消息未提王志清同志，不妥，不合科技工作的规范！"

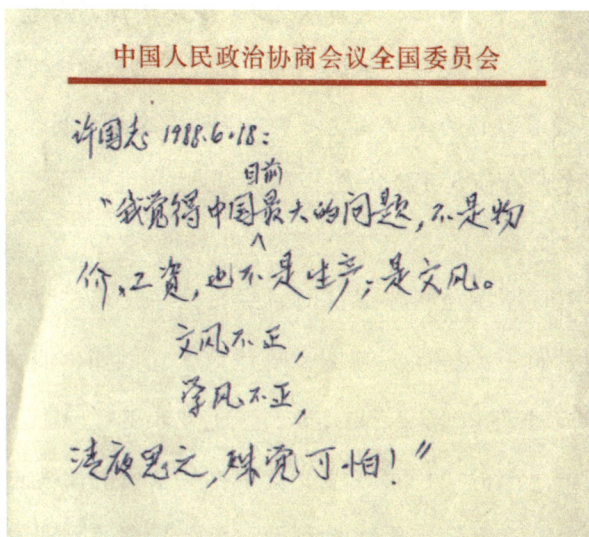

中国人民政治协商会议全国委员会

许国志 1988.6.18：
"我觉得中国目前最大的问题，不是物价，工资，也不是生产，是文风。
文风不正，
学风不正，
浩夜思之，殊觉可怕！"

◀ 钱学森与许国志不仅讨论学术问题，还会谈及社会风气等问题。图中这份手稿为钱学森摘录的 1988 年 6 月 18 日许国志来信中的内容，从中也能反映出他们治学背后"为谁著述"的学术取向问题

此事反映了钱学森实事求是的治学精神。当然，遵守学术规范解决的其实还只是技术层面的问题，学术研究更重要的是学术道德。学术道德涉及多方面的问题，包括学风、文风等。但在钱学森看来，学术道德中最核心的问题是治学取向，即"为谁著述"。毫无疑问，钱学森以终其一生的治学实践给出了答案——为人民治学。因为只有准确回答"为谁著述"的问题，才能

够实现钱学森向往的治学格局——"一览众山小，洞察世界的一切"。

三重身份：如何做出版

　　钱学森作为学者治学时拥有三重身份，即读者、作者和编辑。作为读者，他不仅在博览群书的过程中享受精神世界，而且通过"迭代"读书，不断构建和更新知识体系。作为作者，他不仅发表了数百篇文章，同时还出版过 20 余部关于科学、工程、哲学、文化和艺术的著述。作为编辑，他在国内外的多个专业刊物担任过编委或评审专家，积累了丰富的编辑和出版经验。他晚年还专门搜集了"出版学"的剪报资料，从读者、作者和编辑的三重视角研究出版工作，形成了一套独具特色的出版科学思想体系。

　　众所周知，出版工作是我国意识形态工作的重要组成部分，承担着重要的社会责任。钱学森早在 20 世纪 80 年代初期就提出了"出版科学"的概念，并将其定性为社会主义建设事业大系统中的一个子系统，与教育、科学、文艺、体育等共同构成中国特色社会主义文化建设体系。1980 年 6 月 23 日，钱学森应中国出版工作者协会（中国出版协会的前身）的邀请，在首都剧场做报告时指出：

> 　　出版社的基本任务是动员和组织著译力量去创作、编辑和翻译出版国家和人民所需要的图书，宣传马列主义和毛泽东思想，传播、积累科学文化知识和成果，丰富人民的文化精神生活。[1]

---

[1]　《钱学森同志谈出版工作》，《出版工作》1980 年第 10 期。

钱学森的讲话道出了出版工作的产品所具有的精神属性。出版工作有着重要的丰富人民精神文化生活的作用，所以钱学森特别重视抓好青少年科学普及读物的出版。他在报告中特别强调：

> 为青少年出版科学普及读物，这是一个非常大的任务，应该有一个很认真的规划，搞好这项工作。尽量不要出一些效果不好的书，因为青少年很容易接受新东西，但辨别能力不太强，记忆力又很好，看到的东西他就记住了，记住了就影响以后。

◀ ▲ 经于光远前期居中联系，由国家出版事业管理局于1980年6月16日出函介绍中国出版工作者协会副秘书长倪子明前往面见钱学森并邀请其做报告。6月23日，钱学森在首都剧场为中国出版工作者协会做了一次报告，并在做报告前起草了如图这一份5页的讲话提纲，报告结束后，经整理，以《钱学森同志谈出版工作》为题发表于《出版工作》1980年第10期由此就可理解，钱学森晚年为何大力提倡发展科普事业以及普及社会科学。不仅如此，他还针对当时中国出版行业普遍存在的"包干制"，即"从选题直到样书，一个人包到底"的"一竿子插到底"模式，提出出版也要符合社会主义市场经济规律的内在要求："出版社要搞好经营，不能像从前那样，一年亏多少就拨多少，这不是好办法。"当然，出版工作的政治属性又决定其不能全部市场化，仍需上级机关"宏观调控"。他说：

> 出版社既要完成任务，又要搞好经营，尽量不亏本，还得有盈余，要尽到责任，首先自己解决问题。当然，万一做不到，要根据各种原因，领导上也不能不管。

▲ 图为1983年10月4日钱学森前往国防工业出版社视察并做题为"对科技出版编辑工作的几点认识"的发言

不仅如此，钱学森还从美学视角将编辑出版工作定性为一项"审美创造"工作，形象地把编辑出版的工作过程比喻为："（1）审文如行文；（2）编排如绘画；（3）成书成刊如构筑。"值得一提的是，他还非常在意出版形式的问题，即封面设计、排版、印刷，因为这些因素不仅涉及编辑技术、心理学、形象思维学以及技术美学等，还会影响出版物的发行。此外，他提出，出版物的流通环节除书店参与之外，还需要媒体介入加以宣传，使读者第一时间得知书讯。

从出版到发行以及流通的过程，钱学森强调要处理好与友邻出版社的关系，"既不要搞矛盾，不要抢，不要人家办了，我们还去办，也不要避得老远，不去配合。人家漏下的，我们也可以搞"①。言外之意，出版社之间要避免恶性竞争，但也不能为了避开矛盾图省事而失去创造社会价值和经济价值的机会。所以，他还提出出版公司和印刷公司可以利用"社会主义大生产"的优势，搞大规模的联合经营，提高整体效率。

事在人为。钱学森认为做好出版工作的关键在于人才队伍建设，且分别从政治水平、业务水平和学术水平 3 个视角提出了系统性的意见。在政治方面，编辑要与时俱进地保持着对党的意识形态的学习和领悟。在业务方面，出版工作者要在实践中顺应时代而不断构建和更新出版工作的知识体系。在学术方面，编辑要能够通过把握和预测未来科学技术发展的热点问题而出版好书，引领潮流。

事实上，当科学技术和综合国力发展到一定阶段后，与之相适应的文化事业就应当紧随其后，甚至在某些关键时刻要走在前面、走出国门。可以说，作为我国文化事业的重要组成部分，出版工作是一股增强文化自信时不可忽视的"隐形力量"。钱学森曾向编辑出版工作者发出倡议："请想一想出版工作在社会主义建设事业中的位置，在'四化'建设中的作用，认识到我们每个人肩负的重任。"钱学森几十年前的倡议，对当今如何做好出版工作仍有现实启示。

---

① 钱学森：《对科技出版编辑工作的几点认识》，《科技出版通讯》1984 年第 1 期。

第十八章 与马克思的"对话"

　　钱学森自 1947 年提出技术科学思想而闻名之后，便以科学家的身份出现在公众视野中。其实在他科学家这一身份背后，还潜藏着一个极少被注意到的学术旨趣——对"社会问题"从关注到研究的持续过程。此过程前后经历数十年，为其晚年与马克思进行跨越时空的"对话"奠定了思想和理论的基础。

寻找规律：社会科学何以量化

　　从教育经历来看，钱学森是典型的工科生。但他在学业之余又广泛阅读各类书籍，对社会科学、哲学、文艺理论等产生了浓厚的兴趣。这一兴趣成为一颗种子，逐渐成长为一个非常重要的学术旨趣，潜藏于他的心中。如前文所述，他在美国留学时就有意识地关注美国的社会问题，例如资本主义生产方式、分配关系、总统选举以及新闻宣传等。他并未一直停留在关注层面，而是开始运用自然科学的方法论对社会问题进行探索性的思考。这个思考的结果便是他回国后不久在国内学术界提出的"社会科学精确化"，即社会科学的"量化"概念。

在 20 世纪 50 年代，中国社会科学的研究方法整体仍处于定性阶段，因此钱学森的观点并未得到学界的普遍认可，甚至有社会科学家说："社会科学是碰不得的，自然科学家也好，技术科学家也好，你们都请站开！"社会科学能否精确或定量，至今仍存在争议。从理论上看，社会科学家反对量化亦有道理，因为相较于自然科学易于获得确切数据和总结规律的特点，社会现象中有许多因素不能确实地估计。钱学森通过分析解释了其中的两种因素："一种是统计资料不够；一种是因素本身确是不易预见的，例如工人劳动积极性。"但他认为并不能因此放弃社会科学的精确化，并基于"数学思维"提出：

谁都承认社会科学不是毫无客观规律的学问，只要有规律，这些规律就可以在一定程度上用数来描述出来。如果一个因素不能固定，我们也可以不固定它，把它当作一个有某种统计性质的"随机变数"，也就是说标明这个因素不同数值的几率是什么，整个问题的演算仍然可以精确的进行。而且近代统计数学有多方面的发展，我们完全有条件来处理这种非决定性的运算，只不过计算的结果不是一定的某种情况，而是很精确地算出各种不同情况的出现几率是什么。这对规划工作来说是正确的答案。而其实一件在起初认为不能用数字来描述的东西，只要我们这样地来做，我们就发现，通过这个工作能把我们的概念精确化，把我们的认识更推深一步。所以精确化不只限于量的精确，而更重要的一面是概念的精确化。而终了因为达到了概念的精确化也就能把量的精确化更提高一步。[①]

① 钱学森：《论技术科学》，《科学通报》1957 年第 4 期。

钱学森提出的观点是基于一定的科学依据的，当时正在蓬勃发展的电子计算机和更高的计算速度使精确化有了实践的可能。他解释说："现在我们已有了电子计算机，它的计算速度，远远超过人的计算速度，因此我们处理复杂问题的能力提高了千万倍，我们决不会只因为计算的困难而阻碍了我们的研究。"基于此，他以政治经济学对社会主义建设的重要意义为例，提出如下 3 个可以"精确化"的研究方向。

（一）国民经济各部门间的关系，也就是生产生产资料的部门和生产消费资料的部门之间的关系，工农业生产部门和交通运输部门之间的关系，生产部门和商业部门、物资供应部门、财政金融部门等等之间的关系。

（二）各地区间的关系，也就是在一个社会主义国家里面，因为各个地区人口条件和自然条件的差别，造成在某种程度上的地区相对独立性，不可能每一地区都完全平衡，每一地区都和其他地区有同样的发展程度，这里就产生了地区间的关系。

（三）社会主义国家和别的国家的经济关系，也就是社会主义国家之间的关系和社会主义国家与资本主义国家之间的关系。[1]

基于此，钱学森最终提出"我们没有理由反对把精密的数学方法引入到社会科学里"，这是因为"精确化了的政治经济学就能把国民经济的规划作得更好，更正确，能使一切规划工作变成一个有系统的计算过程，那么就可以用电子计算机来帮助经济规划工作，所以能把规划所需的时间大大地缩短"。钱学森提出社会科学精确化的方法在于从"数学思维"的视角寻找社

---

[1] 钱学森：《论技术科学》，《科学通报》1957 年第 4 期。

会科学的规律，但其背后更重要的目的在于服务国民经济建设。

从个人思想历程上看，"社会科学精确化"为钱学森晚年转向社会科学的研究奠定了基础。回过头来看，钱学森归国后应邀在中央人民广播电台做"回国观感"演讲时，便能以朴素的马克思主义基本原理分析其在美国的所见所闻，也因此奠定了他此后建立马克思主义信仰的基础。

理论储备：整体与重点相结合

钱学森回国初期提出的社会科学量化思想还处于感性认识阶段，但随着社会实践的深入，尤其是他被委以重任，领导和规划中国火箭喷气技术的研究，不断地积累了组织、管理和科研等方面的经验。与此同时，他又开始主动学习社会科学的理论知识，寻找感性经验的理性依据。对于这个学习过程，钱学森后来在一次会谈中回忆说：

> 我从前是搞自然科学的，社会科学一点不懂。"文化大革命"以后，我想，只搞自然科学技术不行，还有更重要的社会问题，需要我们去解决，而社会问题比打导弹、放卫星可复杂得多。后来，我去学社会科学。社会科学问题确实复杂。①

由于特殊时代的关系，中国航天科技事业曾一度徘徊，但钱学森却以此为契机，通过沉潜阅读，开始了长达十余年的理论学习。正如钱学森所言，

---

① 钱学森：《关于形势与对策的谈话》，《管理与政策研究通讯》1991 年第 2 期。

社会问题"比打导弹、放卫星可复杂得多"。但他通过十余年对马克思主义的系统理论学习，不仅深刻了解了当时的社会问题，还分析出了社会科学背后的原理。那么，钱学森是如何学社会科学的呢？

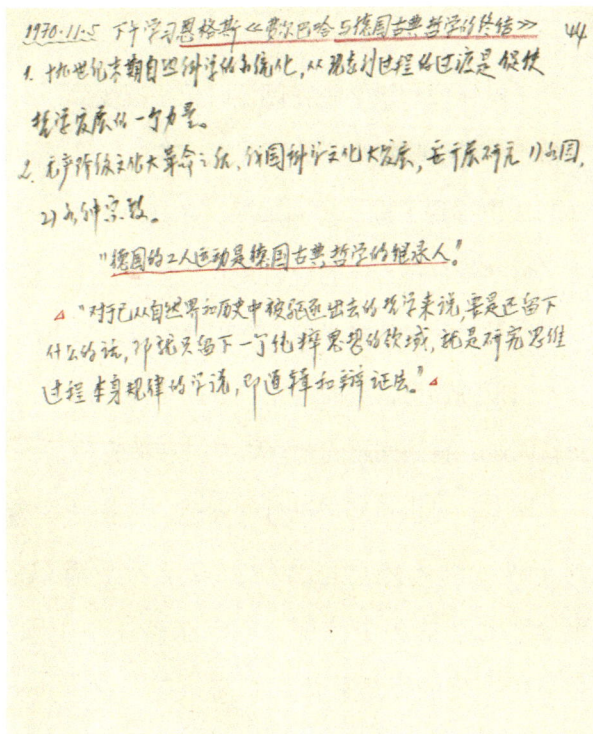

▶ 图为 1970 年 11 月 5 日钱学森学习恩格斯著述《路德维希·费尔巴哈和德国古典哲学的终结》的笔记

由其藏书可知，钱学森的学习不仅有整体把握，还有针对重点知识进行的渗透。所谓整体把握，是指钱学森通过系统学习来掌握马克思主义的完整理论体系。他的藏书包括《共产党宣言》《国家与革命》《路德维希·费尔巴哈和德国古典哲学的终结》《自然辩证法》《列宁主义问题》《法兰西内战》《反杜林论》等。这些藏书上还有不少钱学森的札记，如他在阅读《法兰西内战（第一分册）》时便写了如下内容：

1871 年，马克思已经是五十三岁了，但他在公社存在的两个多月里是以多么大的干劲，忘我的劳动，以至在 1871 年 5 月 30 日马克思就写成了这篇光辉著作。

可以体会，钱学森在阅读时似乎感受到了一股强大的"精神推力"，这又何曾不是他晚年治学的写照呢！在持之以恒的学习中，钱学森对马克思主义的认识得到了进一步的加深，尤其对马克思主义哲学颇有感悟："马克思主义哲学是科技工作的锐利武器，有了它，我们不会犯唯心主义的错误，而且对我们科技工作者来说，更重要的是，马克思主义哲学可以使我们看清什么是机械唯物论，从而避免'单打一'、'简单化'的错误，指导怎样全面地看待问题，看到问题的要害所在，一举成功。"[1]

所谓针对重点知识进行的渗透，是指钱学森在学习马克思、恩格斯、列宁等人的著述后，开始重点学习毛泽东的著述。众所周知，作为毛泽东思想的集中体现，毛泽东著述是中国先进知识分子推动马克思主义中国化的物质载体和思想呈现。钱学森回国不久接受《人民日报》记者柏生采访时就曾表示，他已经读完有关五年计划和宪法等方面的书籍，并准备精读《毛泽东选集》[2]。

钱学森在学习了《毛泽东选集》后，又将重心放在"两论"，即《矛盾论》和《实践论》上。据钱学森秘书张可文回忆："在力学所的时候，我经常见到钱先生和郭永怀先生两人，利用晚上加班的时间学习、讨论

① 钱学森：《祖国的骄傲 民族的脊梁》，《现代化》1990 年第 7 期。
② 柏生：《热爱祖国的科学家钱学森》，《人民日报》1955 年 11 月 3 日第 3 版。

毛主席的《矛盾论》、《实践论》。有时候，我还偷着笑，觉得他们讨论的问题'太有意思'，因为他们在美国没有学过，是初学者。"[1] 如今，钱学森学习过的毛泽东著述多数收藏于上海交通大学钱学森图书馆，包括 1953 年至 1981 年出版的各类《毛泽东选集》以及《实践论》《矛盾论》等近 15 种。

值得一提的是，钱学森的学习并非被动式接受，而是探究性学习。例如，他还对毛泽东思想做过溯源，并注意到其中蕴含的中国传统文化，如其所言，"毛泽东同志在他著述中倒常见有中国古代思想的闪光"。受此鼓舞，他效仿毛泽东从中国传统历史文化中寻找学习素材，对比分析研究古代各学派代表人物的思想，从而批判地吸收中国传统文化中的思想基因。

客观而言，钱学森在整体学习马克思主义的基础上，又重点学习了毛泽东的著述，不仅弄通了马克思主义的理论体系和思想内容，而且也抓住了毛泽东著述中的思想精髓。因此钱学森 1987 年出访欧洲并前往马克思墓瞻仰的行为，便具有了特别的意义，这一段旅程浓缩了钱学森与马克思之间长达半个世纪的跨越时空的"对话"。钱学森在出访之际对中国留学生的两次讲话同样意味深长，深刻展现了中国知识分子的历史使命。

英雄谁在：与马克思的"对话"

钱学森于 1986 年当选中国科协主席。中国科协成立于 1958 年，是中国

---

[1] 张可文：《女秘书眼中的钱学森》，《文史博览》2013 年第 1 期。

科学技术工作者的群众组织，是在中国共产党领导下的人民团体，是党和政府联系科学技术工作者的桥梁和纽带，是国家推动科学技术事业发展的重要力量，其前身是 1950 年成立的"中华全国自然科学专门学会联合会"和"中华全国科学技术普及协会"。

早在 1977 年 6 月 29 日，钱学森与周培源就针对"科技工作怎么组织起来"及其"横向联系"的问题进行过交谈，并建议恢复科协和学会的工作。是年 8 月，出席全国科学和教育工作座谈会的沈其益将钱学森与周培源的谈话简报呈送主持会议的邓小平。中共中央于 9 月发出《关于召开全国科学大会的通知》，明确提出"科学技术协会和各种专门学会要积极开展工作"，从而有力地推动了科协和学会工作的恢复。1977 年 11 月，中央决定由周培源担任中国科协代主席，1980 年 3 月，他正式当选为主席，钱学森同时当选为副主席。1986 年 6 月，钱学森当选为中国科协主席，后又于 1991 年 5 月被授予中国科协名誉主席称号。

钱学森担任中国科协主席翌年，便应邀率代表团前往英国和联邦德国访问，夫人蒋英随同出访。1986 年 7 月 14 日，英国皇家学会会长乔治·波特爵士致函钱学森，向其担任中国科协主席表示祝贺，并邀请他访问英国，同年 8 月 5 日钱学森复函乔治·波特爵士表示感谢。

1987 年 3 月 15~23 日，代表团在英国访问了皇家学会、皇家航空研究院、教育科技部、宇航中心、邓迪大学、剑桥大学等机构。是年 6 月 19 日，钱学森在中国科学会堂同中国科协机关事业单位的同志谈中国科协的工作时，还回忆起他在英国的见闻，尤其是借英国皇家学会撰写《科学政策研究报告》的例子指出：

> 现在全世界经济都处在动荡中，世界在变，我们怎么利用这个变来为我们服务，我们中国人要考虑这个核心问题。[①]

3月24日至4月1日，代表团在联邦德国访问的机构主要包括弗劳恩霍夫应用研究促进协会、马克斯·普朗克科学促进会、德意志博物馆、巴伐利亚科学院、上普法芬霍芬研究中心、科隆市立博物馆、联邦研究技术部、德国工业研究联合会、德国工程师协会和德国科技工作者协会等。回国后，钱学森还特地致函乔治·波特爵士表示感谢，同时还邀请乔治·波特爵士回访。

钱学森此次出访是故地重游，他在1945年就曾以美国国防部陆军航空兵科学咨询团成员的身份到访过英国和德国。但不同的是，这次是钱学森以中国科协主席身份代表中国科技工作者进行的一次国际交往。此次访英之际，他还专门前往位于伦敦北郊海格特公墓内的马克思墓前瞻仰并送上鲜花，在某种意义上完成了与马克思的一次跨越时空的"对话"。

实际上，钱学森与马克思颇有渊源。若从思想源头来看，钱学森的技术科学思想源头可以追溯到德国的哥廷根学派，其思想核心可总结为理论与实践辩证统一，此亦为马克思主义的重要观点，即技术科学思想和马克思主义有共同的思想和文化基础。钱学森说：

> 在技术科学的研究中，我们把理论和实际要灵活地结合，不能刻板行事。我想这个灵活地结合理论与实际也就是辩证唯物主义的真髓了。[②]

[①] 钱学森：《谈谈中国科协的工作》，《科协通讯》1987年第8期。
[②] 钱学森：《技术科学中的方法论问题》，《自然辩证法研究通讯》1957年第1期。

▲ 图为钱学森在马克思墓前

所以，这次"对话"在钱学森个人的思想历程上有着重要的象征意义。出访之际，钱学森还应邀分别为留英和留德的学生讲话。3月20日，中国驻英国大使馆为中国科协代表团举行招待会，他应邀向参加招待会的留学生发表讲话；3月30日，中国驻联邦德国大使郭丰民在大使馆官邸举办欢迎宴会，钱学森又应邀向在场的留学生讲话。前者讲话内容以《建国百年之际，中国必然强盛》为题发表在1987年第2期的《神州学人》上，后者的讲话内容则以《学点历史　学点哲学》为题发表在1987年第9期的《科协通讯》上。

钱学森的两次讲话都有相同的主旨，即从历史到现实，同时又寄语未来。他以大量史实为依据，通过回顾从清初孙髯撰写昆明大观楼长联和孔尚任创作《桃花扇》到清末戊戌变法和北洋军阀割据，再到中国共产党成立后带领中国人民建立新中国的历史，有力地说明：

中国300多年的历史证明不可能有其他的道路。只有一条道路，这就是马克思列宁主义的科学社会主义道路。①

以此为基础，钱学森引申出一个客观现实问题："怎么建设我们的社会主义"。他在讲话中明确地回答："到21世纪科学技术将是主宰社会发展的一个最核心的力量。"同时，他还进一步延伸说："假设我们不重视科技，不把它放到很重要的位置，到21世纪我国的科学技术不在世界前列的话，那么要实现建国（作者注：新中国成立）100周年人均产值接近世界先进水平那个伟大目标恐怕是很难做到的。"②立足当下，钱学森几十年前的言论真可

① 钱学森：《建国百年之际，中国必然强盛》，《神州学人》1987年第2期。
② 钱学森：《学点历史　学点哲学》，《科协通讯》1987年第9期。

谓一语中的，直击要害。

正如钱学森与马克思的"对话"一样，他在英国和联邦德国的讲话亦犹如"两个时代"留学生之间的"对话"，寓意深刻。他在讲话中向留学生们介绍自己的科研心得，即如何在科研中运用马克思主义哲学这本治学"真经"。他反问留学生："你为什么不试一试？你真是要能活学活用马克思主义哲学的话，那就会使你如虎添翼。你不是本事很大吗？再长上两个翅膀，不更好吗？"

即便当下，钱学森的"反问"仍有着无尽的哲学启示。钱学森在历史的长河中，通过观照现实看到了中国的未来，即"在共产党的领导下，全国人民团结起来为建设社会主义而奋斗"。所以，昆明大观楼长联中的那句"数千年往事，注到心头，把酒凌虚，叹滚滚英雄谁在"，在钱学森这里是有答案的。因为他坚信中国的未来就在于马克思指明的科学社会主义道路，而这一道路的实现力量正来自中国共产党。因此，钱学森的讲话已经回答了"英雄谁在"的历史之问。

第十九章 何谓"离经不叛道"

"离经不叛道"是钱学森晚年自我总结的治学基本原则。"不叛道"是指坚持以马克思主义为治学实践的总方针,"离经"是因为钱学森讲了很多前人没讲过的话,又提出很多前人没提过的观点或思想。但恰是"离经"的实践成就了钱学森晚年思想历程上一次又一次的飞跃,让他逐渐构建起具有科学内涵的思想体系,其中当以他创建的现代科学技术体系最为引人瞩目。

内涵扩大:如何理解第一生产力

钱学森个人思想历程的发展有一个显著的脉络,即以"数学思维"为方法论,由早年对自然科学的研究逐渐转入社会科学研究领域。钱学森晚年治学的一个重要思路就是,在承接早年"社会科学精确化"思想的基础上不断拓展研究领域,并通过发表《用系统科学方法使历史科学定量化》《关于国民经济核算体系》《建立意识的社会形态的科学体系》等众多文章阐述其社会科学思想的基本内容。其中不乏颇有创新性的观点,如"社会科学也是第一生产力",这个观点对第一生产力的范畴做了一次内涵上的扩充。

"科学技术是生产力"是马克思主义历来所主张的鲜明观点，但在特殊年代里却未能发挥其应有的价值。1978 年全国科学大会召开之际，邓小平再次重申了该观点，1988 年他又进一步提出了"科学技术是第一生产力"的重要论断，使其深入人心。在此历史背景下，钱学森在研究系统工程思想之际，强烈地意识到"管理"的重要性。1991 年 8 月 30 日他致信于景元时提出"管理是生产力"，并称："讲科学技术是第一生产力，这科学技术包括社会科学。"1992 年 2 月 15 日，他在写给熊映梧的信中又详细地解释说：

> 社会生产力问题是当前我国社会主义建设中的大问题，但我们这些搞自然科学工程技术的人，常常总爱讲生产力靠科学技术，而忘了还要有生产组织管理来提高生产力。至于社会生产力问题，那更是包括社会科学和自然科学技术，以至行为科学的系统工程，生产力系统工程。看来观念要现代化。

钱学森在信中指出"看来观念要现代化"，是因为当时的学术界和思想界对社会科学是否具有生产力普遍未达成一致的意见。众所周知，源于长期学科分类的思维惯性，自然科学与社会科学之间一直存在着隔阂。这种隔阂突出地表现在对科学技术范畴的认知上，一方面是科学技术限于自然科学和工程技术的观念已经被普遍接受，另一方面是社会科学工作者"对社会科学是不是第一生产力也表示怀疑"。钱学森认为这都是不正常的，因为"现代科学技术是人认识客观世界改造客观世界的学问，当然不只是自然科学工程技术，还包括社会科学'软科学'"。

换言之，钱学森将自然科学和社会科学置于同等地位来看待，即社会科学同样具有科学性。所以，1994 年 11 月 16 日他致信宋健时便表示，关于社会科学也是第一生产力的问题，他坚信不疑。1995 年 4 月 12 日，他在对《发展"九五"计划和到 2010 年长期规划》的意见中又非常明确地写道：

> 我们应该透视劳动解放的历史进程，用人类社会发展的历史事实，论证知识和知识分子在劳动解放过程中的历史作用，从而推动自然科学工程技术与社会科学的一体化，明确"第一生产力"也包括社会科学。

钱学森提出该观点时便遭到社科界学者的普遍反对，甚至"社会科学领导人"亦有不同声音。他深知社科界的绝大部分学者并不认可第一生产力包括社会科学，但仍坚持己见向学界提出这样的观点，并认为他们"讲社会科学不是生产力的根源在于死抱经典书本子，脱离实际"。由此可见，这是钱学森跳出本本主义，从实践出发提出的新观点。他致信葛全胜时说："马克思主义、辩证唯物主义哲学不能背叛，但老经典著作说的可不见得字字是真理，死抱不放。这个精神可用五个字来形容：'离经不叛道'。"

两科联盟：自然辩证法有何奥秘

钱学森曾加入多个学术团体，对学术团体在参谋建议和决策咨询方面的作用有深刻认识。所以，他担任中国科协主席后，特别重视发挥学术团体在社会发展和国民经济建设中的作用。其实，钱学森最早无意担任中国科协主席，但当选后十分敬业。他在任职初期，每周五上午都会请科协书记处的同志给他"上课"。他说："听课以后，我感受很深，认为中国的科协跟国际上我所知道的那些组织并不一样。如何使科协成为具有中国特色的科学技术群众性组织，这是我们要研究的问题。"①

钱学森担任中国科协主席之际正处于其晚年学术旺盛期，思维活跃且敏捷。当时，他正思考如何使自然科学工程技术与社会科学一体化，担任中国科协主席恰好使他有机会更加系统地深入思考。在此过程中，他经过反复思考，提出应当建立"中国科协学"这样一门学问。在1986年9月2日召开的中国科协三届二次常委会上，他指出：

> 中国科协在业务方面，面非常广，包括自然科学、工程技术、交叉学科，还要特别重视现代的科学技术发展的潮流，联系到几亿农民的科学普及，还有包括作为党联系科技工作者的纽带的任务，而且方毅同志把它提到"新时期党的群众路线的体现"，确实提得很高。所以我觉得大家要研究我们科协的任务，科协也成了一门学问了，中国科协的学问，或者说是"中国科协学"。世界上没有这样的组织，完全抄人家的是抄不了的，只有我们自己创造。所以这次会上，请常委们好好研究一下"中国科协学"，怎么搞法。②

"怎么搞法"呢？钱学森说："只有我们自己创造。"随后，他又在多个场合提出了"中国科协学"的研究对象、内容和方法等。1987年3月2日，在中国科协三届二次常委会的闭幕式上，钱学森明确提出要研究"中国科协

---

① 钱学森：《在中国科协三届二次常委会上的讲话》，《科协通讯》1986年第2期。
② 同①。

学"这门学问。1987 年 6 月 19 日，他在中国科学会堂同中国科协机关事业单位同志谈中国科协的工作时，进一步指出："我们中国科协也应有个理论，有门学问，这门学问不是基础学问，是一门应用学问，我把它叫做'中国科协学'，也就是办好中国科协的学问。"①

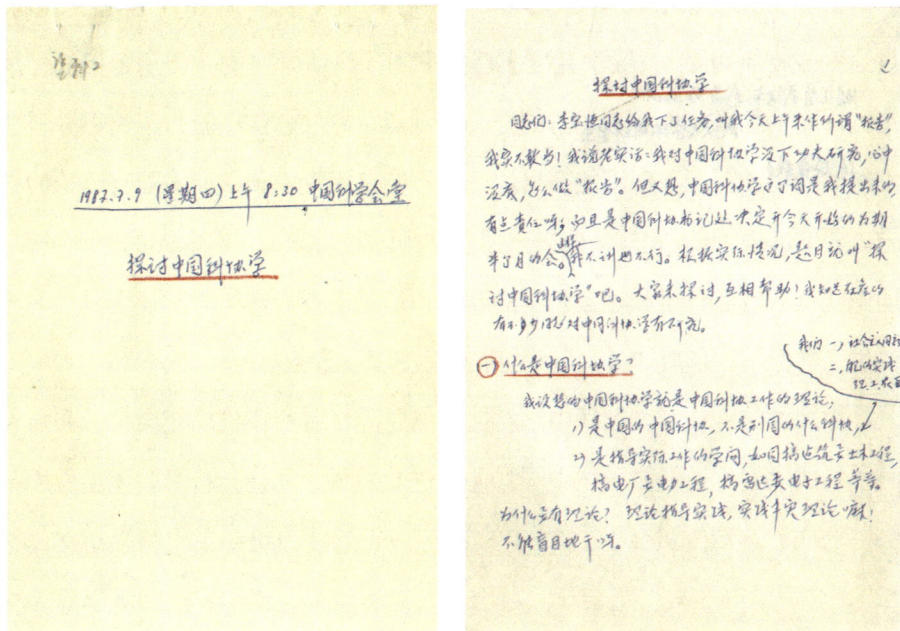

▲ 图为钱学森参加"中国科协学讨论会"起草的"探讨中国科协学"手稿（部分）

　　中国科协为此经过紧张的前期准备，于 1987 年 7 月 7 日至 26 日在中国科学会堂举行了"中国科协学讨论会"。在 7 月 9 日的开幕式上，钱学森做了"探讨中国科协学"的报告。他在开头谦虚地说："我对中国科协学没下功夫大研究，心中没底。"但实际上，他已经有深思熟虑，并写了一份 6 页纸的报告提纲。这次研讨会的召开意味着"中国科协学"的正式创立，此后钱

---

① 钱学森：《谈谈中国科协的工作》，《科协通讯》1987 年第 8 期。

学森又多次提出有关"中国科协学"的想法或观点，作为最终学术成果的《中国科协学》（高潮主编）于 1992 年由中国科学技术出版社正式出版。

那么，钱学森为何想要创立"中国科协学"？

钱学森早年经过严格的科学训练，擅长从数据或经验中提炼科学理论，而掌握理论又能更好地指导实践。马克思有句名言，"理论一经掌握群众，也会变成物质力量"，钱学森提出建立"中国科协学"的一个重要目的，就是运用马列主义、毛泽东思想的立场、观点、方法总结经验，创建指导科协工作的理论，即"工作不能盲目地干，不能在模糊中干，而需要有理论的指导，要清醒地干"。此外，他提出建立"中国科协学"还有深刻的哲学关怀，即由此推动自然科学和社会科学的联盟，通过发挥自然科学和社会科学各自的生产力作用，形成"合力"，为国家经济建设服务。

正因如此，钱学森担任中国科协主席之际，曾积极推动社会科学和自然科学结成联盟，还促成了"中国科协促进自然科学和社会科学联盟工作委员会"的成立。该委员会于 1988 年 5 月至 1989 年 4 月组织了"科学与文化论坛"，先后举办 5 次主题会议。数十位来自科学界、哲学界、经济学界、文艺界、教育界等领域的知识分子畅所欲言、针砭时弊，论坛中的讨论既有深度，又有广度。可以说，这个论坛就是钱学森倡导两科联盟的一种实践形式。

可以说，推动两科联盟是钱学森晚年针对我国自然科学和社会科学界的长期隔阂而提出的融合发展理念。他经常呼吁："哲学要同科学技术工作者合作。"1986 年 8 月 29 日，钱学森参加国际天文学联合会（IAU）第124 次讨论会研讨"观察宇宙学"时，发现没有邀请与宇宙学密切相关的哲学家，他颇为失望，不无感慨地说："这么大的会我们没请哲学家参加，而我知道我们哲学家对宇宙学是很感兴趣的，最新宇宙学发展对哲学发展是有影响的。"

钱学森经常倡议各级科协与社会科学院、社会科学界联合会等组织，要吸收和借鉴彼此的学术研究成果，形成相互激发的氛围。然而钱学森的两科联盟思想还有更深远的意义，被中国社会科学院的许多专家和学者认为是"一个适应现代科学技术发展和经济、社会发展要求的，极富有远见卓识的建议，是一项关系到国家前途命运的重大战略性考虑"[①]。这是因为自然科学、工程技术和社会科学的关系越来越密切，只有打破壁垒，才能不断地融合发展。这背后又蕴含自然辩证法的奥秘，即如何处理科学技术与社会、政治、经济之间的关系。可以说，钱学森是一位懂得且能够运用自然辩证法的"高手"，由此创建了夺目的现代科学技术体系。

体系创建："思想上的结构物"

毋庸置疑，"现代科学技术体系"是钱学森晚年回归学术取得的最为光辉的成果。一般而言，钱学森创建的现代科学技术体系定型于 20 世纪 90 年代中期，即以马克思主义哲学为指导、由"十一大科学门类 + 三个层次 + 十一架桥梁"构成的体系。但钱学森创建现代科学技术体系的心路历程却长达近 50 年之久。

最早，钱学森在 1947 年提出技术科学思想并于翌年发表《工程与工程科学》时，就开始了创建现代科学技术体系的征程。1957 年，他在所发表的《论技术科学》一文中透露出创建现代科学技术体系的愿望，他说："在任

---

① 《钱学森同志给郁文同志的两封信》，《哲学研究》1991 年第 8 期。

何一个时代，今天也好，明天也好，一千年以后也好，科学理论决不能把自然界完全包括进去。总有一些东西漏下了，是不属于当时的科学理论体系里的。"① 言外之意清晰可见。他在 1957 年获得中国科学院 1956 年度科学奖金一等奖后，曾撰文言简意赅地介绍说：

> 什么是工程控制论里面的主要概念呢？这里是专门研究什么控制什么、什么影响什么的，这里特别注重的是一个元件、一个部分同另一个元件、另一个部分之间的关系。所以工程控制论里面的最主要的概念是物件之间的关系，我们可以把工程控制论叫作"关系学"。②

从此，钱学森开始留心于各类"关系"。他在研究"宇理学"时提到，总结出"同一类现象中的规律"之后，就要研究"不同类现象间的关系"，他说："当不止一类现象的规律都搞清楚了，我们就要再进一步来研究不同类现象间的关系，这也就是把不同类的现象联结起来，把规律组之间规律找出来。我们就这样逐渐通过观察、总结、提高，再观察、再总结、再提高，把一门科学建立起来。"③ 但他真正动手创建现代科学技术体系则是在 20 世纪 70 年代中后期。1978 年 6 月 5 日，他在一次报告中提出：

> 我们对于自然界，对于科学技术的发展，我们的看法，是一个综合的，一个系统，一个综合的发展过程。我们就应该从这个角度去看整

① 钱学森：《论技术科学》，《科学通报》1957 年第 4 期。
② 钱学森：《工程控制论》，《科学大众》1957 年第 05 期。
③ 钱学森：《自然科学和技术发展的主要方向》，摘自《人类征服自然界的新纪元（青年共产主义者丛刊）》，中国青年出版社，1958 年，第 31 页。

个科学技术的发展，有必要研究这一门学问。这里的问题，首先是科学技术的、知识的结构，总有一个基础吧。基础上有第一层建筑物，有第二层建筑物，第三层建筑物。总有一个结构，到底是怎么个结构，这个结构是怎么搞起来的，就用另外一个形象的比喻，把科学技术作为一棵大树，树有根，还有枝干，然后还有叶子，到底怎么来考虑这个问题？……有了根，也有了叶子，就叫根深叶茂。[1]

1979 年 1 月 9 日，钱学森在中国人民解放军总后勤部机关举办的"科学技术知识讲座"中提出了"现代科学技术的体系"的概念，还列出了自然科学、社会科学、数学科学、技术科学以及工程技术等门类[2]。以此为基础，直至 20 世纪 90 年代中后期，钱学森又不断地通过"加法"和"减法"完成了现代科学技术体系的创建，即"十一大科学门类＋三个层次＋十一架桥梁"。钱学森为何会孜孜以求于此约 50 年的光阴呢？

钱学森创建的现代科学技术体系具有多维解读视角，需要说明的是，由于中国马克思主义哲学长期受苏俄哲学的影响，作为第一原则的实践观念被长期忽视。20 世纪 70 年代中后期开始解放思想时，诸多研究者尝试重新构建马克思主义哲学体系。显而易见，钱学森创建的现代科学技术体系重新将实践树立为第一原则，他说："人类之所以能认识自然，从而改造自然是靠实践，实践是知识的泉源。"[3]

钱学森创建的现代科学技术体系具有显著的层次性和开放性，对当下

---

[1] 钱学森：《现代科学技术的组织管理》，《沈阳科教资料》1980 年 3 月 10 日（第 2 期）。
[2] 《钱学森在总后勤部机关"科学技术知识讲座"上的发言（1979.1.9）提纲手稿》，原件存上海交通大学钱学森图书馆。
[3] 钱学森：《科学技术工作的基本训练》，《光明日报》1961 年 6 月 10 日第 2 版。

科技工作者如何构建自己的"思想图谱"不无启发。简而言之，现代科学技术体系是一个抽象化的"思想模型"或"思想上的结构物"，即如钱学森所说的：

> 模型就是通过我们对问题现象的了解，利用我们考究得来的机理，吸收一切主要因素，略去一切不主要因素所制造出来的"一幅图画"，一个思想上的结构物。①

客观来说，钱学森创建的这个"思想上的结构物"是马克思主义哲学发展史上的一次重大学术创新。一方面，钱学森通过创建现代科学技术体系，将实践置于基础位置，恢复了长久以来中国马克思主义哲学史上被忽略的实践第一的观念。另一方面，他又通过这个体系重新确立了马克思主义哲学在整个人类知识海洋中的核心地位。与此同时，这个"结构物"还饱含钱学森强烈的现实关怀和政治关怀，用钱学森自己的话来讲，就是"走出象牙之塔"。或者说，现代科学技术体系有效地将政治话语、学术话语和日常话语融为一体。

当然还要指出，现代科学技术体系并非钱学森思想体系的全部内容，而是其科学学思想的一个组成部分，这一科学学思想又从属于钱学森提出的广义自然辩证法的思想范畴。然而毫无疑问，在钱学森晚年提出或发展的众多思想之中，当属现代科学技术体系最为耀眼。

---

① 钱学森：《论技术科学》，《科学通报》1957 年第 4 期。

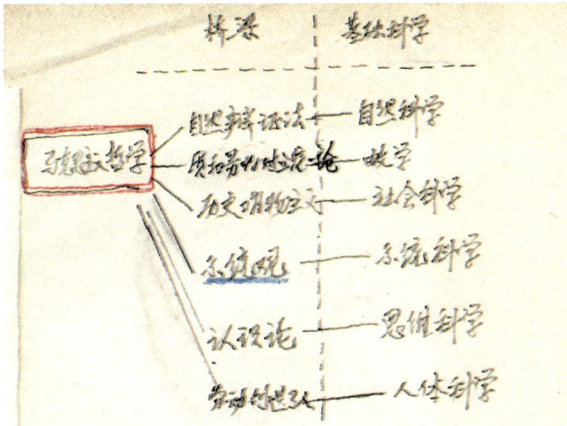

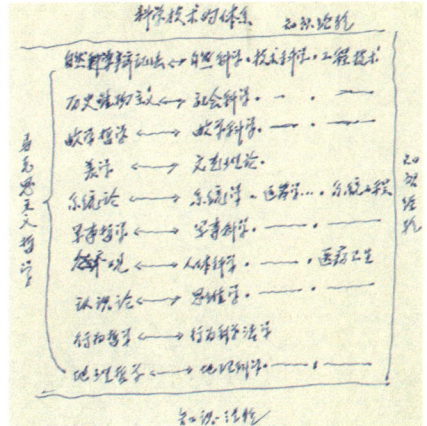

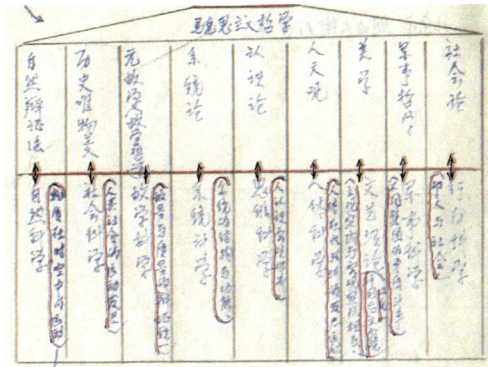

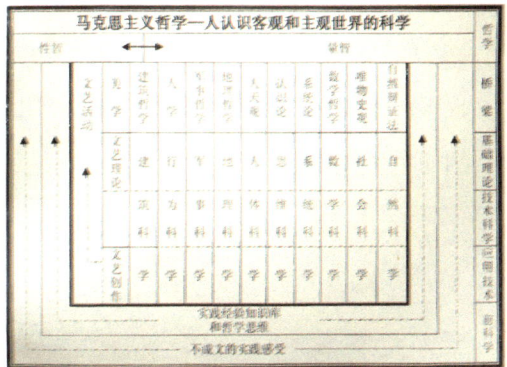

▲ 图为钱学森从 20 世纪 70 年代后期开始创建现代科学技术体系时留下的图稿，这个体系一直处于动态创建过程，并于 1996 年完成创建历程。由这些图稿可见，钱学森创建的现代科学技术体系，体现了层次性和开放性的辩证统一

第二十章 新思想成就新的身份

"什么时候实现共产主义社会"可谓钱学森提出的"钱学森之思",也正是他晚年通过治学想要回答的终极问题。从此问题出发,钱学森从实践和理论相结合的角度创立了四种革命理论,丰富了科学社会主义理论。正是经由"钱学森之思"的提出,钱学森绘制出了个人思想历程上的第三个思想坐标,同时他也拥有了新的身份。

第三个思想坐标:发现"钱学森之思"

2005年7月29日,钱学森与前来探望的温家宝总理关于创新人才培养的谈话,经过媒体报道后成为广为人知的"钱学森之问"。此问一经提出,便在教育界和思想界引起广泛和深入的探讨,涌现了各种解答。其实,"钱学森之问"与他当年提出建立"新理工科"院校培养创新人才具有相同的思考目标。而这些思考目标的背后,又蕴含着钱学森提出的为国造才的科技教育观,即培养人才的目的何在。从个人思想历程的视角来看,"钱学森之问"的提出其实是对"钱学森之思"的一种解答。了解"钱学森之思",有助于理解他晚年回归学术研究的深刻原因。

所谓"钱学森之思",是钱学森 1991 年 8 月 19 日致信钱学敏时提出的关于人类社会发展的终极问题,即"什么时候实现共产主义社会"。因为在那之前不久,他收到一封署名为刘俊生的来信,向他请教科学社会主义理论问题并附有一份文稿《共产主义社会何时能实现》。他并未立刻回复,而是将其转寄给任职中国人民大学马克思列宁主义发展史研究所的钱学敏,请其给予专业答复。钱学敏于 8 月 12 日复信答复了刘俊生,但钱学森还是于 8 月 16 日再次复函刘俊生补充说:

> 纵观人类社会历史,从原始公社到共产主义社会,也只是实现了世界大同,无国界的按需分配的社会制度,最终消灭了战争。也可以说,这不过是走完人类社会发展第一个大阶段,开创了人类社会发展的第二个大阶段。前途无量呵!

然而,刘俊生的来信还是促使钱学森对科学社会主义进行了一次系统的思考。所以,8 月 19 日钱学森再次致信钱学敏,谈及复信刘俊生之事,而后又专门探讨了共产主义何时实现的问题。钱学森在信中写道:

> 由此我也想起一件事:在今日社会主义事业遇到暂时困难之际,我们是否应该再次宣传伟大的共产主义?我看要结合 100 多年来的事实,加以宣传。以下让我们再来遨游一次天上人间!
>
> (一)人类出现在地球是大约 200 万年前的事。那时人也如同动物,无生产事业可言,也就没有人类社会。
>
> (二)有人类社会是自第一次产业革命(即大约相当于新石器

时代）始，有了生产事业，才有社会——原始公社。以后又随着生产力的发展进步，出现奴隶社会、封建社会已有1万年了。什么时候实现共产主义社会？23世纪？那1万年再加200年是人类社会的第一大阶段，在此阶段人们是逐步加深对自然规律和社会规律的理解，逐步转变被统治的状况。

（三）到了大约200年后的共产主义社会，人类将进入世界大同，最终消灭了战争，国家没有了，国界没有了，全世界一体化。这就开始了人类社会的第二大阶段，人们完全自觉地利用自然规律和社会规律创造历史。在此阶段，实行了按需分配，消灭三大差别，智力大大发展，人遨游于太空……

这一人类社会的大阶段也一定会分出若干个小阶段。

（四）人类社会还会有第三大阶段、第四大阶段……，因为直到太阳耗尽氢元素，膨胀为红巨星，消灭吸收地球，离现在还有几十亿年。

不难看出，此信是对8月16日钱学森写给刘俊生的回信中所提及的"第一大阶段"和"第二大阶段"概念的阐述，同时又进一步预言"第三大阶段""第四大阶段"等。这封信讨论的主题是"什么时候实现共产主义社会"。信中所说"今日社会主义事业遇到暂时困难"，是指当时的国际形势对中国社会主义建设事业产生的微妙影响。但此信在"遨游一次天上人间"的过程中指明共产主义社会的发展阶段，它所表现出来的强烈的制度自信和理论自信为科学社会主义理论的发展做出了积极贡献。

那么，钱学森究竟基于何种理论来进行"自问"与"自答"呢？

早在1955年回国时，钱学森就开始思考共产主义社会的实现路径问题。1956年，他在第一届全国先进生产者代表会议上发言时，就从工业革命引发的远距离控制技术和电子计算机这两项具有"生产过程的自动化"的技术的角度，探讨无人工厂、机器代替体力劳动、机器代替一般管理工作等"共产主义社会的生产方法"[1]。在他同年撰写的《从飞机、导弹说到生产过程的自动化》一文中，通过阐述生产方式从机械化到自动化的演进，再次提及"共产主义的生产方法"。他在文中将机械化称为第一次工业革命，即"用机器代替人的体力劳动"，将自动化称为第二次工业革命，即"用机械系统来替人作非创造性的脑力劳动"。由此，他进一步预言说：

> 现在企业的自动化正在开始，无人工厂还没有出现，所以我们还处在第二次工业革命的前夜，明天才是超高速飞行、星际航行、无人工厂、自动化办公室和图书馆的时代。也就是人类生产方式的一个新阶段。到那个时候、人们终于摆脱了一切非创造性的劳动，实现了共产主义的生产方法。[2]

可以说，"生产过程的自动化"观点是钱学森 1952 年 5 月 2 日致信导师冯·卡门时提出的观点的延伸和发展。他从属于技术层面的自动化问题入手，来探索共产主义社会的实现路径。此后，钱学森在领导喷气和火箭技术的研究过程中，从组织与管理层面进行了一次又一次的实践，并不断积累感性认识，同时又在学习社会科学的过程中持续储备理论知识。

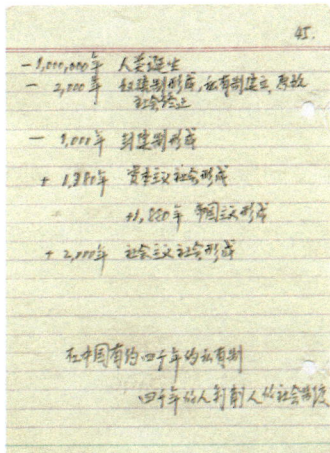

▲ 图为钱学森探索人类社会发展历程时的相关手稿

---

[1] 《钱学森"在第一次全国先进生产者和积极知识分子大会上的发言"文稿》，原件存上海交通大学钱学森图书馆。

[2] 钱学森：《从飞机、导弹说到生产过程的自动化》，科学普及出版社，1956 年，第 18 页。

▲ 图为 1956 年 5 月 11 日中国科学院负责同志及其参加全国先进生产者代表会议的代表的合影，前排左八为钱学森

正因如此，晚年回归学术的钱学森能够从宏大的理论视野分析科学社会主义问题。在此过程中，他又通过全面考察科学、技术、产业与社会之间的复杂关系，创立了四种革命理论。

创立四种革命理论：对共产主义理论的探索

钱学森自 20 世纪 70 年代中后期开始，从理论层面探索实现共产主义的路径问题，并以到中央党校讲学为契机阐述自己的系统研究。1979 年 4 月

23 日至 24 日，钱学森在中央党校做主题为"现代科学技术的发展"的报告时，就从科学技术的角度阐述了走向共产主义的必然结果，他说：

> 正是蒸汽机技术革命促进了资本主义的兴起，是电力技术革命加速了资本主义从自由资本主义进入垄断资本主义或资本帝国主义；一切已经发生的技术革命和正在发生的技术革命只能推动历史的进程，只能导致资本主义社会制度的死亡，只能促使社会主义在全世界范围的胜利，只能最终走向共产主义！ [1]

以此为契机，钱学森开始从更加广阔的视野进行研究，创立了四种革命理论。四种革命理论是指由"科学革命—技术革命—产业革命—社会革命"构成的"革命链条"。但需要指出的是，四种革命的概念均非钱学森首创，而是他根据科学技术、时代发展以及自身实践等，在借鉴他人概念的基础上，经过数年系统的思考之后做出的具有钱学森特色的阐述，如第 238 页表格所示。

显而易见，四种革命概念虽非钱学森首创，但他通过创立一个完整的理论体系而赋予其中国化的内涵。从大历史视角看，钱学森创立四种革命理论还具有深刻和鲜明的时代特征。当时的整个世界正处于新技术革命喷涌期，他敏锐地捕捉到信息技术、生命技术、人工智能、核能技术等技术革命的意义，于是便有了通过修订《工程控制论》跟踪科技前沿的动力。但更重要的是，他在考察技术革命群出现的因果律过程中进行了伸展性研究，最终构建起由"科学革命—技术革命—产业革命—社会革命"组成的四种革命理论。

---

[1]《现代科学技术的发展（初稿）》，原件存上海交通大学钱学森图书馆。

该理论一经创立，就显著区别于当时西方国家使用的"工业革命""科学技术革命""长波理论"等概念。可以说，四种革命理论的提出是一次成功构建中国话语体系的努力。

钱学森对四种革命概念的界定

四种革命	概念界定	具体举证	借鉴来源
科学革命	人们认识客观世界的飞跃，不限于自然科学，社会科学也有科学革命	日心说、牛顿力学、细胞学说、能量转换、电磁理论、量子力学等，以及马克思的历史唯物主义和剩余价值学说	美国科学哲学家托马斯·库恩的《科学革命的结构》
技术革命	人们改造客观世界的飞跃，就是技术革命。且由于多种技术革命同时出现，形成"技术革命群"的概念	石器使用、火的利用、蒸汽机、内燃机、化学工程技术、电力、无线电、电子计算机、遗传工程、激光技术、核技术、航天技术、海洋工程等	毛泽东的技术革新和技术革命思想
产业革命	产业革命是生产体系组织结构以及经济结构的飞跃	钱学森较为系统地论述了从原始公社到21世纪先后出现的六次产业革命的内涵，同时还提出以人体健康为核心的第七次产业革命	恩格斯著作《英国工人阶级状况》里提到的产业革命
社会革命	社会革命指社会制度的飞跃。生产力发展（包括科学革命和技术革命）引起生产力与生产关系之间，以及经济基础与社会上层建筑之间，在旧社会制度下解决不了的尖锐矛盾，从而要求变革社会的根本制度，这就是社会革命	原始公社变为奴隶社会，奴隶社会变为封建社会，封建社会变为资本主义社会，社会主义和共产主义社会制度的建立	马克思主义理论体系中的"革命"概念

▲ 1984年3月3日，钱学森应邀在国防科工委召开的"迎接世界新的技术革命和对策研究"会议上发言，谈"关于新的技术革命和我们的对策"，并重点阐述了四种革命之间的关系及意义，这为后来他创立四种革命理论提供了重要的理论依据。图为钱学森撰写的发言提纲手稿

从钱学森给出的特定概念来看，四种革命在彼此独立的基础上又存在依序促进发展的关系，即上游革命引起下游革命。这种上下游革命遵循马克思主义基本原理中的"量变与质变关系"，即当上游革命积累到一定数值便会促使下游革命的发生。同时四种革命又存在反向作用，如钱学森所言，"社会革命为社会生产力的发展扫除障碍，为产业革命准备条件"。①

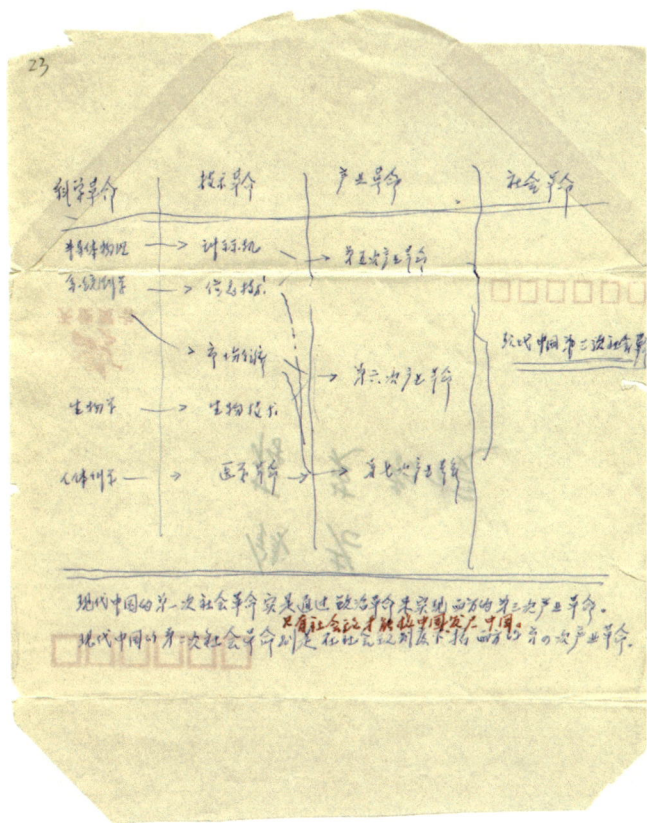

▶ 图为钱学森研究四种革命理论过程中留存的手稿，手稿中写着"只有社会主义才能救中国、发展中国"

---

① 《关于新技术革命的若干基本问题：在中央党校的讲话提纲》，原件存上海交通大学钱学森图书馆。

由此来看，四种革命理论是一个严谨的科学体系，基于四种革命理论的逻辑关系，可以看出科学技术的发展对实现共产主义的重要性，且这些概念有助于我们充分地认识到科学技术是社会发展和进步的决定性因素，而科学技术的发展又唯有依靠人才。就像钱学森所言：

> 新技术革命把整个世界连成一体，现在正可以说是世界性的经济战、科技战。这是一场悄悄进行的，不流血的战争，但也是一场你死我活、生死存亡的战争，竞争是非常激烈的。这不是用武器打的，是用经济打的，用科技打的，也可以说是用智力、人才打的。[①]

由此观之，"钱学森之问"其实旨在回答"钱学森之思"，因为"千秋基业，人才为本"。

钱学森思想体系：新身份与新形象

钱学森作为科学家的形象由来已久，尤其是 1947 年以麻省理工学院教授身份回国探亲时，就已是媒体眼中的在世界科技领域内享有卓越声誉的中国科学家。科学家形象的建立与传播，充分地体现了钱学森科学报国精神的实践历程。然而他在 20 世纪 70 年代中后期面对一幅"新世界"的图景时，选择从技术组织工作回到学术工作，重返书房，重新审视和思考中国的未来。

---

① 彭学诗编：《钱学森在中央党校的报告》，上海交通大学出版社，2015 年，第 194 页。

由此为治学目标，钱学森创建或提出了"现代科学技术体系""从定性到定量综合集成研讨厅体系""总体设计部体系""人机结合的专家体系""大成智慧教育体系"等，从而构建起他晚年庞大的思想体系。这个思想体系的建立不仅体现了钱学森的创新精神，同时还体现出他作为共产党员的责任与担当，如他所言：

> 我们现在建设中国，是在中国共产党领导下走社会主义道路。全世界人民都在看着我们。若干年后，比如到了 21 世纪中叶，到了建国（作者注：新中国成立）100 周年，假如我们建成的社会主义中国，生产力还非常落后，按人口平均还比小康之家好不了多少（而小康之家的生产力，资本主义国家早就达到了），全世界人民就会责备我们，说我们没干好工作，有负他们的期望。[1]

正因如此，1991 年 2 月 1 日，钱学森在写给钱学敏的信中提出要敢于"亮出我们体系结构"，且要"在破旧中建设自身，在立新中建设自身"。钱学森的思想体系看似庞杂，但终极目标即"钱学森之思"的提出与回答。他曾经毫无掩饰地宣称，搞学术研究"不能脱离社会实际""搞学术研究是为了建设社会主义，为了走向共产主义"[2]。他一直坚持认为：

> 不管今天有些人怎么怀疑马克思主义，不管今天有些人怎样批判科学共产主义的学说，马克思恩格斯提出的人类共产主义文明更高阶

---

① 钱学森：《评"第三次浪潮"》，《世界经济导报》1982 年 7 月 19 日。
② 涂元季、李明、顾吉环编：《钱学森书信（5）》，国防工业出版社，2007 年，第 391 页。

段的理想，是真善美的统一，是真正合乎人性的，是真正人道主义的，它确实是人类社会文明的理想境界。这就是为什么一百多年来它吸引了千千万万人的原因，无数的志士仁人为此奋斗、献身的原因。不管今天实现社会主义国家中还有多少不尽如人意、不文明的现象存在，它仍不能掩盖共产主义的光辉。这种共产主义的最高文明形态仍是任何一个真正追求人类解放，特别是任何一个真正的共产党人所应该追求的崇高理想。①

▲ 图为钱学森晚年生活照。无论是在生活中还是治学中，钱学森都是一位乐观派，他始终坚信"光明的将来是我们的"

---

① 钱学森、孙凯飞、于景元：《社会主义文明的协调发展需要社会主义政治文明建设》，《政治学研究》1989 年第 5 期。

在某种意义上，钱学森晚年建立的思想体系又何尝不是"真善美的统一"呢！本来，钱学森完全可以凭借航天贡献安享晚年岁月，但他却将晚年的所有时光投身于研究科学社会主义的治学实践，绵绵用力又久久为功。这需要何等毅力！因而可以说，钱学森思想体系的建立正体现出他不断追求"真善美"的心路历程。

"我够不上什么思想家"，这是钱学森晚年经常讲的一句话。但他在早年树志、青年闯荡、壮年创业和晚年立言的人生过程中，以治学为途径，不断进行思想上的创新、锤炼并实现飞跃，通过绘制三个思想坐标连接了他的整个思想历程。这个过程用钱学森自己的话来说，就是"我就革我自己的命"，同时也实现了他个人所向往的"学问与人品的统一"。显而易见，钱学森由此构建的思想体系早已超越了科学家的内涵，他也拥有了新身份和新形象。

『一万年太久，只争朝夕』

　　钱学森少年时代在北京生活时，经常有机会见到周树人，即鲁迅；彼时，鲁迅正与钱学森的父亲钱均夫在教育部共事。鲁迅在《京报副刊》（1925 年 4 月 22 日第 126 号）上发表的文章《忽然想到（六）》中，有一句为人熟知的话："我们目下的当务之急，是：一要生存，二要温饱，三要发展。"鲁迅笔下的"目下"，即如钱学森所总结的那样："军阀割据，弄得一团糟。到了卢沟桥事变，日本人来了，要让我们当亡国奴，中国人受尽了苦难。"

　　当时的钱学森正在北京师范大学附属中学读初中，他后来回忆道："不要当亡国奴，要前进。那时中国共产党已经成立了。我们当学生的，就相信鲁迅先生。鲁迅先生是拥护中国共产党的，我们也拥护中国共产党。因为鲁迅教育我们中国的出路只有这一条，没有其他的出路。鲁迅先生是总结了历史的教训后得出这个结论来的。"经此启蒙，钱学森逐渐成为一名坚定的共产主义信仰者。钱学森晚年感怀地说："我在出国前，就崇敬鲁迅先生，受到中国共产党的指引。"

　　在共产主义的启蒙方面，可以说鲁迅成了钱学森的"指路人"。实际上，鲁迅还有一句更值得回味的话："但是，无论如何，不革新，是生存也为难的，而况保古。现状就是铁证，比保古家的万言书有力得多。"所谓革新者，即含有革命、创新或创造之意也。不知钱学森是否读过鲁迅的《忽然想到（六）》，但"革新"却实实在在地成为钱学森个体生命和个人思想历程中活的灵魂。

　　曾身处"中国人受尽了苦难"历史阶段的钱学森，以其敏锐眼光和理论勇气，在风云变幻的时代里不断践行着革新。他从归国者成为奋斗者，又从奋斗者成为思想者，每一次的革新又都是一次"综合扬弃"之后的自我超越。这种个人思想行为背后是钱学森面对时代变局做出的积极回应，体现了"共产党员"这个第一身份的真正内涵。由于有了"事理看破胆气壮"的信念，钱学森个人的思想历程便有了清晰的终极目标，即探索"什么时候实现共产主义社会"。

　　钱学森基于学术研究和理论视角，提出了在 23 世纪实现共产主义社会的愿景。在通向这个美好愿景的道路上，"两个一百年"是钱学森治学的重要历史坐标。如今，第一个百年奋斗目标已经实现，我们正走在第二个百年奋斗目标新的赶考之路上。

　　钱学森常有"时不我待"的感叹，但他不断地以此来勉励自己。这种心情形象地体现在钱学森最喜欢的一首诗词之中，即毛泽东写于 1963 年 1 月 9 日的《满江红·和郭沫若同志》。晚年治学之际，钱学森还经常在写给他人的信中整篇抄录：

> 　　小小寰球，有几个苍蝇碰壁。嗡嗡叫，几声凄厉，几声抽泣。蚂蚁缘槐夸大国，蚍蜉撼树谈何易。正西风落叶下长安，飞鸣镝。
>
> 　　多少事，从来急；天地转，光阴迫。一万年太久，只争朝夕。四海翻腾云水怒，五洲震荡风雷激。要扫除一切害人虫，全无敌。

　　"一万年太久，只争朝夕"，成为钱学森精神最真实的写照。钱学森个人的思想历程说明，在只争朝夕的过程中，他从未留恋过往的已有成就，而是以一种强烈的历史使命感，不断地接受着新事物和新挑战，最终通过提出"钱学森之思"，为人类如何"走向世界大同的大道"提供了一幅清晰的理论蓝图。正因如此，钱学森不断革新的个人思想历程昭示着：

> 　　所有过往，皆为序章。
>
> 　　所有将来，皆是可期！

附录 本书主要参考来源

一、档案类

（一）国内档案

中央档案馆   上海市档案馆

中华人民共和国外交部档案馆   清华大学档案馆

中国科学院档案馆   上海交通大学钱学森图书馆

中国第二历史档案馆

（二）国外档案

美国加州理工学院档案馆   俄罗斯科学院档案馆

英国皇家学会档案馆

二、报刊类

《人民日报》   《世界经济》

《光明日报》   《世界经济导报》

《文汇报》   《中华人民共和国国务院公报》

《中国青年报》   《全国科学大会简报》

《工人日报》   《红旗》

《解放军画报》   《科学报》

《新观察》　　　　　　　《院史资料与研究》

《科学通报》　　　　　　《中国科学院年报》

《科协通讯》　　　　　　《自然辩证法研究通讯》

《科学实验》　　　　　　《管理与政策研究通讯》

《科学大众》　　　　　　《国防科技情报工作》

《神州学人》　　　　　　《国立北京大学周刊》

《现代化》　　　　　　　《国民政府公报》

《哲学研究》

《中国人民解放军国防工业出席全国科学大会代表团简报》

三、汇编类

中国科学院新技术局.星际航行科技资料汇编:第一集[M].北京:科学出版社,1965.

樊洪业.竺可桢全集:第6卷[M].上海:上海科技教育出版社,2005.

樊洪业.竺可桢全集:第11卷[M].上海:上海科技教育出版社,2006.

樊洪业.竺可桢全集:第13卷[M].上海:上海科技教育出版社,2007.

涂元季,李明,顾吉环.钱学森书信:1-10卷[M].北京:国防工业出版社,2007.

樊洪业.竺可桢全集:第14卷[M].上海:上海科技教育出版社,2008.

樊洪业.竺可桢全集:第15卷[M].上海:上海科技教育出版社,2008.

李明,顾吉环,涂元季.钱学森书信补编:1-5卷[M].北京:国防工业出版社,2012.

顾吉环,李明,涂元季.钱学森文集[M].北京:国防工业出版社,2012.

彭学诗.钱学森在中央党校的报告[M].上海:上海交通大学出版社,2015.

史秉能,袁有雄,卢胜军.钱学森科技情报工作及相关学术文选[M].北京:国防工业出版社,2015.

四、著述类

钱学森.从飞机、导弹说到生产过程的自动化[M].北京:科学普及出版社,1956.

《当代中国》丛书编辑部.当代中国的科学技术事业[M].北京:当代中国出版社,1991.

聂冷.吴有训传[M].北京:中国青年出版社,1998.

李耀滋.有启发而自由——从中国私塾到美国发明家、企业家、院士的北京人[M].北京:中国青年出版社,2003.

罗平汉.当代历史问题札记二集[M].桂林:广西师范大学出版社,2006.

钱学森,戴汝为.论信息空间的大成智慧[M].上海:上海交通大学出版社,2007.

中国力学学会.中国力学学会史[M].上海:上海交通大学出版社,2008.

葛能全.钱三强年谱长编[M].北京:科学出版社,2013.

郭金海.院士制度在中国的创立与重建[M].上海:上海交通大学出版社,2014.

吕成冬.他日归来:钱学森的求知岁月[M].杭州:浙江科学技术出版社,2019.

后记

　　不知始于何时，我养成了读书先读后记的习惯，若读到好的后记，会对内容产生某种莫名的好感。因为在常年的阅读中，我不自觉地建立起一种个人的主观判断：相较于他人为某本书写的序，后记更能流露出作者在写作过程中的真情实感，而此种情感或许更能打动读者。所以在本书的后记里，我想坦言那些没有写在书里的"题外话"。

　　坦率地说，本书并不在我个人近期的写作计划中。2019 年写完《他日归来：钱学森的求知岁月》之后，我计划搁笔休整一段时间并沉潜涵泳后再出发。但是，当韩建民院长在 2020 年春节前后四次联系，告知人民邮电出版社总编辑张立科以十二分的热情"点名"，希望我能写一本以"科学与忠诚"为主题的著作，我怦然心动了。心动的原因在于：用这个主题概括钱学森的一生实在再恰当不过了，特别是在中国共产党成立 100 周年和钱学森诞辰 110 周年之际，我也觉得有责任写出本书。更为重要的是，当我们站在"两个一百年"奋斗目标的历史交汇点上，就会发现，科技力量越来越成为国家走向强盛的决定性因素。在某种意义上，科技工作者在新时代如何回答时代之问、如何提交人生答卷，成为国家科技力量能否持续增长的关键。从历史到现实，又从现实走向未来，钱学森这样一个在中国共产党不断创业和奋斗的历程中做出杰出贡献的人物，他的时代选择和人生答卷无疑提供了重要启迪。

然在最初，我对写作却是心中无底的。好在此后，策划方、出版社和我经过数次互动讨论和思想碰撞，整个写作思路清晰起来了。不得不说，这次写作是一次精神高度集中的思维活动。因为书中至少有一半内容尚未走完学术研究过程，只是处于材料研读状态，增加了直接用传记文学的形式来写作的难度。但钱学森研究和写作《工程控制论》的经历给了我很大的启发和鼓励，于是我将写作规律调整到"边研究，边写作"的状态。不曾想，此书竟成。

对我而言，这又是一次精神始终处于愉悦状态的写作经历。通过此次写作，我最大的收获在于对钱学森有了全新的认识，甚至是具有"颠覆性"意义的。本书在时间线上主要叙述钱学森回国后的科技贡献与个人思想历程，但叙事背景是钱学森整个生平及其所处的时代。这个时代包含两个具体的历史背景：一是中国共产党为中华民族伟大复兴而不断创业的百年征程，二是中国科技工作者为国家命运和民族前途而奋斗不止的华丽篇章。在这两个具体历史背景的交相辉映中，钱学森用"科学与忠诚"提交了一份人生答卷。相信读者在阅读过程中，也能够感受到，在钱学森提交人生答卷的过程中，他已经不再单纯是一位科学家，而是以一种新身份被镌刻在百年党史上。

正因如此，此次写作的最大受益者就是我本人。在写作过程中，我还发现了此前未曾注意到的理解钱学森心路历程的两条"故事线"：其一是钱学森的批判精神，其二是钱学森的悲悯情怀。前者给予他足够的理论底气，并通过"综合扬弃"而敢于"断舍离"既往的成就，在不断挑战新事物的过程中绘制出一个又一个闪闪发光的思想坐标；后者赋予他悲天悯人的博爱精神，并以乐观的态度和进取的精神从学理层面去探索人类社会发展的终极问题，从而提出走向"大同世界"的路径。这两条"故事线"背后折射出的又何尝不是中国共产党在百年发展过程中不断壮大的原因？正是因为有了批判精神，中国共产党敢于通过刀刃向内而不断从实践和理论上进行创新，取得一个又一个的突破；正是因为有了悲悯情怀，中国共产党把为中国人民谋幸福、为中华民族谋复兴作为自己的初心使命，把实现共产主义作为最高理想和最终目标，并致力于通过消灭剥削和消灭阶级而实现无产阶级以及全人类的解放。

这两条"故事线"在钱学森提交的人生答卷中实现了统一，产生了无限的精神力量。于此，我们便能理解钱学森内心的自白——"活着的目的就是为人民服务"的意义，同时他坚信"人民是公道的"；由此我们也就理解了钱学森人生的第三次激动，即1991年中共中央组织部把雷锋、焦裕禄、王进喜、史来贺和钱学森这五个人作为"解放40年来在群众中享有崇高威望的共产党员的优秀代表"。不宁唯是，钱学森的三次激动与三个思想坐标彼此呼应、相互成就。又于此，我们也会深刻理解书中所提那面鲜红党旗的特殊意义。

实践证明，运用传记文学的表现手法写历史人物是一种比较科学的方法。因为不同于纯文学的创作，传记文学对材料的使用有严苛要求。本书严格遵循"回到钱学森"的原则，使用的材料均为笔者经过甄别和考证的第一手原始材料。尤其特别感谢钱学森哲嗣钱永刚教授提供的材料，这构成了本书的基本素材，同时他还通读了本书的书稿，他提出的修改建议均已采纳。不仅如此，我还要特别感谢钱永刚教授同我讲故事式的聊天，这种"唠嗑"时不时会冒出一点不为外人所知的新鲜事，不经意间对我的写作有很大启发。

在我任职的上海交通大学钱学森图书馆，张凯执行馆长和盛懿书记营造出的浓厚学术氛围，为学术研究创造了有利的外部环境，从而激发了我持续研究和写作的内在动力。同时还要真诚地感谢陈大亚、顾吉环和李明等曾在钱学森身边工作过的人，从他们身上我们能够真实地感受到钱学森精神的力量。另外，我曾有机会访谈过张可文、李佩、郑哲敏、黄桷森、王希季、刘恕、于景元等学者和领导，这让我能够"近距离"地了解钱学森的所为与所思。初稿写成之后，李红侠同志和江欣怡同学帮忙阅读了书稿，在此也一并感谢。这项写作任务最终得以顺利完成，我还要郑重感谢中国编辑学会和中国出版协会的各位领导以及诸位审稿专家。他们的指导和意见让我的方向更加明确，他们的鼓励也给予了我动力加持。

读万卷书，行万里路。因为工作原因，我曾有机会站在钱学森那一代科技工作者洒过热血的祖国西北大地上；面对一望无际的戈壁滩，我的脑海里经常会浮现那些"祖国需要我去哪里，我就到哪里去"的奋斗者的背影。而当我伫立在长眠于戈壁滩的英雄的墓碑前，情不自禁地想起了唐代诗人戴叔伦的那句诗:"愿得此身长报国,何须生入玉门关。"那时,最触动我心灵的是,在这茫茫戈壁滩上,究竟是什么力量才会生长出那种坚忍不拔的精神!或许,此书主题"科学与忠诚"就给出了一种答案。同时又可以肯定的是,正是由于无数英雄前辈们的奋斗和拼搏,才有了祖国今天的繁荣和富强。我想,在中国共产党成立100周年之际,出版这本书也是追忆和怀念他们的一种方式。

我一直认为,编辑处理的工作绝非校对文字那般简单,他们是某种意义上的"摆渡者"。他们的工作不仅创造出看得见的著作,更是在传播精神产品、滋养读者心灵。不记得是谁讲过一句话,大意是好书出自好编辑。正是由于编辑的付出,才创造出装帧精美和内容丰富的著作;然而当著作出版之后,他们又从台前退至台后,唯留作者与读者在舞台上交流。他们的工作不仅使本书能够呈现在读者面前,同时也使我个人的"钱学森研究三部曲"计划又前行了一步。

当然,三部曲作为我和钱学森之间的"对话",尚未完了,一切皆待将来!

吕成冬

2021年7月1日戌时

于上海交通大学钱学森图书馆